OLIVER VON SCHAEWEN
Schillerhöhe

TELLS APFEL Ein brisanter Fall für den Stuttgarter Kriminalkommissar Peter Struve. Der gebürtige Westfale – ein feinfühliger Einzelgänger, der sich mit Humor durch die Midlife-Crisis schleppt – wird mit einem Mord im Keller des Deutschen Literaturarchivs in Marbach konfrontiert.

Das Opfer ist Dietmar Scharf, Ehemann der ehemaligen DDR-Erfolgsautorin Erika Scharf, die am Abend zuvor im Marbacher Schlosskeller gelesen hatte. Struve steht vor einem Rätsel: Warum wurde Scharf mit Pfeilen aus einer Armbrust-Schussanlage getötet? Was soll der Apfel neben der Leiche? Und welche Rolle spielt diese offensichtliche Anspielung auf den Tyrannenmord in Schillers »Wilhelm Tell«?

Oliver von Schaewen ist von Friedrich Schiller fasziniert. Seine Dramen lässt der Autor aus der Nähe der Schiller-Geburtsstadt Marbach im Kreis Ludwigsburg in spannenden Kriminalromanen aufleben. Darin durchlebt der einzelgängerische Ermittler Peter Struve Höhen und Tiefen. Doch Struve folgt seinen Instinkten und nimmt in Kauf, dass er aneckt.

OLIVER VON SCHAEWEN

Schillerhöhe

KRIMINALROMAN

GMEINER

Personen und Handlung sind frei erfunden. Ähnlichkeiten mit
lebenden oder toten Personen sind rein zufällig und nicht
beabsichtigt.

Die automatisierte Analyse des Werkes, um daraus
Informationen insbesondere über Muster, Trends und
Korrelationen gemäß § 44b UrhG (»Text und Data Mining«)
zu gewinnen, ist untersagt.

Bei Fragen zur Produktsicherheit gemäß der Verordnung über
die allgemeine Produktsicherheit (GPSR) wenden Sie sich bitte
an den Verlag.

Gefällt mir!

Facebook: @Gmeiner.Verlag
Instagram: @gmeinerverlag
Twitter: @GmeinerVerlag

Besuchen Sie uns im Internet:
www.gmeiner-verlag.de

© 2009 – Gmeiner-Verlag GmbH
Im Ehnried 5, 88605 Meßkirch
Telefon 07575 / 2095 - 0
info@gmeiner-verlag.de
Alle Rechte vorbehalten

Lektorat: Claudia Senghaas, Kirchardt
Herstellung: Mirjam Hecht
Umschlaggestaltung: U.O.R.G. Lutz Eberle, Stuttgart
unter Verwendung eines Fotos von: © Werner Kuhnle
Druck: Libri Plureos GmbH, Friedensallee 273,
22763 Hamburg
Printed in Germany
ISBN 978-3-89977-802-1

Für Martina

1

Peter Struve nippte an seinem Lemberger. Der Kommissar trank gerne ein Glas Wein in dem Biergarten am Marbacher Bootshaus, wenn der Tag sich neigte. Gedankenverloren blickte er auf die Wellen des Neckars, die in der Abendsonne des Spätaugusts glitzerten. In der Ferne sah er ein Schiff auf die Schleuse zufahren. Es lag tief im Wasser, hatte Schotter geladen. Struve überlegte, ob er mit dem Kapitän tauschen wollte. Er reiste gerne mit leichtem Gepäck – was man dem schmalen Endvierziger mit dem Kurzhaarschnitt und den grau melierten Schläfen schon äußerlich ansah, denn er trug meistens Wanderhalbschuhe, in die Jahre gekommene Jeans und bügelfreie karierte Flanellhemden. Nein, wie ein Kapitän sah er nun wirklich nicht aus, und er fühlte sich auch nicht wie einer. Der Kommissar verwarf deshalb auch schnell den Gedanken, auf die Kommandobrücke des Frachters springen zu wollen. Die Arbeit dort wirkte nur auf den ersten Blick entspannt.

Urlaub hatte er nötig, dringend sogar. Sein Beruf ließ ihm kaum Zeit für eigene Interessen. Er spielte gerne die Schachpartien großer Meister nach oder las Biografien historischer Persönlichkeiten wie etwa Friedrich Schiller oder Winston Churchill – aber dazu war er schon seit

Monaten nicht mehr gekommen. Auch seine mehrtägige Wandertour auf der Schwäbischen Alb, die er sich zu Beginn der Sommerferien vorgenommen hatte, musste er immer wieder kurzfristig absagen. In ihm schrie alles nach Erholung, nach den komplexen Mordfällen, die er in diesem Sommer im Stuttgarter Revier lösen musste. Struve hörte die Glocken der nahen Alexanderkirche und schaute auf seine Armbanduhr. Marie würde sicherlich bald eintreffen. Den Ort für das kleine Rendezvous hatte er mit Bedacht gewählt. In dem Biergarten hatten sich ihre Wege vor genau zehn Jahren zum ersten Mal gekreuzt. Auch jetzt staunte er manchmal noch, wie wenige Augenblicke das Leben zweier Menschen komplett ändern konnten. Heute lebten sie zusammen. In einer Doppelhaushälfte, manche mochten das für spießig halten. Er aber freute sich an dem Gedanken, dadurch Heizkosten zu sparen. Struve schaute auf das Frachtschiff, das direkt vor ihm vorüberfuhr. Die Sonne hatte ihren Lauf vollendet, sie ging als roter Feuerball hinter dem Kahn unter. Nachdenklich blickte er auf das Glühen. Wenn er ehrlich war, hatte er in jungen Jahren nie an die romantische Liebe geglaubt. Zwei Menschen ließen sich aufeinander ein, um ihre Bedürfnisse zu erfüllen, aber Liebe auf den ersten Blick? Struve schüttelte den Kopf und blickte dem Kahn nach, der eine kräftige Rußwolke in die Dämmerung hinausblies. Auch heute noch hielt er sich für viel zu realistisch, um den Don Juan zu mimen. Trotzdem würde er den Abend nutzen, um Marie zu beeindrucken. Die Vorfreude auf das kleine Jubiläum an diesem 29. August hatte er in den vergangenen Wochen im Stillen gehegt. Sie waren seit vier

Jahren verheiratet, und Struve beobachtete manchmal kleinere Reibereien, wie sie der Alltag einer Ehe wohl überall mit sich brachte. Da konnte es nicht schaden, an das Eigentliche einer Liebesbeziehung zu erinnern.

Der Kommissar schreckte auf. Eine Hand legte sich warm auf seine linke Schulter. Er hatte Marie gar nicht bemerkt. Struve wunderte sich über sich selbst, denn er hatte den Eingang des Biergartens im Blick behalten wollen. Offenbar war seine Frau zuvor noch in die Gaststätte gegangen, möglicherweise, um sich nach einem schweißtreibenden Tag kurz frisch zu machen. Sie beugte sich über ihn und küsste ihn kurz, aber intensiv.

»Hallo, Schatz, wartest du schon lange?«

»Nein.« Er log ungern, aber warum sollte er sie damit belasten, dass er seit einer halben Stunde hier saß? Bewusst hatte er sein Büro in Bietigheim früher verlassen, um die Ruhe am Neckarufer zu genießen und sich einen Platz am Wasser zu sichern. Marie Struve trug ein leichtes seidenes Sommerkleid in dezenten Terrakottatönen. Vorteilhaft betonte es ihren sonnengebräunten Teint wie auch ihre südländische Art mit den schulterlangen schwarzen Haaren. Nein, wie eine 45-Jährige sah sie nun wirklich nicht aus, fand er. Um ihre schmalen Hüften hatte sie einen schwarzen Wollpullover gebunden, um auf die Abendkühle vorbereitet zu sein. Wieder spürte er ihre Wärme, als sie sich zu ihm setzte und ihn erwartungsvoll anblickte.

»Nun erzähl schon, wie ist dein Tag gelaufen?«

Peter Struve pflegte ihr wenig von seinen Ermittlungen mitzuteilen. Das hatte nichts mit fehlendem Vertrauen zu tun. Er hielt Schweigsamkeit für eine der zentralen Fähigkeiten eines Kriminalbeamten. Auch hatte er im Jesuitenkolleg in seiner Heimatstadt Münster gelernt, von eigenen Befindlichkeiten abzusehen, und seine Zuhörer nicht mit Nebensächlichkeiten zu belasten. Wahrscheinlich hatte er den richtigen Beruf erwischt, denn er hasste es, in Abendgarderobe einen Schaulauf hinlegen zu müssen. Das kam zum Glück nur einmal im Jahr beim Ball der Polizeigewerkschaft auf ihn zu. Dort ging er nur hin, weil er fand, dass Polizisten zusammenhalten und an der Gewerkschaftsidee festhalten mussten. Früher hatte er sich oft für seine strenge jesuitische Sozialisation verflucht, insbesondere wenn bei abendlichen Gesellschaften andere das Wort führten und auch auf ihn durchaus unterhaltsam wirkten. Aber Struve hatte gelernt, mit seiner ruhigen, zurückhaltenden Art Frieden zu schließen. Er mochte kein Blender sein. Keine Verkäuferseele. Vielleicht konnte er gerade deshalb auch Kriminelle relativ leicht erkennen. Struve, der Bluthund, dachte er und lachte still in sich hinein. Es war dunkel geworden. Hinter Marie sah er die Positionslichter des Frachtkahns auf dem Neckar allmählich in einer Flussbiegung verschwinden. Freundlich lächelte er seiner Frau zu.

»Nur Bürokram, ein paar kleine Fälle, alles so weit okay – wie hast du den Tag verbracht?«

Im Gegensatz zu ihm würde Marie viel zu erzählen haben. Sie war erfrischend anders, das gab ihrer Beziehung Halt, denn Struve hörte seiner Frau gerne zu. Sie erfuhr als Mitglied des Marbacher Stadtinfoladens allerhand Neuigkeiten. Den Job in dem Tourismusbüro in der Nähe des Rathauses hatte sie neben einigen anderen Ehrenämtern angenommen, nachdem ihr erster Mann vor 15 Jahren bei einem Verkehrsunfall ums Leben gekommen war. Arbeiten musste sie seitdem nicht mehr, denn ihr Mann hatte ihr ein beträchtliches Vermögen hinterlassen. Freilich wirkte das Leben seiner Frau auf Struve eher müßiggängerisch. Er gönnte ihr diesen kleinen Luxus, schließlich hatte sie oft für ihn Zeit, aber er war sicher: Für ihn wäre es ein goldener Käfig. Viel zu gerne schnüffelte er im Milieu herum, stellte Halunken nach, löste komplizierte Fälle wie andere Kreuzworträtsel. Etwas Unbestimmtes trieb ihn an. War er ein Jäger, oder doch nur das Opfer eines diffusen Gerechtigkeitswahns? Oder suchte er das Abenteuer? Oft schon hatte er sich das gefragt. Struve kannte die Antwort nicht. Vor zwei Monaten hatte er nachts in Untertürkheim einen Junkie erschossen. Es war Notwehr, aber ein schaler Beigeschmack blieb. Natürlich hätte er eine Pause einlegen müssen. Aber er hatte weitergemacht, gegen den Rat des Polizeipsychologen. Auch im Nachhinein fand er seine Entscheidung richtig. Vermutlich hätte er die Sache zu nah an sich rangelassen, wenn er irgendwo auf der Welt die Zeit zum Grübeln gehabt hätte.

Im Vergleich zu ihm pflegte Marie vergleichsweise harmlose Kontakte. Sie arbeitete nicht nur im Stadtinfoladen mit, sondern auch im Empfang des Schiller-Geburtshauses. Dort traf sie fast ausschließlich Leute, die sich in Marbach einen schönen Tag machten. Die gute Laune der Tagesgäste musste ansteckend wirken. Wenn er sich abends mit seiner Frau traf, brachte sie von dort ständig neue Geschichten mit.

»Stell dir vor«, holte Marie aus, »wir haben heute im Geburtshaus endlich wieder echte Blumen für die Schiller-Büste bekommen.« Sie nestelte in ihrer Handtasche herum, kramte eine Zigarette und ihr perlmuttbesetztes Feuerzeug hervor. Aufgeregt zündete sie den Tabakstängel an.

»Ach ja?«, entgegnete Struve überrascht, und ein verschmitztes Lächeln glitt über sein Gesicht. Er erinnerte sich an den bitterbösen Leserbrief im Marbacher Kurier, mit dem sich eine Schiller-Verehrerin über die ersatzweise platzierten Plastiklilien beschwert hatte. Der empörte Zwischenruf hatte die Verantwortlichen offenbar zum Einlenken bewegt. Der Amtsbote musste nun wieder zur Gärtnerei fahren und regelmäßig einen frischen Strauß in die Niklastorstraße bringen.

»Wahrscheinlich gäbe es in Marbach keinen gewaltigeren Frevel, als den großen Stadtsohn mit falschen Blumen zu ehren«, witzelte Struve über diese Provinzposse.

»Das Plastikzeugs sah aber auch furchtbar aus.«

»Warte mal!« Er lief eilig zur Getränkeausgabe und kam mit zwei Gläsern kühlem Prosecco zurück. »Jetzt lass uns über etwas Erfreuliches reden.«

Marie Struve blickte ihn überrascht an. Er überreichte ihr ein Glas: »Auf unser Zehnjähriges, hier wie damals an der Sektbar beim Coconut-Konzert, am 29. August 1998.«

Ihre Verblüffung nutzte Struve, um anzustoßen und sie zärtlich zu küssen. Dann trank er den Prosecco in einem Zug aus, während sie immer noch mit dem vollen Glas vor ihm saß. Plötzlich lachte sie laut, nahm verschämt die Hand vor den Mund und blickte sich kurz um. Niemand hatte von der Szene Notiz genommen. »Auf uns«, flüsterte sie gerührt und nahm einen tiefen Zug von dem Perlwein.

Wie sich herausstellte, hatte Marie Struve für dieses Treffen auch eine kleine Überraschung vorbereitet. Nach dem zweiten Glas traute sie sich aus der Deckung, um die Gunst der Stunde zu nutzen.
»Eigentlich müsstest du von Tag zu Tag besser gelaunt zur Arbeit gehen.«
Peter Struve stutzte. Er dachte noch immer an die schreckliche Nacht in Untertürkheim und hielt die Bemerkung von Marie doch eher für einen schlechten Scherz. Merkte sie denn nicht, dass er sich in diesem heißen Sommer mit seiner phlegmatischen Art auch körperlich geradezu von einem Tag zum anderen schleppte?
»Wie kommst du denn darauf?«
»Na, dein Jahresurlaub naht mit Riesenschritten – und dann können wir drei Wochen lang wegfahren. Zieht es dich nicht mal in die Ferne?«
Ihm schwante Schlimmes. Das Fernweh seiner Frau hatte schon öfter zu heftigen Diskussionen geführt. Er wollte aber an dem schönen Abend keinen Streit riskieren.
»Na ja. Mal etwas anderes als Marbach und das Bottwartal, Bietigheim und Stuttgart wäre schon nicht schlecht«, antwortete er diplomatisch, zumal er Reisen innerhalb Europas durchaus aufgeschlossen gegenüberstand.
Sie blickte herausfordernd. »Na also, du freust dich auch schon!« Sie hob ihr Glas und prostete ihm zu.
Tatsächlich wollte der Kommissar möglichst jeden Urlaub mit seiner Frau verbringen. Ihre Kinder aus erster

Ehe waren schon erwachsen, sie hatten also bei der Wahl ihres Ziels freie Hand. Besonders Marie genoss diese Freiheit. Auf ihr Betreiben hatte er in den vergangenen Jahren die Akropolis, die Cheops-Pyramide und den Felsendom in Jerusalem jeweils im Spätsommer bei 40 Grad im Schatten besucht. Immer war er in der Notaufnahme gelandet. Nicht, dass er prinzipiell etwas gegen Krankenhäuser gehabt hätte. Aber diese Kräfte zehrenden Ausflüge hatte er wahrlich in keiner guten Erinnerung behalten. Wie es dazu kommen konnte, dass er im Jahr darauf jedes Mal wieder mitflog, konnte er sich selbst nicht genau erklären. Diesmal aber, so hatte er sich geschworen, wollte er auf keinen Fall seine lichtempfindliche helle Haut den zerstörerischen UV-Strahlen des Südens preisgeben. Ihn ermüdeten einfach diese endlosen Fußmärsche durch die Überreste vergangener Äonen. Marie hingegen blühte bei den Exkursionen regelrecht auf und überschüttete ihn mit Wissen, das sie sich in den Wochen zuvor angelesen hatte.

»Sag mal, kann es sein, dass du dir schon ein neues Reiseziel ausgesucht hast – ich meine eins, von dem ich langsam etwas wissen sollte?« Struve hatte das Glas abgesetzt. Nervös trommelte er mit den Fingern seiner rechten Hand auf dem Tisch herum. Marie lächelte verlegen.

»Nein, aussuchen wollen wir es doch gemeinsam. Aber vielleicht kann ich dir ja die eine oder andere Anregung geben.«

Das war der springende Punkt. Er hatte sich tatsächlich noch nicht überlegt, wohin sie fahren könnten. Vielleicht hatte sie ja den Norden im Sinn. Er überlegte, ob nicht sogar ein einsamer Ostseestrand ausreichen würde, um die Seele baumeln zu lassen.

»Ich bin schon ganz gespannt. Lass hören.«
Marie Struve kannte die Bedenken ihres Mannes, aber bestärkt durch seine wohlwollenden Reaktionen geriet sie ins Schwärmen: »Du, ich habe da neulich ein ganz tolles Buch über die Frida Kahlo gelesen – du weißt doch, diese geniale Malerin, die in Mexiko gelebt hat. Ich finde, da sollten wir unbedingt mal hin. Ich habe vorhin auch gleich die DVD mit dem Film über ihr Leben gekauft.«
Aha! Ein Höllentrip in die mexikanischen Subtropen, und das Ganze noch mit einem Klima killenden Interkontinentalflug. Peter Struve sah sich schon in Thrombose-Strümpfen eingezwängt im Airbus sitzen, um später in einer Wüste halb verdurstet am letzten Tropfen seiner Feldflasche zu nuckeln.
»Schön«, antwortete er etwas zögerlich. »Finde ich toll, dass du dich für eine so bedeutende Künstlerin begeisterst.«
»Ja, aber wie ist es mit dir? Du klingst, als ob sie für dich nicht so interessant wäre.«
»Och, ich kenne sie ja noch zu wenig, dass ich gleich – sagen wir – abheben würde.«
Das Wortspiel ihres Mannes irritierte sie. Dass er unter Flugangst litt, hatte sie schon längst bemerkt, auch wenn er es zu kaschieren versuchte. Bisher hatte er die Angst aber immer überwunden. »Du würdest also mitfliegen, wenn du sie vorher kennenlernen könntest«, fasste sie seine Bedenken in ihrem Sinne zusammen.
»Schatz, die Kerosinpartys da oben passen nicht zu Treibhauseffekt und Klimakatastrophe. Frida Kahlo würde da vielleicht auch nicht hemmungslos mitmachen.«

Marie Struve kannte diese Einwände, aber sie würde ihren Peter schon rumkriegen. »Du, für eine Traumreise muss man schon mal über den eigenen Schatten springen – außerdem sind wir noch nie nach Asien oder Amerika geflogen.« Sie streichelte zärtlich sein Kinn, worauf er behutsam ihre Hand nahm und sie mit seinen Händen auf dem Tisch umschlossen hielt.

»Lass mir noch etwas Zeit, Liebling.«

2

Der Ventilator surrte leise. Schweiß perlte Luca Santos von der Stirn. Er konzentrierte sich auf seinen Artikel. Noch 20 Zeilen, dann würde er genug über ›Hundesteuersätze im Bottwartal‹ geschrieben haben.

»Eine Tasse Kaffee gefällig?« Die Redaktionssekretärin Lisa Blume stand lächelnd in der Tür. Es war 11.30 Uhr, und Luca merkte, dass er an diesem schwülen Vormittag im August einen kleinen Muntermacher gut gebrauchen konnte.

»Lass nur, ich geh schon.« Luca ließ seinen Arm theatralisch kreisen. Für Lisa spielte er gerne den Kavalier. Er mochte seine Kollegin, die ihm schon so manchen Pott Kaffee an den Platz gebracht hatte. Außerdem würde ein kleiner Spaziergang vielleicht seine Fantasie anregen.

»Na, wer könnte einem solchen Angebot schon widerstehen?« Lisa klimperte mit den Wimpern. Luca stand auf und nahm grinsend ihre schmuddelige Tasse mit dem Kaffeerest vom frühen Morgen entgegen. Mit federndem Gang lief er in die kleine Teeküche im oberen Stockwerk.

Schade, dass bald für mich Schluss ist, dachte er. Er würde Lisa vermissen. Aber nicht nur sie. Das Praktikum beim Marbacher Kurier in den Sommerferien hatte ihm viel gebracht. Freilich wusste er nicht, wie es danach weitergehen würde. »Du bist die Generation Praktikum«, murmelte er vor sich hin und füllte den Kaffee aus einer großen Thermoskanne in die Tassen. Na, wenigstens konnte man ihm den Magister für Spanisch, Deutsch und Geschichte nicht mehr nehmen. Den Abschluss hatte der 29-Jährige seit zwei Wochen in der Tasche – nach 16 launigen Semestern in Tübingen, der Mindestzahl an Seminaren und einem Maximum an Partys. Eilig hatte er es eigentlich nur gehabt, wenn es darum ging, lästige Hausarbeiten schnell abzugeben. Vielleicht war er wegen seiner Ungeduld auf die Idee gekommen, es bei der Zeitung zu probieren. Die plötzliche Selbsterkenntnis ließ ihn schmunzeln. Er brachte Lisa den Kaffee und setzte sich mit seiner Tasse wieder an den Schreibtisch.

Eine dicke Rauchwolke aus dem Nebenzimmer nebelte inzwischen seinen Platz ein. Santos hustete und fluchte leise. Der Redaktionsleiter Gustav Zorn gönnte sich an jedem Vormittag eine Zigarre, die er genüsslich rauchte, während er die Zeitungen aus dem Großraum Stuttgart las. Zorn nutzte seit 20 Jahren seinen kompletten Jahresurlaub, um sich in der Karibik einen Vorrat an Tabakwaren zu besorgen. Natürlich flog er nicht nur deshalb in die DDR, wie er die Deutsche Dominikanische Republik wegen der vielen Landsleute dort scherzhaft nannte. Er entfloh damit vor allem dem nebligen November am Neckar. »Der deutsche Spätherbst ist nichts für mich«, pflegte er bereits im Sommer den Kollegen zu sagen, wenn er den Flug buchte. Die Redakteure fieberten der

Reise ihres Chefs mindestens genauso entgegen wie ihr strenger Vorgesetzter. Wenn Zorn weg war, leerten sie einen Kasten Bier, denn seine Abwesenheit musste gefeiert werden. Das kam nicht von ungefähr: Der Oberleutnant der Reserve duldete keinen Widerspruch und ließ nicht nur mit seinen Zigarren gerne Dampf ab. Luca Santos hielt sich zurück – was nicht einfach war: Das andalusische Blut seiner mütterlichen Linie wallte mächtig auf, vor allem wenn Zorn ihn mal wieder bei Dauerregen zu einer Straßenumfrage losschickte.

Dichter Rauch umhüllte jetzt den Kopf von Santos. Er spürte, dass Zorn hinter ihm stand und drehte sich um. Der Redaktionsleiter grinste ihn überheblich an.

»Na, was machen die lieben kleinen Kläffer?«

»Denen geht es aber so was von gut. Die Hundesteuer liegt bald auf Ihrem Tisch«, antwortete Santos. Er bemühte sich, motiviert zu wirken, obwohl er sich gedanklich schon im freien Wochenende bewegte. Er wollte sich am Abend mit seiner Freundin Julia in Tübingen treffen. Sie sahen sich in letzter Zeit kaum, er hatte deshalb einen Tisch in einem bezahlbaren Restaurant der oberen Mittelklasse bestellt. Diese Art der Romantik würde zwar nicht unbedingt seinem Geldbeutel guttun, dafür aber hoffentlich ihrer Beziehung.

»Herr Santos, ich bräuchte Sie für eine wichtige Geschichte«, meinte Zorn mit argloser Miene. Er blies den Zigarrenrauch diesmal rücksichtsvoll in Richtung Decke. »Rellink, unser Feuilletonist, hat sich krankgemeldet. Können Sie heute Abend eine Lesung im Schlosskeller übernehmen? Ich plane mit 80 Zeilen und einem Bild mit Erika Scharf. Sie wissen schon, diese Ossi-Schreiberin, die jetzt gerade durch die Republik tourt, nachdem einige dieser abgedrehten Literaturexperten sie in den Himmel gehoben haben.«

Luca Santos schluckte. Inständig hatte er gehofft, dass er nicht doch noch einen Abendtermin verpasst bekam. Diese Lesung war freilich nicht irgendein Termin, mit Erika Scharf kam eine ambitionierte Schriftstellerin. Sie galt als eine Frau mit einer wunderbaren Ausstrahlung, die es verdient hätte, zu den ganz Großen der gesamtdeutschen Literaturgeschichte gezählt zu werden. Aber tatsächlich hatte sie erst jetzt, im reifen Alter von etwa 70 Jahren, den Durchbruch geschafft. Viel zu lange hatte sie ihre Manuskripte in der Schublade gelassen. Erst jetzt, 20 Jahre nach dem Mauerfall, wagte sie sich an das Licht der Öffentlichkeit – und ihr erster Roman, entstanden aus einer Sammlung lange gehegter Tagebucheinträge aus ihrem Leben in der ehemaligen DDR, zeigte ihre Größe. Eine solche Gelegenheit, sich beim Marbacher Kurier zu profilieren, konnte der Praktikant auf keinen Fall ablehnen.

»Na klar, die 80 Zeilen sind fix«, hörte er sich antworten.

»Schön, mein Junge. Sie wissen ja, wie man solche Sachen anpackt: Kein Germanistengesäusel – wir wollen den Menschen kennenlernen.«

Zorn bog zufrieden um die Ecke. Luca erschrak. Er stellte sich vor, wie Julia vor Wut ins Handy schnauben würde, wenn er ihr die Hiobsbotschaft mitteilte. Aber er tröstete sich damit, dass ihnen noch der Samstagabend blieb. Dann würde er eben einen Tag später mit ihr ins Restaurant gehen und sie anschließend noch mit einem

Theaterbesuch überraschen. Es kam nur darauf an, ihr die kleine Terminverschiebung schonend beizubringen.

Luca Santos betrat gegen 19.50 Uhr den Schlosskeller. Er hatte am Nachmittag mit Julia telefoniert. Sie war wie erwartet aus allen Wolken gefallen. Fast stotternd erzählte er ihr von dem Abendtermin. Es gehe nicht anders, dringende Bitte des Chefs, kranker Kollege – er mochte noch so jammern, Julia reagierte sauer, wie immer in diesem Sommer, wenn er gemeinsame Pläne kurzfristig absagte. Luca schlug ihr zum Trost vor, mit ihm gemeinsam die Lesung von Erika Scharf zu besuchen. Sie bestand jedoch darauf, in Tübingen zu bleiben. Er solle nicht versuchen, sie wieder auf seine Termine zu zerren. Luca hingegen wollte ihr mit solchen Angeboten einen Gefallen tun, und diesmal war er überzeugt, ihr etwas durchaus Interessantes zu bieten. Julia studierte Germanistik, und gemeinsam hatten sie einmal ein Seminar über die Literatur in Ostdeutschland besucht. Es gelang ihm dann doch noch, sie für einen späten Absacker im Café Provinz in Marbach zu gewinnen. Die Nacht würden sie in der kleinen Dachwohnung bei Julias Eltern in Erdmannhausen verbringen. Luca hatte sich dort für die Dauer seines Praktikums einquartiert. Freilich mochte Julia die Rückkehr ins heimische Nest überhaupt nicht. Ihre Zweifel zerstreuten sich jedoch im Laufe des Sommers, zumal ihre Eltern, beide Lehrer am Marbacher Friedrich-Schiller-Gymnasium, die Besuche zwar mit Interesse, aber ohne übertriebene Neugierde tolerierten.

Im Schlosskeller traf Luca Santos sofort auf Erika Scharf. Sie stand bei einer Gruppe, in der er den Kulturamtsleiter Fabian Rösler bereits von Weitem erkannte. Rösler galt als kreativer Kopf der Marbacher Verwaltung. Er trug ein grelles hellgrünes Hemd. Seine blank polierte Glatze verlieh ihm eine weltmännische Aura. Rösler unterhielt sich angeregt mit Siegfried Derwitzer, einem Marbacher Selfmade-Autor, der bei Lesungen immer anzutreffen war und sich dabei meistens so stark betrank, dass seine Stimme deutlich herauszuhören war.

Erika Scharf hatte sich von den beiden Männern abgewandt. Sie stand, gekleidet in einem einfachen, aber elegant wirkenden dunkelvioletten Kostüm, da, und wartete mit angespanntem Gesichtsausdruck auf ihren Auftritt. Der Mann neben ihr blickte nervös auf die Uhr. Das musste ihr Ehemann Dietmar Scharf sein, vermutete Santos. Scharf war in der deutschen Literaturszene über Nacht fast genauso bekannt geworden wie die Frau, die er überallhin begleitete, regelte er doch für sie das Geschäftliche. Luca erkannte neben ihm den ziemlich steif wirkenden, ältlichen Sven Dollinger, den Leiter des Deutschen Literaturarchivs, einer Einrichtung, die in Marbach kurz ›das Archiv‹ genannt wurde. In dem Institut wurden die Nachlässe von renommierten Schriftstellern aufbewahrt.

Luca Santos kannte von all diesen Personen nur Fabian Rösler näher. Mit ihm hatte er sich hin und wieder am Rande von Presseterminen unterhalten. Rösler moderierte die Kulturveranstaltungen im Schlosskeller. Santos hatte für den Marbacher Kurier schon öfter von dort berichtet. Es überraschte ihn, dass Fabian Rösler jetzt so tat, als kenne er ihn nicht. Eigentlich bin ich als Journa-

list für das Gelingen dieses Abends nicht wirklich wichtig, tröstete er sich. Er hätte allerdings gerne Erika Scharf begrüßt. Ein Wunsch, den er sich selbst erfüllte.
»Herzlich willkommen in Marbach, Frau Scharf.«
Santos verbeugte sich umständlich vor der Schriftstellerin, errötete und reichte ihr schüchtern die Hand. Er fühlte sich nicht ganz wohl in seiner Haut, aber wenn er sein Ziel erreichen wollte, musste er auf sie zugehen. Erika Scharfs Gesicht entspannte sich bei den freundlichen Worten des jungen Mannes etwas. Endlich wachte auch der Kulturbeamte Rösler auf.
»Darf ich vorstellen: Herr Santos vom Marbacher Kurier. Er wird sicherlich über Ihre Lesung bei uns berichten.«
»Ach ja?«
Erika Scharf hielt ihr Lächeln, es wirkte jedoch nicht mehr ganz so natürlich. Mochte sie keine Journalisten? In einem Artikel der Frankfurter Umschau hatte Luca gelesen, dass die Scharf grundsätzlich keine Interviews gab. Der Autor der Umschau führte das auf ihre unglückliche Vergangenheit im SED-Staat zurück. Aus Angst vor Bespitzelungen hatte sie ihre Notizen sogar im Garten vergraben. Späte Funde auf dem Bauerngrundstück ihrer Eltern in der Nähe von Potsdam trugen zum Scharf-Hype bei, der sich in den vergangenen Jahren in der deutschen Literaturszene entwickelt hatte. Und noch etwas beförderte den Mythos des spät entdeckten Genies: Auch heute noch ging Erika Scharf Interviews beharrlich aus dem Weg. Ein Schutzmechanismus, der aus alter Zeit nachwirkte? Luca war sich nicht sicher, ob er die Wortverweigererin verstehen wollte. Sie wirkte bei ihren Lesun-

gen keineswegs verschüchtert. Und die Fragen würden ihr ja schließlich keine Stasi-Offiziere, sondern durchaus verständnisvolle, freiheitsliebende Journalisten stellen.

»Ich würde Sie nachher noch gerne sprechen«, bat Luca. Gespannt wartete er auf ihre Antwort.

»Aber natürlich«, säuselte die Scharf. »Ich muss allerdings erst noch Bücher signieren. Sie können sich dann noch zu mir setzen – vorausgesetzt, Sie stellen mir keine Fragen.«

Luca schluckte. Er war sich nicht ganz sicher, sie richtig verstanden zu haben, seine Gedanken rotierten: Ein Interview ohne Fragen, wie sollte das denn wohl funktionieren? Immerhin war er nicht auf völlige Ablehnung gestoßen. Er nahm sich vor, sie später mit Alkoholischem zu versorgen, dann würde sie schon auftauen.

»Auf ein Glas Wein gegen später«, rief er.

Sie lächelte ihm zu und nickte.

»Meine Frau wird sicherlich kaum Zeit für lange Gespräche haben«, zischte plötzlich Dietmar Scharf, als die Dichterin bereits auf dem Weg zum Podium war. Scharf überreichte Luca eine Visitenkarte. »Wenn Sie noch Fragen haben, können Sie mich morgen auf dem Handy anrufen.«

»Na, besten Dank für das Angebot«, antwortete Santos mit gespielter Freundlichkeit. Er dachte überhaupt nicht daran, sich das Glas Wein mit der Schriftstellerin entgehen zu lassen. Zu neugierig war er auf das Interview, bei dem keine Fragen gestellt werden durften.

Die Lesung hielt, was sich die Veranstalter versprochen hatten. Erika Scharf beeindruckte die Zuhörer in dem

Kellerraum, der bis auf den letzten Platz gefüllt war. Ihre Lektüre, einige Gedichte aus den späten 60er-Jahren, wirkte auf Luca keineswegs antiquiert. Mit ihren Worten überzeichnete sie bewusst eine untergehende Mondlandschaft. Die ›kalten Krater der Zerstörung‹ lenkten ›die Menschheit in friedvolle Bahnen‹. Luca fand den Versuch, den Wahnsinn des atomaren Wettrüstens in einen apokalyptisch anmutenden astronomischen Horizont zu rücken, durchaus gelungen. Wahrscheinlich wäre Erika Scharf von vielen Westdeutschen noch vor 40 Jahren als Pazifistin im Dienste des Sozialismus bezichtigt worden, dachte der junge Journalist. Er kannte diese Zeit eigentlich nur aus Erzählungen seiner Eltern, die sich während der 68er-Unruhen in Paris kennengelernt und deshalb immer in den höchsten Tönen vom ›bewegenden Kampf gegen das Establishment‹ geschwärmt hatten.

Luca fiel auf, dass der Schlosskeller mit seiner dichten Atmosphäre einen vorzüglichen Rahmen für die Lesung einer Schriftstellerin abgab, die vor dem Fall des Eisernen Vorhangs nirgendwo gelesen hatte, weil sie die innere Emigration bevorzugte, aber an ihrem Lebenswerk festhielt und unbeirrt im Namen der Freiheit weiterschrieb.

Im Café Provinz am Marbacher Cottaplatz wartete Julia bereits seit einer halben Stunde auf Luca. Sie saß an der Bar, alle um sie herum unterhielten sich, aber niemand redete mit ihr. Sie war sauer auf Luca und wollte schon gehen, überlegte es sich aber anders und holte sich noch einen Krimi aus ihrer Handtasche. Darin las sie, bis ihr ein Glas Prosecco gebracht wurde.

»Woher kommt denn das?«, fragte sie verdutzt den Barmann, der grinsend auf einen älteren, schlampig gekleideten Mann zeigte, der sie von der hinteren Ecke der Bar aus anschaute und schüchtern einen Zeigefinger hob.

»Oh Gott!«, fluchte Julia und blickte den Spender mit einer Mischung aus Ärger und Entsetzen an. Sie schob das Glas von sich und schüttelte energisch den Kopf. Sie bildete eine Faust und streckte den Daumen nach unten. Ihr stiller Verehrer verschwand. Wenig später tippte ihr jemand auf die Schulter. »Jetzt platzt mir doch bald der Kragen!«, schimpfte sie, im selben Moment erkannte sie aber, dass nicht der ungebetene Spender hinter ihr stand, sondern ein junger, gut aussehender Mann. Julia hielt verdutzt inne und überlegte. Dann fiel es ihr ein. Es handelte sich um einen ehemaligen Mitschüler aus dem Marbacher Friedrich-Schiller-Gymnasium.

»Julia?«

»Ralf! Hey, was für eine Überraschung. Dass du immer noch hier herumhängst.«

»Na klar, ich habe all die Jahre nur auf dich gewartet«, antwortete er und verzog scherzhaft seine Mundwinkel. »Jeden Abend habe ich Ausschau gehalten.«

Sie lachten. Julia errötete leicht, sie hatte Ralf damals wohl gemocht, aber so richtig gefunkt hatte es zwischen ihnen nicht. Damals trafen sie sich mit ihren Freunden regelmäßig im Provinz, vor allem, um sich die Gigs von lokalen Bands anzuhören. Auch Ralf spielte in einer Gruppe. Sie erinnerte sich daran, dass er cool gewirkt hatte und einige ihrer Freundinnen ziemlich auf ihn abgefahren waren. Julia selbst ging in dieser Zeit mit Rico, einem introvertierten Mathematik-Genie. Ungern dachte sie daran zurück. Mit Rico hatte sie mehr ein kumpelartiges Verhältnis. Er war ziemlich stur und sie hatten sich nach zwei Monaten auch schon wieder getrennt. Dann war ihr bei einer Studentenparty Luca über den Weg gelaufen. Wo er jetzt nur blieb?

Ralf überging ihr verlegenes Schweigen einfach. »Na, erzähl doch mal: Wie geht es dir so?«

»Bin an der Uni in Tübingen, Germanistik und Romanistik, viele Hausarbeiten, meistens langweilige Seminare, du weißt ja, wie das ist.«

Ralf setzte sein Weizenbierglas ab: »Klar, hab selbst mal mein Studium abgebrochen.« Er grinste frech.

»Aber nicht jeder schmeißt die Brocken hin«, protestierte sie lächelnd. Auch wenn sie schon öfter mit dem Gedanken gespielt hatte, ihr Lehramtsstudium für ein paar Semester ruhen zu lassen, hatte sie doch nie den Mut dazu gehabt. Vielleicht würde sie für ein Jahr nach Italien gehen. Sie fand, dass sie nach dem Grundstudium eine kleine Belohnung verdient hatte.

Als ob Ralf ihre Gedanken gelesen hätte, erzählte er ihr von seinen eigenen Italienprojekten.

»Du, ich habe ein kleines Unternehmen gegründet, wir produzieren jetzt auch in Bologna. Diese süßen Sonnenschirme, die man ins Eis steckt, sind jetzt europaweit wieder unheimlich gefragt.« Er zeigte ihr einen der bunten Papierschirmchen. Bologna, diese schöne Stadt in der Emilia Romagna. Sie kannte sich dort unten aus, hatte mal mit Luca ein verlängertes Wochenende in der Gegend verbracht.

»Erzähl mir doch ein bisschen von Bologna«, sagte sie,

jetzt schon fast ein bisschen trotzig, als ob sie Luca damit heimzahlen könnte, dass er sie versetzte.

Und Ralf erzählte von Italien, seine Augen leuchteten. Julia bestellte sich noch ein Glas und genoss das unverhoffte Beisammensein. Ralf war alles andere als ein Langweiler. Wenn sie ehrlich war, fand sie ihn sogar immer noch ziemlich sexy.

3

Ihre Körper warfen tanzende Schatten in dem dunklen Zimmer. Von draußen hallte die Musik eines nahen Festes leise herein. Der Inhalt des Titels kam ihm bekannt vor: Sie versprach ihm ihre Liebe, er ging unbeirrt seinen Weg. Norbert Rieker hielt gierig ihre Brüste in seinen Händen. Er begehrte sie. Sie jauchzte leise auf, ruckartig drang er in sie ein. Sie stöhnte auf.

Sie warf den Kopf mit den langen roten Haaren wild nach hinten. Er mochte diese Momente, auch wenn sie ihm den Schweiß auf die Stirn trieben. Rieker bemerkte die Anstrengung des Augenblicks. Nur wenige Wimpernschläge später jedoch glaubte er sich unendlich weit entfernt von ihr. Der Gipfel der Lust würde bald erreicht sein, aber das Ganze erschien ihm ungewohnt vorhersehbar. So vorhersehbar wie die Tatsache, dass er sie in dieser Nacht verlassen würde. Nicht für immer, dazu hatten sie sich in den vergangenen sechs Monaten zu sehr kennen- und liebengelernt. Aber doch einmal mehr für diese Nacht. Erneut würde er die Tür des Hotelzimmers hinter sich schließen und sich zu Fuß in sein, wenige hundert Meter entferntes, Eigenheim begeben. Seine Frau Paula würde, schon längst schlafend, ihn höchstens mit einem müden Grummeln von ihrer Seite des Bettes grüßen. Der Seite des Schlafgemachs, die er schon seit Jahren mied. Nicht etwa, weil Paula im Laufe der Jahre unansehnlich geworden wäre. Noch immer zog sie die Blicke der Männer auf sich, das wusste er, auch wenn sie nie davon erzählte. Einzig die Art, wie sie morgens vor dem Spiegel stand und sich betrachtete, verriet etwas davon. Es schien ihm, als ob sie sich durch und durch kannten – nach 15 gemeinsamen Jahren. Seit ihrer Studienzeit verstanden sie sich hervorragend, und er hätte bestimmt noch jahrelang täglich seinen Fußweg von seinem Haus in der Danneckerstraße über die Schillerhöhe ins Rathaus glücklich und zufrieden zurückgelegt, wenn nicht eines Abends ein roter Ferrari vor dem Parkhotel Schillerhöhe seine Aufmerksamkeit erregt hätte. Nicht, dass er sich jemals viel aus Sportwagen gemacht hätte – aber die beiden wohlgeformten Schenkel, die er sah, als sich die Beifahrertür geöffnet hatte, die braun gebrannte Haut, die durch einen tief geschlitzten schwarzen Lederrock ihm geradezu aufgenötigt wurde. Diese Schenkel ließen seine Schritte ebenso stocken wie seinen Atem. Rieker erinnerte sich noch später an dieses Initial ihrer Bekanntschaft: an seine schnellen, unsicheren Blicke, mit denen er die wie ausgestorben erscheinende Umgebung taxierte; an die dichten Büsche auf dem kleinen Spielplatz, die ihm als Versteck dienten; und an die Spannung, mit der er in diesen, mit quälender Langsamkeit verrinnenden Sekunden erwartete, wie die Frau aussehen mochte, die aus dem feuerroten Ferrari immer noch nicht ausstieg.

Jetzt, als er sich mit ihr erneut vereinigte, erinnerte er sich an diesen Moment. Er schloss die Augen und ließ das Bild in sich aufsteigen. Wie er sich verflucht hatte, als ihr Blick ihn traf. Hinter dem Busch stehend, hübsche Frauen angaffen, für eine Amtsperson ein Unding! Was wäre, wenn ihn jemand gesehen hätte? Nein, es gab damals keinen Zweifel: *Sie* hatte ihn gesehen, *er* überlegte sich noch Ausreden, falls er von ihr oder einem Dritten angesprochen würde. Vielleicht hätte er es mit einem entrüsteten Hinweis auf die Vermüllung der öffentlichen Plätze probiert. Eigentlich grotesk, an Abfall zu denken, wenn man eine der rassigsten Frauen der Stadt gesehen hatte, so überlegte er beim weiteren Nachhauseweg. Was ihn damals aber noch nachdenklicher machte: Sie hatte ihm zugelächelt, Verständnis für seinen Voyeurismus bekundet, ihn damit geradezu eingeladen. Wie ihn das verrückt machte.

Norbert Rieker verfügte als Marbacher Bürgermeister über genügend Mittel, sich unauffällig über die Frau zu erkundigen, die er da abends beobachtet hatte. Keine zwei Tage später besuchte er das Hotel. Es hatte ihn nur einen kurzen Anruf gekostet, er faselte etwas davon, dass er als Rathauschef die Sorgen der Gewerbetreibenden aus erster Hand kennenlernen müsse und deshalb schon bald mit Gianna Signorini sprechen wolle. Er gab vor, tagsüber vielbeschäftigt zu sein und bat um einen Abendtermin. Sie bot ihm ein gemeinsames Essen an. Er dachte nicht lange nach und nahm die Einladung an. Seiner Frau Paula erzählte er damals, er wolle sich im Hotel mit einigen Managern treffen, die das Schillerjahr 2009 und den 250. Geburtstag des Dichters für die Stadt vermarkten wollten. Diese Lüge konnte er verantworten, zumal er in diesen Tagen ständig Gespräche zu diesem kulturellen Höhepunkt im kommenden Jahr führte. Und warum sollte er sie erschrecken, mit etwas, das noch gar nicht passiert war. Natürlich ahnte er, dass etwas Entscheidendes passiert war. Etwas, das ihm – zumindest in den vergangenen sieben Jahren seiner Zeit in Marbach – noch nicht widerfahren war. Dass er an jenem Abend erst sehr spät nach Hause kam, führte er auf die interessanten Perspektiven zurück, die sich im Gespräch mit ›bemerkenswerten Persönlichkeiten der Kulturszene‹ ergeben hätten. So drückte er es jedenfalls am nächsten Morgen aus, als er mit Paula frühstückte.

Die Lüge, die er seiner Frau am nächsten Morgen auftischen wollte, würde sich um die Lesung von Erika Scharf drehen, der Schriftstellerin. Er würde die vielen Begegnungen am Rande erwähnen und wie wichtig die Kontakte zu Dollinger, dem Chef des Literaturinstituts, seien und wie viele andere Große und Kleine des kulturellen Sektors da gewesen wären, um zu sehen und gesehen zu werden.

»Warum bleibst du nicht noch ein bisschen, Norberto?« Gianna Signorini, jetzt immerhin mit einem Seidennegligé bekleidet, legte zärtlich ihren Arm um seinen Hals und küsste ihn auf die rechte Wange. Rieker nahm ihre Hand, er saß auf der Bettkante und rückte sich die Krawatte zurecht.

»Geht nicht, weißt du doch, Liebste.« Er küsste sie auf den Mund, aber sie wandte sich ab.

»Geht nicht, geht nicht – du sagst schon seit Monaten das Gleiche. Glaubst du, dass wir so eine Zukunft haben?« Sie schaute ihn gereizt an.

»Hör mal Gianna, ich kann dir nichts über die Zukunft sagen, ich bin momentan einfach zu voll – ich weiß nur eins: Ich liebe dich, alles Weitere wird sich fügen.«

Rieker hasste sich für diese Vertröstungen. Natürlich wusste er, dass eine Frau wie Gianna Signorini mit solchen billigen Sätzen nicht zu halten war. Es erschien ihm fast wie ein Wunder, dass sie noch zusammen waren. Aber irgendetwas zog sie beide magnetisch an. Was es war, wollte er, sooft es ging, herausfinden.

Gianna Signorini empfand viel für ihren Gast, den sie zum ersten Mal in der Zeitung gesehen hatte. Der Marbacher Kurier brachte öfter Berichte über das, was in der Stadt vorging. Auch sie als Hotelbesitzerin musste auf dem Laufenden bleiben. Als der Bürgermeister sie vor einigen Monaten anrief, hatte sie tatsächlich gedacht, er wolle mir ihr über die von ihr geplante Open-Air-Kulturbühne im Garten des Hotels sprechen. Der Abend verlief dann ungewöhnlich heiter. Sie lachten beide viel, und gerne hatte sie in sein Angebot eingewilligt, sich mit dem Vornamen anzureden. Er konnte sogar ein klein wenig Italienisch. Wie charmant er seine geringen Kenntnisse in Szene setzen konnte.

»Hör zu, Norberto, es ist wahrscheinlich für dich schwieriger als für mich, dieses Doppelspiel durchzuhalten. Was hältst du davon, wenn wir uns eine Weile nicht sehen?«

»Unmöglich, ich muss dich sehen.« Er lächelte sie spitzbübisch an.

Sie mochte sein Lächeln, das sie entfernt an die smarte Nonchalance eines George Clooney erinnerte. Er stand vor dem Spiegel und kämmte seine kräftigen braunen Haare nach hinten. Gianna strich ihm mit dem Handrücken sanft über den Nacken und umarmte ihn von hinten. Sie legte ihren Kopf an seine Schulter. »Wir können so nicht weitermachen, diese Heimlichtuerei tötet unsere Liebe.«

Er drehte sich um, er wollte lächeln, aber es misslang. »Bitte Gianna, gib mir noch etwas Zeit: Ich kann dir noch nicht sagen, wie wir weitermachen, ich muss viel Rücksicht nehmen: Meine Familie – und hier in der Stadt, du weißt ja, ein Bürgermeister darf sich keine Schwächen erlauben. Ich liebe dich, aber wir müssen unglaublich vorsichtig sein.« Er streichelte ihr Haar: »Verstehst du das?«

Sie drehte sich von ihm weg: »Das sagst du jetzt schon seit Monaten – ich möchte nicht länger warten. Geh jetzt bitte, und komm erst wieder, wenn du Klarheit hast.«

Norbert Rieker nahm seine Jacke und verließ das Zimmer. Draußen auf dem Flur sah er einige Gäste, die in ihre Zimmer gingen. Da es bereits Mitternacht war, handelte es sich bestimmt um Besucher der Lesung. Er hatte die Begrüßung bei der Literaturveranstaltung übernommen. Eine ideale Gelegenheit, sich nach dem offiziellen Teil abzusetzen. Den Klüngel um die Literatur mochte er überhaupt nicht. Glücklicherweise hatte er vorher und nachher im Keller kaum Stadträte gesehen. Er hasste es, um der Präsenz willen sich übermäßig lange an solchen Orten aufhalten zu müssen. Manchmal fragte er sich, ob der Beruf des Bürgermeisters überhaupt der richtige für ihn war. Gewiss, er kannte sich in den Rechtsfragen hervorragend aus, und er war mit einem fast angeborenen Instinkt für Macht ausgestattet. Eine Sitzung des Gemeinderats so zu lenken, dass am Ende die Ergebnisse stimmten, bereitete ihm überhaupt keine Probleme. Aber dieser Smalltalk mit den Halbgebildeten der Kleinstadt. Wie oft hatte er das mit Paula schon besprochen. Ihr gefiel jedoch die reizvolle Umgebung. Außerdem wollte sie die Kinder nicht in einer Großstadt aufwachsen lassen.

Draußen war es dunkel. Norbert Rieker nahm den Weg, der am Schiller-Nationalmuseum auf der dem Neckar zugewandten Seite entlang führte. Nicht alle Laternen am Wegesrand funktionierten. Er würde am Montag Plieske vom Bauamt informieren. Regelmäßig rief er ihn am Montagmorgen an, wenn ihm mal wieder irgendetwas auf der Gemarkung aufgefallen war. Der Mann stand kurz vor der Rente. Wollte er aber hier so enden? Mit Mitte 30 hatte er den Zenit seiner Karriere längst noch nicht erreicht. Wenn er noch einmal groß herauskommen wollte, musste er in den nächsten Jahren einen besseren Job finden. Oberbürgermeister in einer mittelgroßen Stadt etwa. Oder sollte er es über die parteipolitische Schiene probieren? Für die FPU nach Berlin gehen, das wäre es. Aber da war dieser Steinhorst, der schon seit Jahren den Sitz innehatte und mit der Regelmäßigkeit einer Schwarzwälder Kuckucksuhr ins Parlament einzog. Na, in diesem Wahlbezirk könnte man wahrscheinlich eine Straßenlaterne für diese Volkspartei lackieren, und sie würde gewählt. Rieker überlegte. Er wusste einiges über Steinhorst, der im Ruf stand, in Berlin die Puppen ziemlich tanzen zu lassen und das Nachtleben in vollen Zügen zu genießen. Im Wahlkreis spielte er den biederen Freund der Wirtschaftsunternehmen. Eine sichere Tour, zumal die Leute froh über ihre Arbeitsplätze im Sog der allgegenwärtigen Autoindustrie waren. Vielleicht konnte er beim Kreisparteitag morgen Abend in der Rielingshäuser Gemeindehalle punkten. Steinhorst war unter den kommunalpolitischen Entscheidungsträgern im Gäu nicht besonders beliebt. Möglicherweise konnte er ihn unter Druck setzen. Rieker dachte an die geplante neue Stadtbahn-Linie, die von Marbach nach Beilstein führen sollte. Er hatte es für die Stadt Marbach kategorisch abgelehnt, sich an den Baukosten zu beteiligen. Damit hatte er sich in der Presse anfangs noch eine blutige Nase geholt. Aber er wusste das Recht auf seiner Seite: Das Land musste ein Großteil der Zeche für die Bahnlinie zahlen. Dieser Populist Steinhorst hatte sich dagegen der Generalschelte angeschlossen. Jetzt könnte er endlich mit ihm abrechnen. Seine Gedanken wanderten zu Gianna. Eine Grazie, ein Geschoss. Rieker ahnte, dass sie vielleicht nur eine Fußnote in der Geschichte seines Lebens bleiben würde. Umso mehr musste er jede Minute, die ihm mit ihr blieb, genießen. Das Baugesuch für die Kulturbühne im Garten des Hotels würde keine leichte Sache werden. Der Widerstand der Anwohner könnte sich schnell formieren. Erst kürzlich hatte ihn dieser Sprecher von der Anti-Lärm-Bürgerinitiative – ach, wie hieß er noch, Dimmerschmidt, richtig – angerufen und ihn wegen der Gerüchte, die inzwischen kursierten, angesprochen. Er hatte ihn zunächst abgewimmelt, aber wenn er mit Dimmerschmidt noch einmal reden würde, könnte er ihn dazu bringen, die Bürgerinitiative auf die Kulturbühne einzuschwören. Schließlich war die Aufführung der Oper Nabucco auf der Schillerhöhe kürzlich ohne größere akustische Belästigungen über die Bühne gegangen. Und regte sich die Initiative nicht viel mehr über den möglichen Lärm auf, der durch die Ansiedlung eines großen Kaufkraft-Marktes auf dem Bolzplatz an der Poppenweiler Straße drohte? Rieker war sicher, bei Dimmerschmidt punkten zu können, wenn er die Kaufkraft-Manager dazu brächte, den Markt in der Nähe des Feuerwehr-Kreisels an der Washingtoner Straße anzusiedeln. »Es ist doch alles immer ein Geben und ein Nehmen«, murmelte der Bürgermeister. Er gähnte und schloss die Tür seines Hauses auf.

4

Griesgrämig schälte Peter Struve Kartoffeln.

»Autsch, verdammt!«

Das Messer war ihm abgerutscht. Blut tropfte in den Kochtopf. Zum Glück hatte Marie ihre Papiertaschentücher in der Küche liegen gelassen. Er wickelte eins um seinen Finger. Der Schnitt saß ziemlich tief. Das hatte er also von seinen Herdexperimenten. Was musste er sich auch von seiner Frau zum Küchenbullen degradieren lassen? Und warum probierte sie ausgerechnet an einem Samstag den neuen Friseur in Großbottwar aus? Sie hatte doch die ganze Woche Zeit. Struve wickelte das Taschentuch vorsichtig ab und saugte an dem blutenden Finger.

»Na ja«, murmelte er, versorgte die Wunde mit einem Heftpflaster und nahm das Schälmesser wieder in die Hand. Wenigstens kamen endlich mal wieder Kartoffeln auf den Tisch. Nicht, dass es ihm nicht schmecken würde, aber dass auch nach so vielen gemeinsamen Jahren daheim in der Steinheimer John-Lennon-Straße mittags fast immer nur Nudeln auf den Tisch kamen, nervte ihn gewaltig. Er war schließlich mit Leib und Seele Westfale, das musste sie doch spüren. Hatte sie nicht sein glückliches Lächeln bemerkt, als er kürzlich im Ochsen eine zischende Pfanne mit Bratkartoffeln vor sich stehen gehabt hatte? Aber zu Hause gab es: Spaghetti, Makkaroni, Tagliatelle – Pasta im zweitägigen Wechsel. Das konnte aus dem romantischsten Italienliebhaber einen strammen germanischen Erdknollenfaschisten machen.

Auf keinen Fall würde er in diesem Jahr in einem Land Urlaub machen, in dem es immer nur Nudeln gab. Heute beim Frühstück hatte Marie wieder von Mexiko geschwärmt. Sie hatte etwas von leckeren Nachos und Burritos erzählt, um ihm die Reise schmackhaft zu machen. Dabei kam es ihm doch gar nicht darauf an, irgendwelche exotischen Gerichte auszuprobieren, die ihm am Ende doch wieder nur den Schweiß auf die Stirn treiben und ihn durstig machen würden. Mit Schrecken erinnerte er sich an die nächtelangen Sitzungen in den ägyptischen Hotels, nachdem sie beim Fünf-Gänge-Menü an ranzige Kräuterbutter geraten waren.

Zufrieden betrachtete Struve den Topf mit den Kartoffeln und stellte ihn auf den Herd. Er vergewisserte sich, dass sich die Matjesheringe in Sahnesoße noch im Kühlschrank befanden. Die Packung hatte er sich gestern nach Feierabend aus der Markthalle geholt, einem Großmarkt, in dem das halbe Bottwartal zu Billigpreisen einkaufte. Struve mochte sonst eher kleine Geschäfte. Das entscheidende Kriterium waren für ihn Frische und kurze Wege vom Erzeuger zum Abnehmer. In die Markthalle fuhr er vor allem, wenn es schnell gehen musste. Dort gab es eine Expresskasse für Leute mit weniger als zehn Waren. Für Struve, den viel beschäftigten Kommissar, an manchen Tagen genau das Richtige.

Das Klingeln seines Handys durchbrach die Stille. Es war Karl Littmann, sein ständig nörgelnder Kollege aus dem Stuttgarter Polizeirevier, und deshalb sein Lieblingsfeind.

»Na, Struve, wie gehts so am freien Tag?«

Littmanns Stimme klang seltsam vergnügt. Bestimmt hatte er sich wieder eine Gemeinheit ausgedacht. Struve beschloss, ihm neutral zu begegnen.

»Och, Sie wissen ja, werter Littmann, der Schwabe kommt ins Hudeln, wenn er mal nicht arbeiten darf – der Westfale hat dagegen seine eigene Philosophie: Er schweigt und genießt.«

Karl Littmann lachte laut und ungehemmt in den Hörer. Es klang wie das Röcheln eines Tuberkulosekranken.

»Tja, mit dem Genießen hat es sich wohl für heute. Mord in Marbach, mein lieber Kollege, Sie sollten zum Deutschen Literaturarchiv kommen. Dort liegt ein Mann tot im Keller der Handschriftenabteilung.«

Das war es dann wohl gewesen. Peter Struve blickte traurig auf seine Kartoffeln. Er schob den Topf mit einer Hand vom Herd und stellte den Drehschalter auf null.

»Wer ist der Tote?«

»Dietmar Scharf, der Mann der bekannten Schriftstellerin. Sie hat ihn heute Morgen als vermisst gemeldet, weil er wohl gestern von einem nächtlichen Spaziergang nicht zurückkam.«

»Und wann war das genau?«

»Sie sagt, er ist nach 23.30 Uhr losgegangen. Sie haben beide im Parkhotel auf der Schillerhöhe gewohnt.«

»Ah ja, im Parkhotel. Und im Schlosskeller hat die Lesung stattgefunden«, erinnerte sich Struve. Fast wären Marie und er hingefahren, aber sie wollte ihre wöchentliche Canasta-Runde mit den Nachbarn nicht opfern. Ihn interessierte die Lesung mehr, aber er hatte dann doch lieber Karten gespielt und seinen geliebten Lemberger vom Kleinbottwarer Götzenberg getrunken. Jetzt ärgerte er sich, denn es wäre für die Lösung des Falls sicherlich von Vorteil gewesen, die Atmosphäre des Abends auf sich wirken zu lassen.

»Steht die Todeszeit schon fest?«

Littmann lachte wieder laut, er bekam dabei fast einen Hustenanfall.

»Guter Kollege, so schnell schießen die Preußen bei uns im Schwabenländle nicht. Das sollten Sie doch langsam wissen. Die Leiche ist erst vor einer Viertelstunde entdeckt worden. Ziehen Sie sich warm an, es ist kühl da unten im Keller.«

Peter Struve nahm tatsächlich einen Pullover mit. Er verließ das Haus. Die Sommerhitze drückte, es mochte schon fast 30 Grad warm sein. Wegen der ständigen Hitze hatte er seinen schwarzen VW Passat, einen soliden Jahreswagen zum Schnäppchenpreis, am Vortag unter einer Kastanie geparkt. In die Garage hätte er das Auto sowieso nicht stellen können. Der Raum war seit einem Jahr mit Sperrmüll vollgestellt. Marie weigerte sich hartnäckig, ihn zu betreten. ›Das ist dein Ding‹, hatte sie vor drei Monaten gesagt, kurz nachdem er im Garten mit einigen Freunden seinen 48. Geburtstag gefeiert hatte. Recht hatte sie, getan hatte sich seitdem aber nichts.

Während er im Auto Platz nahm, kam ihm Littmann in den Sinn. Dass ausgerechnet dieser Querulant ihn angerufen hatte, mochte etwas Gutes haben: Wahrscheinlich würde er den Fall nicht mit ihm bearbeiten müssen. Es könnte aber auch sein, dass der Zyniker ihn von Stuttgart aus ständig mit neuen Informationen aus der Zentrale fütterte. Er nahm sich vor, sich in Gelassenheit zu üben.

Der Kaffee schmeckte Sven Dollinger an diesem Morgen nicht.

»Was ist das denn für eine Brühe? Viel zu schwach«, rief er gereizt, als seine dienstbeflissene Sekretärin Ilse Bäuerle einige Aktenordner hereintrug und mit einer Geste der Entschuldigung ablegte. Der Direktor des Deutschen Literaturarchivs kämpfte gegen die Müdigkeit. Nach der Lesung gestern war es spät geworden, heute wartete im Büro noch Kleinkram, wie er es gerne nannte. Dollinger machte an den Wochenenden gewöhnlich einen großen Bogen um die Gebäude rund um das Schillerdenkmal. Er brauchte mit seinen 60 Jahren den Abstand. ›Lesen ist nicht alles‹, hatte er öfter zu Ilse Bäuerle gesagt, die früher als Buchhändlerin in Heidelberg gearbeitet hatte und gar nicht genug von der Belletristik bekommen konnte. Sie wünschte sich oft die alten Zeiten zurück, als sie noch mit ihren Kunden munter über ihre Neuentdeckungen parlieren konnte. Aber als ihr Laden vor zehn Jahren Konkurs anmeldete, musste sie sich eine andere Betätigung suchen, – und landete als Vorzimmerdrache, wie sie sich im Freundeskreis selbst gerne scherzhaft nannte, bei dem Institutsdirektor.

Dollinger brauchte aus seiner komfortablen Dienstwohnung in der Haffnerstraße zu Fuß keine zwei Minuten zur Schillerhöhe. Als er an diesem Samstag dort ankam, packte er eine der teuren Zigarillos aus, die er bei einem Marbacher Tabakimporteur zum Vorteilspreis gekauft hatte. Er gönnte sich diesen kleinen Luxus selten. In der

Öffentlichkeit rauchte er nie. Der Direktor wollte ein gutes Vorbild abgeben. Seine Mitarbeiter hielt er gerne durch stichprobenartige Kontrollen an der kurzen Leine, außerdem genoss er seine Ansprachen vor versammelter Mannschaft, wobei er gerne davon sprach, einem Team mit flachen Hierarchien vorzustehen.

Gedankenverloren blickte Sven Dollinger durch das geöffnete Fenster auf die Statue von Friedrich Schiller. Der Direktor nuckelte an seinem Zigarillo, der Rauch zog hinaus, dem Abbild des Dichters entgegen. Die Tür öffnete sich. Er bemerkte, wie Ilse Bäuerle einen Stapel vorsortierter Schreiben auf seinen Tisch legte. Dollinger mochte ihre stille, zurückhaltende Art, neigte er selbst doch zu cholerischen Wutausbrüchen. Er brauchte ein Gegenüber, das ihn nicht zusätzlich zu seinem täglichen Stress reizte. Zehn Jahre arbeiteten Ilse Bäuerle und er jetzt miteinander. Die unverheiratete Mittfünfzigerin mit der strengen Dutt-Frisur und der ebenfalls ledige Honorarprofessor für Germanistik hatten eine Form des Miteinanders gefunden, bei der Respekt die größte Rolle spielte, Nettigkeiten aber weitgehend ausblieben.

Sven Dollinger glaubte seit seiner Pubertät, dass er kühl wirken müsse, um Erfolg zu haben. Sein steiler Aufstieg zum Direktor einer Einrichtung, die international als das führende Institut für die Konservatorik von Originalen deutscher Schriftsteller anerkannt war, bestätigte ihn in seiner misanthropischen Grundhaltung. ›Die Pflicht ist die erste Säule unseres Gemeinwesens‹, lautete ein Lieblingssatz, den er in Ansprachen immer wieder von sich gab. Die Pflicht war das Schutzschild vor dem, was der

Direktor den menschlichen Schweinehund nannte. Der ständige Appell an die Pflicht diente als Rammbock, mit dem er sämtliche Sentimentalitäten um ihn herum als hirnloses Getue bekämpfte.

Weil er die Pflicht an die erste Stelle setzte, war Dollinger auch gewohnt, distanziert mit seinen Geschäftspartnern umzugehen. Hatten sie sich nach seinem Weltbild doch auch am übergeordneten Moralkodex zu orientieren. Vor allem, wenn er alternde Autoren oder – im Todesfall – deren Angehörige überzeugen musste, dass Marbach der beste Ort für den schriftstellerischen Nachlass ist, konnte Dollinger ebenso geschickt wie engagiert an die Verantwortung seiner Gesprächspartner appellieren. Er gab den Schriftstellern das Gefühl, Teil einer exklusiven Gemeinschaft zu sein. Einer Gemeinschaft, die nur dadurch entstehen konnte, dass geistige Größen sich auch ein letztes Mal großzügig zeigten – und dem Institut ihre Originale gratis überließen, damit später einmal Germanisten aus aller Welt diese Handschriften in Marbach erforschen konnten.

Immer noch blickte der Direktor zufrieden auf das Schillerdenkmal, als ein schwarzer Mercedes 500 vorfuhr. Ein sonnengebräunter Mann um die 40 hechtete mit einem flotten Sprung aus dem Cabrio. Es war Utz Selldorf, einer der Nachlass-Agenten. Dollinger mochte sie allesamt nicht. ›Es würde mich nicht wundern, wenn sich nicht auch Analphabeten unter ihnen finden lassen würden‹, hatte er einmal in einem schwachen Augenblick zu seiner Sekretärin gesagt. Der paparazziartige Spürsinn und das kaufmännisch-leichte Gehabe dieser, wie er sie nannte, Außendienstler, ekelten Dollinger an, doch war er auf ihre Dienste angewiesen. Selldorf brachte offenbar Neuigkeiten, sonst würde er ihn nicht unangemeldet am Samstagvormittag im Literaturarchiv aufspüren. Kurze Zeit später saßen sie sich gegenüber.

»Na, welchen Schreiberlingen gehts heute nicht gut?«, fragte Sven Dollinger.

Der laxe Unterton gehörte zum Stil, den sich der Direktor in den Gesprächen mit den oft jüngeren Agenten angewöhnt hatte. Manche Schriftsteller gingen aus seiner Sicht verantwortungslos mit ihren Aufzeichnungen um, die das Literaturarchiv gerne als Vor- oder Nachlässe aufbewahren wollte. Die Autoren beantworteten Anfragen nicht, und lagen sie erst einmal im Sterben, war es oft schon zu spät, um die nötigen Schritte einzuleiten. Ganz zu schweigen von den Erben, die sich von den Handschriften wahre Reichtümer erhofften und in den Verhandlungen nicht selten völlig verkrampften. ›Dann gehen wir eben nach Sothebys‹, musste Dollinger neulich hören, als der Sohn des Schweizerischen Essayisten, Kurt Bartigheimer, nach dessen tödlichem Verkehrsunfall bei ihm auf der Matte stand und er sich weigerte, die geforderte Summe für die gesammelten Werke herauszurücken.

»Eigentlich gibts wenig Neues«, sagte Utz Selldorf und fing an zu berichten: von Lothar Münchburg, dem postmodernen Prosaautor aus dem Oberpfälzischen, der seit einem halben Jahr an einem Prostatakarzinom laborierte. Ein Kuraufenthalt in Bad Wörishofen habe ihm zwar eine gewisse Linderung verschafft, doch in der Nachlassfrage sei man – trotz eines längeren gemeinsamen Spaziergangs durch den Kurpark und eines anschließenden Abendessens, das Selldorf auf die Spesenrechnung setzte – noch nicht weitergekommen. Er werde aber hartnäckig dranbleiben, versicherte der Agent.

Offenbar ist Münchburg sein dickster Fisch, dachte Dollinger, der sich noch anhören musste, wie es der schwer depressiven Lyrikerin Charlotte Geistheimer und dem fast 100-jährigen Expressionisten Gustav Zellweg nach dem zweiten Schlaganfall erging. Außerdem erwähnte Selldorf noch die junge Dramatikerin Bianca Martin, die bei der Kirschernte im heimischen Brunsbüttel von der Leiter gefallen war und immer noch im Koma lag.

»Alles momentan nicht so einfach«, bemerkte Utz Selldorf, der mit solchen zusammenfassenden Phrasen gerne zu seinen Spesenabrechnungen überleitete. Für Sven Dollinger ein deutlich wahrnehmbares Signal, dass er vom geduldigen Zuhörer zum knallharten Kalkulator mutieren musste.

»Wie Sie wissen, fließen immer weniger Gelder aus Berlin, seit Rümmelsbacher nicht mehr Staatsminister ist«, erklärte Sven Dollinger. »Das Archiv muss leider einen strikten Sparkurs verfolgen. Aber seien Sie gewiss, beim nächsten Treffer werden Sie für Ihre Mühen gebührend entschädigt.«

Utz Selldorf wusste selbst, dass er nicht viel zu bieten hatte. Dass ihn Dollinger aber bei der Spesenrechnung leer ausgehen lassen wollte, enttäuschte ihn. »Ich hatte gehofft, meine langjährige Loyalität würde Ihnen etwas bedeuten«, bemerkte er mit säuerlicher Miene. »Falls es Sie interessiert: In Fachkreisen wird Marbach längst nicht mehr als das gehandelt, was es einmal war.« Als Dollinger ihm energisch widersprach, wurde Selldorf konkreter: »Es gibt auch andere Archive, die sich um Nachlässe bemühen. Fragen Sie doch zum Beispiel mal Erika Scharf, wohin Sie ihre Originale geben wird.«

Dollinger wippte nun etwas nervös mit den Füßen. Natürlich hatte er die Artikel im Feuilleton der Norddeutschen Zeitung und des Frankfurter Allgemeinen Zirkels verfolgt. Der Institutsdirektor hatte schon darauf gewartet, dass Selldorf dieses Thema anschneiden würde. Aber warum sollte er ihn einweihen? Diese Sache war für einen Agenten wie diesen Selldorf eine Nummer zu groß. Er selbst wollte Erika Scharf und Marbach zusammenbringen, deshalb hatte er sich auch dafür eingesetzt, die Autorin während ihrer Tournee durch Deutschland auf jeden Fall auch in der Schillerstadt lesen zu lassen. Sein Plan war so offensichtlich, dass sogar die örtliche Presse darauf angesprungen war.

»Na, dann lesen Sie mal den Marbacher Kurier und bringen sich auf den neuesten Stand«, sagte er zu Selldorf.

Plötzlich öffnete sich die Tür. Ilse Bäuerle atmete schwer. So hatte Dollinger sie noch nie erlebt.

»Verzeihen Sie, Herr Direktor, der Herr Schäufele will Sie unbedingt sprechen.« Ilse Bäuerle war es offenbar peinlich, ihm diese Bitte anzutragen. Ihr Gesicht war rot angelaufen, was auf heftige Abwehrkämpfe im Vorzimmer schließen ließ.

»Schäufele, welcher Schäufele in Gottes Namen? Ich hab jetzt überhaupt keine Zeit!«, bellte Dollinger. Er mochte es nicht, von Angestellten gestört zu werden. Er hätte die Tür wohl einfach zugeschlagen, wenn er in der

Störung nicht doch noch eine gute Gelegenheit gesehen hätte, Utz Selldorf loszuwerden.

»Der Bibliothekar aus der Handschriftenabteilung«, hauchte die Sekretärin eingeschüchtert zurück.

»Die Angestellten sollten sich am Samstagvormittag vom Dienst erholen und nicht noch in der Direktionsabteilung Überstunden verursachen«, sagte Sven Dollinger halb im Scherz. Endlich erinnerte er sich an Schäufele. Normalerweise pflegte er Anfragen von Mitarbeitern des unteren Segments mit einer Mindestwartezeit von einer Woche zu belegen. Er wollte mit dieser Methode die Dringlichkeit solcher, wie er meinte, ›menschlich, allzu menschlichen Kinkerlitzchen des Alltags‹ entschärfen. So sah er es überhaupt nicht als seine Aufgabe an, Streitigkeiten unter seinen Mitarbeitern zu schlichten. Dies sollten gefälligst die Abteilungsleiter erledigen, die es überhaupt so weit hatten kommen lassen.

Franz Schäufele, altgedienter Bibliotheksassistent, stand schon in der Tür. Er hörte den Worten seines Vorgesetzten aufmerksam zu und schien auf eine Gelegenheit zu warten, etwas sagen zu dürfen. Schüchtern hob er jetzt die Hand, seine Stimme zitterte, als er sagte: »Entschuldigung, im Keller liegt eine Leiche, die Polizei ist schon da.«

Peter Struve fuhr mit seinem Passat vor das Schillermuseum. Er genoss es jedes Mal, dort parken zu dürfen. Bei Privatbesuchen in dem nagelneuen Literaturmuseum der Moderne, auch LiMo genannt, hatte er sich gefragt, ob man den architektonischen Dreiklang von Schiller-Nationalmuseum, LiMo und dem Gebäude des Literaturarchivs nicht durch ein Parkverbot besser zur Geltung bringen sollte. Letztlich fand jedoch auch er die liberale Praxis nicht nur heute sehr hilfreich, er gewann ihr auch eine geistesgeschichtliche Note ab: Freies Parken für freie Bürger, das hatte etwas Demokratisches, auch wenn es der Werbegag eines Automobilklubs sein könnte. Mit Unbehagen dachte der Kommissar an die wenig versteckten Botschaften ungehemmten Fahrzeuggebrauchs, die ihm aus der monatlich erscheinenden Mitgliederzeitschrift des Klubs entgegenblitzten, bei dem er noch Mitglied war. Struve schaute beim Aussteigen ins Antlitz des Dichters, der regungslos auf seinem Denkmal stand. Fast schien es dem Kommissar, als ob in Schillers Gesichtszügen ein griesgrämiges ›Nein‹ zu allen Automobilen dieser Erde geschrieben stünde.

Wie sich herausstellte, hatte der Dienst habende Bibliothekar Alarm geschlagen, kurz nachdem er die Leiche von Dietmar Scharf in einem schmalen Zwischengang im Keller des Literaturinstituts entdeckt hatte. Struve ließ sich zum Tatort führen und betrachtete den Toten in aller Ruhe. Die Kollegen von der Spurensicherung würden bald eintreffen, er mochte die Hektik nicht, die das emsige Hin und Her verbreitete. Vier Pfeile hatten Scharf durchbohrt, sie steckten alle noch in seinem Leib. Struve fiel auf, dass die Geschosse relativ weit unten im Körper des Mannes eingedrungen waren: zwei in der Magengrube, eins auf Höhe des Bauchnabels und ein weiteres im Bereich der Genitalien. Der Tote musste qualvoll verblutet sein. Der Kommissar entdeckte einen großen Apfel, der neben der Leiche in dem ansonsten völlig leeren Gang lag. Er fragte sich, wo der ältere Bibliothekar blieb, der ihn hierhin geführt hatte. Vielleicht konnte er ihm verraten, welche Funktion dieser Gang in dem unterirdischen Gebäudekomplex erfüllte. Plötzlich durchschnitt eine laute, gebieterische Stimme die Stille des Kellers.

»Was ist hier passiert?«

Der Ruf riss Peter Struve aus seinen Gedanken. Er drehte sich um und sah, wie sich ihm eine groß gewachsene Gestalt mit schnellen Schritten näherte, eine Frau und zwei Männer liefen hinterher. Struve fielen kurz seine Kartoffeln ein. Marie musste sie inzwischen gefunden haben. Vielleicht würde sie seine Kochidee weiterentwickeln. Er hatte ihr absichtlich nichts davon erzählt, um sie zu überraschen. Aber was dachte er an die Kocherei, er musste sich jetzt auf seine Arbeit konzentrieren. Der Mann, der gleich vor ihm stehen würde, verbreitete eine laute und unangenehme Aura. Struve kannte das aus der Chefetage des Polizeipräsidiums. Dort saßen genügend Typen, die Lautstärke mit Gedankenschärfe verwechselten. Diesem angeberischen Fossil musste er also jetzt Fragen stellen – und Struve freute sich auf das offenbar bevorstehende kleine Scharmützel.

Dollinger stand jetzt mit fordernder Miene vor ihm, als ob ihm der Kriminalist eine Erklärung schuldig wäre.

»Sie haben da wohl eine Leiche im Keller«, bemerkte der Kommissar trocken.

»Ich – eine Leiche im Keller? Sehr witzig. Wer sind Sie überhaupt?«

»Struve, Kripo Stuttgart. Und wer sind Sie?«

»Mein Name ist Sven Dollinger, ich bin der Leiter der hiesigen Institute – aber, mein Gott, das ist ja Dietmar Scharf!«, rief der Direktor völlig überrascht, bevor sie sich die Hände zur Begrüßung geben konnten.

»Sie kennen den Toten?«, fragte Struve.

»Ja, was heißt kennen. Wir haben uns gestern getroffen. Er ist der Mann von Erika Scharf. Lesen Sie denn keine Zeitung? Sie hat gestern im Schlosskeller …«

»Ja, ja, schon gut, das habe ich im Kurier gelesen, Erika Scharf, die Schriftstellerin.« Struve drehte sich leicht zur Seite. Er hatte keine Lust, sich mit seinem Gegenüber anzulegen. Dollinger wiederum merkte, dass ihm die Schulter gezeigt wurde und kam dadurch erst richtig in Fahrt.

»Können Sie sich überhaupt ausweisen?«

Lässig holte der Kommissar seine Dienstmarke aus der Tasche und drückte sie seinem Gegenüber in die Hand. »Bitte. Wiedersehen macht Freude – der Einfachheit halber schlage ich vor, dass von jetzt an ich die Fragen stelle.«

Der immer noch aufgeregte Dollinger hielt kurz die Luft an, dann nickte er. »Ja, natürlich, Sie sind der Kommissar, tun Sie nur Ihre Arbeit.« Dieser Polizist mit seiner labbrigen Jeans, dem verblichenen karierten Hemd und der alten Lederjacke musste auf ihn wie ein Müßiggänger aus der Kneipenszene wirken. Dollinger geißelte regelmäßig den Verfall der Kleiderkultur, mit Vorliebe bei Ansprachen zu den Weihnachtsfeiern. Wenigstens in seinem Haus sollte es einigermaßen stilvoll zugehen.

Peter Struve zückte seinen Block, um sich Notizen zu machen. »Wann haben Sie mit Dietmar Scharf gesprochen?«

»Das war nach der Lesung, seine Frau hat Bücher signiert, wir konnten einige Zeit miteinander plaudern, Erika Scharf hat sich nach dem Signieren einem Journalisten vom Marbacher Kurier gewidmet.«

Die Sekretärin Ilse Bäuerle mischte sich ein. »Das kann man wohl sagen, der junge Mann von der Zeitung hat sie regelrecht hofiert, man kam ja gar nicht mehr an sie ran.«

Alle blickten sie an. »Frau Bäuerle, meine Sekretärin, sie war gestern auch bei der Lesung«, erklärte Dollinger. »Und das ist Herr Selldorf, mit dem wir geschäftliche Verbindungen unterhalten. Herrn Schäufele haben Sie ja schon kennengelernt, er arbeitet bei uns in der Handschriftenabteilung.«

Peter Struve notierte die Namen. »Sie sagten, Sie konnten einige Zeit mit Herrn Scharf reden – worüber haben Sie denn miteinander gesprochen?«

»Ach wissen Sie, man redet bei solchen Anlässen über das Übliche: wie schön Marbach ist, ob ihm das Schillermuseum, das neue Museum und das Geburtshaus in der Niklastorstraße gefallen haben. Smalltalk eben.«

»Was hat Scharf nach dem Gespräch mit Ihnen gemacht?«

»Ich muss sagen, ich habe ihn danach etwas aus den Augen verloren, es drehte sich ja alles um seine Frau.«

Peter Struve blickte in den Korridor. Dollinger berichtete ihm, dass nur etwa 20 Personen einen Schlüssel für den Durchgang besitzen. Der Gang führte in die Kammer, in der die wichtigsten Handschriften aufbewahrt werden. Außerdem gab es einen Safe mit den persönlichen Gegenständen aus dem Hause Schiller. Dollinger liebte es, prominente Besucher in die Kammer zu führen und ihnen kleine Anekdoten aus dem Leben des Dichters zu erzählen.

Der Kommissar war zwar kein Prominenter, er ließ sich aber trotzdem die Kammer zeigen. Er wollte die wichtigsten Gegenstände, wie etwa Schillers Totenmaske, sehen. Ihn interessierte, warum Dietmar Scharf nachts in die Handschriftenabteilung gegangen war. Er musste von dem Besitzer eines Schlüssels dorthin geführt worden sein – oder er hatte Schlösser aufgebrochen. Darauf deutete bis jetzt aber nichts hin. Struve bat Dollinger um eine Liste mit den Namen der Personen, die einen Schlüssel besitzen.

Auf dem Weg zum Parkplatz klingelte sein Handy. Es war Littmann.

»Na endlich, Struve, was ist mit Ihrem Handy los?«

»Sie Scherzbold, erst schicken Sie mich in einen Keller, und dann beschweren Sie sich auch noch, dass Sie mich dort nicht anrufen können.«

»Konnte ja nicht wissen, dass es Ihnen da unten so gut gefällt. Wie läufts denn so?«

»Gut, ich hatte einen Pullover dabei.«

»Hervorragend, und sonst?«

»Noch nicht viel Neues. Es gibt eine Liste mit Personen, die einen Schlüssel für den Durchgang haben. Der Direktor lässt sie Ihnen durchfaxen. Setzen Sie ein paar Leute darauf an, die Alibis zu checken, wenn die Tatzeit feststeht.«

»Okay, Struve. Jetzt hab ich noch eine Neuigkeit für Sie. Der Alte meint, Sie allein kommen mit dem Fall nicht klar.« Wieder kicherte Littmann vergnügt. »Er schickt Ihnen noch jemanden zur Verstärkung. Der Name lautet Förster oder so ähnlich.«

Struve wusste, dass Littmann solche Seitenhiebe auskostete. Seitdem Struve vor wenigen Wochen vor versammelter Mannschaft eine seiner oft sehr gewagten Hypothesen widerlegt hatte, gestaltete sich das Miteinander besonders schwierig. Dass der Polizeipräsident ihm einen Kollegen zur Seite stellte, überraschte Struve indes kaum. Es war völlig normal, bei einem Mord mit zwei Leuten zu ermitteln. Das galt auch für die Außenbezirke Marbach und Bietigheim, wo sich selten schwere Verbrechen ereigneten.

»Wo wir gerade bei Namen sind, Littmann. Haben Sie eigentlich schon mal was von Wilhelm Tell gehört?«

»Tell? Na klar. Aber jetzt kommen Sie mir nicht mit den alten Schinken vom Schiller. Ich mags eher spannend, Mankell und andere aus dem Norden, die lese ich gern. Wieso fragen Sie mich das?«

»Ach, nur so. Da lag ein Apfel am Tatort. Müsste ein Elstar sein. Die Jungs von der Spurensicherung sollten sich ihn mal anschauen. Vielleicht reicht es ja für eine DNA. Aber nicht aufessen, ja?«

Der Kommissar stand jetzt an seinem Wagen. Er schaute sich das Schillermuseum an. Ein Prachtbau, der erst kürzlich renoviert worden war und jetzt mit einer hellen weißen Fassade die Blicke auf sich zog. Struve überlegte, ob Dollinger verdächtig war. Seine Überraschung hatte nicht gespielt gewirkt, aber irgendetwas an ihm erschien ihm zwielichtig. Struve hatte schon viele Berufsjahre auf dem Buckel. Er wusste zwischen Antipathie und einem Gefühl für kriminelles Potenzial zu unterscheiden. Er nahm sich vor, den Direktor im Blick zu behalten. Außerdem beschloss er, nach vielen Jahren mal wieder zu Schillers Werken zu greifen. Soweit er sich erinnerte, lagerte Wilhelm Tell als kleines gelbes Heftchen auf seinem Dachboden.

5

Die Golfstunde am Samstagmorgen ließ der Bürgermeister Norbert Rieker so gut wie nie ausfallen. Er brauchte einen Ausgleich für die vielen Stunden im Büro. Auf der Anlage in der Nähe des Kernkraftwerks Neckarwestheim traf er sich auch an diesem Morgen mit Gustav Zorn, dem Redaktionsleiter des Marbacher Kurier. Rieker selbst machte sich nicht viel aus Golf, aber er hatte gleich zu Beginn seiner Amtszeit Erkundigungen über die bevorzugten Hobbys wichtiger Persönlichkeiten in der Stadt eingeholt. Zorn galt eher als passives Mitglied, er war damals erst seit zwei Jahren im Golfklub. Man vermutete, dass der völlig unsportlich wirkende Zeitungsmann auf diese Weise Kontakte pflegen wollte. Das hatte auch Rieker vor, der den Redaktionsleiter schnell zum festen Trainingspartner erkor, damit man sich die Bälle auch außerhalb der Golfanlage zuspielen konnte. Natürlich wusste Rieker, dass ihm das möglicherweise den Kopf retten könnte, falls es Situationen geben sollte, in denen die Presse seiner Meinung nach den Ball lieber flach halten sollte.

»Na Herr Bürgermeister, was gibts Neues in der Stadt?« Gustav Zorn betrat die Terrasse. Lässig warf er den Schläger auf einen Stuhl und setzte sich.

»Na, dasselbe könnte ich doch Sie fragen, Herr Redaktionsleiter.« Rieker grinste. Er und Zorn siezten sich im Golfklub ganz bewusst. Sie wollten damit den Anschein erwecken, dass sie nicht miteinander kungelten. Der Bürgermeister bestellte sich einen Campari Orange. Zorn tat es ihm gleich und zündete sich eine seiner Havannas an.

»Schätze, es könnte bald mal wieder Ärger mit den Anwohnern auf der Schillerhöhe geben«, erzählte Rieker.

»Ach ja?« Zorn blickte neugierig auf, während er seine Zigarre rauchte. Bereits beim Bau des Literaturmuseums der Moderne hatten einige Nachbarn protestiert. Der Marbacher Kurier war damals darauf eingegangen und hatte über den Konflikt berichtet. Der Bürgermeister, zugleich Vorstandsmitglied der Deutschen Schillergesellschaft, wollte nicht, dass einige Querulanten das Bauprojekt torpedierten. »Gehts wieder ums Museum?«, fragte Zorn.

»Nicht direkt, aber es geht mal wieder um die Urangst, dass der Nachbar die eigene Ruhe stört.« Rieker lachte. Er dachte an die heiße Nacht mit Gianna Signorini, mit der er die Open-Air-Kulturbühne schon öfter besprochen hatte. Dabei fiel fast immer der Name von Hedwig Lieb, der verschrobenen Inhaberin einer Lottoannahmestelle. Die verschlossene 62-Jährige hatte es dank des regen Spiels der Marbacher inzwischen selbst zu einigem Wohlstand gebracht. Ihr Besitz ließ die ältere Dame allerdings nicht innerlich großzügiger werden, und so opponierte sie in der Nachbarschaft immer noch gegen das inzwischen etablierte und architektonisch preisgekrönte Literaturmuseum der Moderne, dessen Ausstellungen jährlich Tausende von Besuchern nach Marbach lockten.

»Ah, verstehe: Mischt wieder diese Lieb mit? Worum gehts denn?« Zorn schien interessiert.

»Das Parkhotel plant eine Bühne für Kleinkunst und Konzerte, und die Lieb wohnt ja ganz in der Nähe. Sie ist stinksauer«, erzählte Rieker. »Aber so, wie es aussieht, kann sie das Projekt nicht stoppen.«

»Na, das dürfte doch auch die Leser des Kuriers interessieren«, meinte Zorn.

»Ja, aber alles zu seiner Zeit«, bat Rieker, »das Verfahren muss erst noch im Gemeinderat diskutiert werden.«

»Sie sind lustig, Rieker. Was soll ich machen, wenn die Nachbarn bei uns auf der Matte stehen und uns Leserbriefe schreiben? Die Diskussion müssen Sie schon aushalten.«

So einfach ist das nun auch wieder nicht, dachte der Bürgermeister. Schließlich hatte diese Lieb diesmal möglicherweise das Recht auf ihrer Seite. Für den Bau einer Kulturbühne gab es bestimmte Vorschriften, und er war sich nicht sicher, ob das Hotelgelände diesen Vorgaben entsprach. Er wollte jedoch Gianna nicht beunruhigen und hatte ihr deshalb noch nichts von diesen Störfaktoren erzählt. Und er wollte auch diesen Aspekt nicht unbedingt einem Journalisten verraten, und schon gar nicht Zorn, bei dem man nie so genau wusste, ob er sich in seinen Kommentaren populistisch gab und die Verwaltung rüffelte. Aber vielleicht hatte er ihn ja durch dieses erste vertrauliche Gespräch für seine Absichten gewinnen können.

»Verstehe Sie ja gut, Herr Zorn – aber warten Sie nur noch ein paar Wochen zu, dann haben Sie immer noch Ihre Story, und wir sind mit der Lieb vielleicht schon ein bissle weiter – wo ein guter Wille ist, da ist doch auch ein Weg.« Rieker prostete seinem Gegenüber zu und lenkte das Gespräch auf die Erkenntnisse der jüngsten Verkehrsschau am König-Wilhelm-Platz und damit auf ein ganz anderes Thema.

Im Hotel hatte Gianna Signorini an diesem Morgen ziemlich viel zu tun. Viele Gäste reisten ab, nachdem sie am Abend zuvor die Lesung mit Erika Scharf erlebt hatten. Dass die berühmte Schriftstellerin in ihrem Haus und nicht im Art-Hotel übernachtet hatte, schmeichelte der temperamentvollen Italienerin. Eigentlich hätte sie darüber höchst erfreut sein können, doch die Dichterin hatte bereits am frühen Morgen das Gästehaus aufgemischt, weil sie ihren Mann vermisste. Hätte sie ihre Sorge in einem vertraulichen Telefonat geäußert, wäre die Hotelinhaberin vermutlich ruhig geblieben. Dass aber ausgerechnet der voll besetzte Frühstückssaal den peinlichen Auftritt des Stargastes miterleben musste, brachte Gianna Signorini gehörig aus dem Tritt.

»Herr Malchow, rufen Sie die Polizei an und fragen Sie, ob jemand Herrn Scharf gesehen hat«, hatte sie laut und deutlich vor allen Gästen gerufen. Aber diese Frau. Wie eine Furie rannte sie aufgeregt vor der Rezeption auf und ab, immer wieder dieses ›Nun tun Sie doch etwas, wofür werden Sie bezahlt?‹ Nein, bei aller Liebe und trotz Prominentenbonus – Signora Signorini war nicht bereit, der Erfolgsautorin einen derartigen Auftritt zu verzeihen. Manche verschwinden eben über Nacht, dachte sie mit Verbitterung insgeheim und erinnerte sich an die Leiche, die kürzlich im Beton eines Hotelrohbaus in Palermo gefunden und im Fernsehen gezeigt worden war. Dieser Dietmar Scharf mochte vielleicht ein windiger Hund sein, aber angesichts dieses Drachens blieb ihm bestimmt nicht viel anderes übrig als abzuhauen.

Inmitten der ganzen Aufregung rief auch noch Giannas Mann, Ernesto, an.

»Mi amore«, hauchte er ins Telefon. »Stell dir vor: In Mailand regnet es – und ich bin so traurig, dich jetzt nicht sehen zu können.«

Gianna fand das überhaupt nicht traurig, geschweige denn lustig, sie sah ihren Mann sonst wochenlang nicht, weil er sich auf irgendwelchen Tourismusmessen herumtrieb und herzlich wenig dazu beitrug, dass der Laden in Marbach lief. Wenig los war auch in ihrem Liebesleben, was daran lag, dass Ernesto ständig anderen Frauen hinterherlief. Keine Frage: In Mailand war er gut aufgehoben. Gianna versuchte, trotz des Stresses mit Erika Scharf an der Rezeption freundlich zu bleiben.

»Hör zu Ernesto, wir haben gerade einige Probleme. Ruf mich doch später wieder an.«

»Bene, bene, ciao«, antwortete der vertraute Anrufer, der sich an der Bar eines Hotels wieder seiner freundlichen Reisebegleiterin zuwandte. Die asiatische Masseuse verbrachte gerade in einem Separee ihre Kernarbeitszeit mit ihm.

Gianna legte auf und blickte in das ernste Gesicht ihres Empfangschefs, Lothar Malchow. Der gelernte Butler, der mit seinem kurzen grauen Stoppelhaarschnitt sonst eher eine grabähnliche Grundruhe ausstrahlte, wirkte ungewohnt angespannt. »Signora«, presste er hervor, »ich muss Ihnen leider etwas mitteilen. Die Polizei hat die Leiche dieses Herrn Scharf gefunden. Die Beamten werden gleich bei uns sein.«

Die Hotelchefin verdrehte die Augen, als ob sich im Empfangssaal die Deckentapete aufrollen würde: »Jetzt sterben einem auch noch die Hotelgäste weg.« Sie bemerkte, wie Erika Scharf aufmerksam wurde und sich ihr schnell näherte.

»Wissen Sie etwas Neues über meinen Mann?«

»Nein, es tut mir leid.« Gianna Signorini brachte es nicht übers Herz, ihr die Nachricht vom Tod ihres Mannes mitzuteilen. »Ich habe aber mit der Polizei gesprochen, jemand wird in Kürze hier sein, um mit Ihnen zu reden.«

In der Zwischenzeit hatte Norbert Rieker seinen Besuch im Golfklub endgültig beendet. Nachdem er über den Marbacher Samstagsmarkt durch die Marktstraße geschlendert war, ging er ins Rathaus, um noch einige Schriftstücke zu lesen, die gestern liegen geblieben waren. Er öffnete die Post, die man ihm auf den Schreibtisch gelegt hatte. Darunter befand sich ein größerer brauner Umschlag, der aus dem Stapel hervorragte. Rieker nahm ihn, konnte jedoch weder Adresse noch Absender entdecken. Verwundert zog er das einzige Blatt Papier aus dem Kuvert. Was er darauf las, erschreckte den Bürgermeister:

SCHULTES,

DU UND DIE ROTE BRAUT IM HOTEL
SODOM UND GOMORRHA
ICH WEISS ALLES

BALD AUCH ALLE ANDEREN
KAUF DICH FREI:
HOLE ORIGINAL VON WILHELM TELL
AUS DEM LITERATURARCHIV
LEG ES AM SONNTAGABEND
UM 22 UHR IN DEN PAPIERKORB
AM HERMANN-ZANKER-BAD

DEIN BESTER FREUND

Rieker lachte laut auf. Er hatte ja schon vieles auf diesem Schreibtisch liegen sehen. Das aber ging eindeutig zu weit. Jemand wollte ihn also erpressen. Gut, in einer kleinen Stadt wurde viel getratscht, vielleicht hatte da einer etwas aufgeschnappt, möglicherweise einer dieser Nachbarn, der die geplante Kulturbühne im Hotelgarten verhindern wollte und ihn öfter in dem Gästehaus aus und ein gehen sah. Solange es jedoch keine Beweise gab, konnte er sich einigermaßen sicher fühlen. Trotzdem sah er Ärger auf sich zukommen. Möglicherweise musste er den anonymen Unterstellungen energisch entgegentreten und sie als Rufmordkampagne darstellen. Zorn, sein Golfpartner, würde ihn bestimmt unterstützen. Er nahm den braunen Briefumschlag, um das Erpresserschreiben wieder hineinzustecken und das Ganze zu zerschreddern. Aber halt, was war das? In dem Umschlag steckten Fotografien. Er holte sie heraus und errötete beim Anblick: Er und Gianna lagen auf einem Bett, in eindeutiger Stellung. Darunter das Datum in hässlicher roter Leuchtschrift eingeblendet: DI 27.08 11.05 PM. Er überlegte, was er um diese Zeit getan hatte, dann kam er zu dem Schluss: Das bin ich, am Dienstag nach der nicht öffentlichen Gemeinderatssitzung über die Zukunft des Marbacher Energie- und Technologieparks.

Eine Falle, in die er getappt war. Hatte Gianna das alles arrangiert? Immerhin war es ihr Hotel, sie musste doch Bescheid wissen über mögliche Videospielchen. Aber genauso gut konnte jemand aus der Schar der Angestellten Wind von ihrem Verhältnis bekommen haben und versuchen, daraus Profit zu schlagen.

»Schöner Mist«, murmelte der Bürgermeister. Ihm war klar, dass er dem Erpresser völlig ausgeliefert war. Der Diebstahl der Tell-Handschrift würde vermutlich erst der Anfang einer ganzen Serie von Dienstbarkeiten sein, die er bedingungslos zu erfüllen hatte. Rieker war noch nie erpresst worden, aber ein Dauerzustand konnte das natürlich nicht sein. Am besten, er würde zu Paula gehen, ihr alles beichten und in der Presse in die Offensive gehen. Ein Sexskandal ein Jahr vor der Wahl könnte ihn politisch erledigen, überlegte er wenig später. Vielleicht war es ratsam, Zeit zu gewinnen, um den Erpresser nach und nach auf eigene Faust zu ermitteln.

Plötzlich klingelte das Telefon. Er nahm ab.

»Rieker«

Ein unangenehmes Kratzgeräusch ließ ihn den Hörer vom Ohr wegnehmen.

»Na, hast du den Brief gelesen?« Die Stimme klang hell und gehetzt, fast verzerrt. Er konnte sie niemandem zuordnen.

»Ja, hab ich.« Rieker schluckte.

»Gut, dann tu, was ich dir sage.«

Der Bürgermeister schwieg. Er spürte, wie er aus allen Poren schwitzte.

»Hats dir die Sprache verschlagen, Schultes?«

»Was wollen Sie?«

»Hol mir den Tell, und du bist frei.«

»Warum sollte ich Ihnen trauen? Sie wollen mich doch nur noch weiter erpressen.«

»Nein, werde ich nicht. Ich will nur den Tell, gib ihn mir, und alles ist vergessen.«

Rieker hörte im Hintergrund Verkehr, sein Gesprächspartner mochte von einer Telefonzelle aus anrufen.

»Wie kann ich sichergehen, dass danach Schluss ist?«

»Schluss ist Schluss – du hast bis Sonntagabend Zeit. Ich weiß, dass du es schaffst.«

Ein Klicken in der Leitung beendete das Gespräch.

Das Stadtoberhaupt überlegte. Mit wem hatte er es zu tun? Mit einem spleenigen Sammler, der nur durch Zufall an die Aufnahmen gekommen war und sich jetzt einen abgedrehten Traum erfüllen wollte oder etwa einer Bande, die ihn zum Werkzeug eines Kulturdiebstahls machte? Es wäre wohl genauso wenig erstrebenswert, mit der Schlagzeile ›Bürgermeister plündert Schillermuseum‹ in den Gazetten aufzutauchen – man würde ihn schlichtweg einsperren. Die Sache mit Gianna war ein moralisches Problem, der Diebstahl dagegen ein krimineller Akt. Auf keinen Fall durfte er sich an Handschriften der Schillerhöhe vergreifen.

Der Bürgermeister beschloss, sich am nächsten Tag um die Sache zu kümmern. Er musste sich auf den Kreisparteitag heute Abend vorbereiten. Dort durfte er als Gastgeber ein Grußwort sprechen. Na, die sollten sich wundern. Statt allgemeines Blabla über Marbach zu murmeln, würde er ihnen reinen Wein über Steinhorsts Mauscheleien einschenken. Sollte die Presse ruhig mitschreiben. Diesem Steinhorst gehörten gründlich die Leviten gelesen. Und vielleicht würden sie ja bei der FPU endlich erkennen, dass er der richtige Mann für Berlin war. Schließlich hatte er bei der Wahl zum Stuttgarter Regionalparlament vor zwei Jahren ein ordentliches Ergebnis erzielt.

Melanie Förster genoss ihr freies Wochenende. Die junge Kommissarin saß mit ihrer Lebensgefährtin Katja beim Brunch im Blauen Engel in Ludwigsburg. Genüsslich schlürfte sie an ihrem Latte macchiato. Das erste Sudoku in ihrem Rätselheft hatte sie in fünf Minuten gelöst. Katja, promovierte Biologin, blätterte in einer Fachzeitschrift für Naturkunde.

»Hast dus?«, fragte sie und lächelte Melanie verliebt an.

»Na logo«, antwortete sie und zeigte stolz ihr ausgefülltes Rätsel.

»Also, das wäre ja das Letzte, was ich mir antäte, nach einer Woche, wie du sie hinter dir hast.« Katja konnte direkt sein, aber das störte Melanie wenig. Sie fühlte sich in der Gegenwart der 13 Jahre Älteren rundum wohl. Das halbe Jahr, in dem sie zusammen waren, war die beste Zeit seit Langem. Es war schwer für eine Lesbe, überhaupt jemanden zu finden, der einigermaßen zu einem passte. In einem Chatroom hatten sie sich kennengelernt. Schon beim ersten Treffen funkte es dann. Nach einem Monat zogen sie zusammen, lebten in einer Art Landkommune bei Katja in Winzerhausen. Uwe und Charly, zwei Schwule, wohnten oben, die beiden Frauen unten. Eine Zeit lang waren sie das Ortsgespräch in dem verschlafenen Nest, aber es schien ihr, als ob die Nachbarn inzwischen zugänglicher waren. Vielleicht hatte es auch geholfen, dass sie öfter den Streifenwagen über Nacht vor ihrem Haus stehen ließ. Eine lesbische Polizistin machte sich eben viel besser als eine Lesbe, die möglicherweise gar keinen Job hatte. Sie wusste ja nicht, was sich im Kopf der Winzerhäuser abspielte, aber Fleiß galt im Schwabenland immer noch als der beste aller Charakterzüge. Der Erfolg gab ihr recht.

»Das mache ich nur, damit ich beim logischen Denken nicht in ein Loch falle«, antwortete Melanie schlagfertig. Der vierwöchige Dienst im Führungsstab der Kripo in Stuttgart hatte ihr tatsächlich einiges abverlangt. Jetzt war sie froh, die stressige, aber langweilige Koordinierungsarbeit ad acta legen zu können. Schon im Februar hatte sie die Prüfung an der Polizeihochschule in Villingen-Schwenningen mit einer glatten Eins abgelegt. Nun war sie gespannt auf ihre ersten Einsätze als Kommissarin in der Region. Als Springerin wusste sie noch nicht genau, wo sie eingesetzt werden sollte. Am Montag würde sie vielleicht mehr erfahren.

»Was machen wir heute noch Schönes?«, fragte Katja. Sie zeigte auf ein Bild in der Fachzeitschrift. »Schau mal, das ist der Anna-See bei Beilstein. Die wollen den Schlamm rauslassen. Hast du Lust, dir den See mal mit mir anzusehen?«

»Tolle Idee. Es ist zwar ziemlich heiß, aber wir könnten uns hinterher im Oberstenfelder Freibad ein bisschen abkühlen. Es soll dort neuerdings auch einen knackigen FKK-Bereich geben.«

Katja stimmte begeistert zu. »Na, dann sollten wir nicht mehr allzu viel Zeit verplempern. Fahren wir heim und dann weiter.«

Sie schlenderten zu ihren Motorrädern auf dem Mathildenparkplatz, als Melanies Handy klingelte. Es war Littmann, der sie nach Marbach abkommandierte.

»Shit, es wird nichts aus unserer Tour«, sagte sie nach dem Anruf zu Katja.

»Du musst für einen Fall los, stimmts?« Katja nahm sie in den Arm, um sie zu trösten.

Melanie aber war alles andere als traurig. »Ja, und dann gleich einen Mord, wow!«, freute sie sich. »Wir sehen uns bestimmt heute Abend!«, rief sie Katja zu, die einigermaßen fassungslos stehenblieb und nur noch ein leises »Pass auf dich auf« herauspresste.

Melanie drehte auf der Stuttgarter Straße voll auf, passierte bei Gelb diverse Ampeln und rauschte auf die Neckarbrücke zu. Sie hatte von Littmann lediglich fragmentarische Angaben zu dem Fall bekommen. Eigentlich wusste sie nur, dass der Mann der Schriftstellerin Erika Scharf tot in einem Keller des Deutschen Literaturarchivs lag und sie mit ihr darüber reden sollte. Die junge Kommissarin fuhr deshalb gleich ins Parkhotel Schillerhöhe. An der Rezeption stand die Schriftstellerin und erwartete sie, nachdem Littmann sie angekündigt hatte.

»Frau Förster?«

»Ja, sind Sie Frau Scharf?«, fragte Melanie und spürte, wie ihr Gegenüber sie von oben bis unten musterte. Sie hatte sich nicht mehr umziehen können. In der Lederkombi fühlte sie sich aber dennoch wohl, auch wenn sich Erika Scharf offenbar noch an den Anblick gewöhnen musste.

»Ja, ich bin es. Ich vermisse meinen Mann. Gibt es schon Ergebnisse?«

Melanie Förster begriff langsam: Littmann hatte sie nach Marbach geschickt, aber Erika Scharf wusste nicht, dass ihr Mann umgebracht worden war. Na, da steckte sie in einem schönen Schlamassel. Sie beschloss, ehrlich zu antworten.

»Es tut mir leid. Ihr Mann ist gestern Nacht im Keller des Deutschen Literaturarchivs ermordet worden. Man hat ihn heute Morgen gefunden.«

Erika Scharf starrte an ihr vorbei ins Leere. »Aber«, flüsterte sie mit dünner Stimme, »das kann doch nicht wahr sein.« Sie zog ein Taschentuch aus ihrer Handtasche. Die Tränen rollten ihr über beide Wangen.

Melanie Förster überlegte, wie sie mit der Situation umgehen sollte. Mit ihren 26 Jahren hatte sie noch nicht viel Erfahrung beim Trösten von Witwen. Sie beschloss, vorerst bei Erika Scharf zu bleiben, damit sie mit ihrem Schmerz nicht allein sein musste. In der Zwischenzeit würde sich hoffentlich herausgestellt haben, mit wem sie den Fall bearbeiten sollte. Aber das bekam sie gleich zu hören, als Peter Struve sich näherte.

»Wer sind Sie?«, fragte er, als er Melanie Förster an der Rezeption mit Erika Scharf antraf.

»Das Gleiche könnte ich Sie fragen«, gab sie forsch zurück. Als Polizistin war sie es gewohnt, den Ton anzugeben – besonders, wenn ihr jemand dumm kam.

Peter Struve wusste nicht, was er von der jungen Dame in der Motorradkluft halten sollte.

»Also, um das Versteckspiel ein bisschen abzukürzen: Mein Name ist Peter Struve von der Mordkommission.« Er wusste, er wirkte unfreundlich, konnte sich aber schlecht dagegen wehren. Zu viel war an diesem Morgen bereits durcheinander gelaufen. Außerdem wirkte die junge Kollegin auf ihn nicht gerade sympathisch, aber das würde sich hoffentlich irgendwann mal legen.

»Melanie Förster, Kripo Stuttgart.« Sie gaben sich halbherzig die Hand. Die Polizistin war es auch, die als erstes den Gesprächsfaden wieder aufnahm: »Darf ich Sie mit Frau Scharf bekannt machen?«

Struve setzte ein Lächeln auf. »Aber gerne doch.« Er begrüßte die Schriftstellerin ebenfalls per Handschlag. Er bemerkte ihr kreidebleiches Gesicht. Wahrscheinlich hatte sie die Nachricht vom Tod ihres Mannes schon erhalten und stand unter Schock. Vielleicht war es klüger, sie einen Moment auf die Vernehmung warten zu lassen.

»Sie entschuldigen uns kurz, Frau Scharf. Würden Sie bitte für einen Moment dort hinten am Fenster Platz nehmen? Wir sind gleich wieder bei Ihnen.« Struve wollte sich kurz mit der Kollegin über deren Ermittlungsstand verständigen. Wenn er ehrlich war, wurmte es ihn gewaltig, dass offenbar eine Berufsanfängerin abgestellt worden war, um in seinem Fall herumzustochern.

Er nahm sie zur Seite und brummte sie an: »Bevor wir weitermachen: Vielleicht können Sie mir verraten, warum Sie nicht zum Tatort gekommen sind, anstatt hier unkoordiniert loszulegen?«

Melanie Förster kannte die Allüren von Polizisten, die

sich als Platzhirsche aufführten. Sie hatte in ihrer Ausbildung einige Reviere durchlaufen. Es gibt schon richtige Kamele, dachte sie, aber das ist ein Prachtexemplar. Erika Scharf hatte sich indes etwas entfernt und sich in eine Sitzecke begeben und blickte apathisch aus dem Fenster hinaus ins Neckartal.

»Jetzt hören Sie mir mal bitte zu«, befahl Melanie Förster. »Ich habe erst mal nur die Anweisungen des Morddezernats befolgt. Wenn Sie etwas auszusetzen haben, wenden Sie sich an die Kollegen in Stuttgart.«

Peter Struve hatte sich schon gedacht, dass Littmann oder ein anderer von der Leitstelle hinter der Panne steckte. Aber er wollte jetzt nicht klein beigeben. »Vielleicht sollten wir es sachlich angehen«, schlug er vor. Das fand er zwar selbst etwas besserwisserisch, damit wollte er aber auch sich in die Pflicht nehmen. »Ich leite die Außenstelle in Bietigheim-Bissingen und kümmere mich auch um Marbach und das Bottwartal.«

»Ah, der berühmte Ein-Mann-Posten in Bietigheim«, erwiderte Melanie Förster, die sich an einen Kollegen aus dem Landkreis Ludwigsburg erinnerte, mit dem sie an der Hochschule in Villingen-Schwenningen öfter mal ein Bierchen getrunken hatte. Jetzt fiel ihr auch ein, dass der Mitstudent damals von einem etwas kauzigen Kommissar gesprochen hatte, der aber durchaus in der Lage sein sollte, komplizierte Fälle zu lösen.

»Ich wusste gar nicht, dass Bietigheim so berühmt ist«, parierte Struve mit gespielter Verwunderung. »Womit haben wir das denn verdient?«

»Na, Sie wissen doch, es wird unter Kollegen viel geschwätzt. Ich habe gerade mein Studium und einige

Monate Stabsdienst hinter mir. Sie haben es also mit einer blutigen Anfängerin zu tun.«

Das klang ironisch, aber halbwegs versöhnlich. Auch Struve nahm sich vor, einzulenken. »Es sieht so aus, als ob wir eine harte Nuss zu knacken hätten«, meinte er und erzählte von dem Toten im Keller, von seinem Gespräch mit Dollinger und den anderen, die er als Zeugen notiert hatte.

»Frau Scharf wusste noch nichts von dem Mord«, erklärte Melanie Förster. »Vielleicht ist es besser, wenn wir sie jetzt erst einmal in Ruhe lassen.«

»Okay. Aber wir sollten mit ihr wenigstens kurz über ihre Eindrücke von der Mordnacht reden.«

Erika Scharf gab beim darauf folgenden Gespräch an, bis 22.30 Uhr mit ihrem Mann bei der Lesung gewesen zu sein. Dann seien sie mit einigen Bekannten aus der Literaturbranche zur Hotelbar gegangen. Sie hätten noch bis etwa 1 Uhr zusammengesessen. Ihr Mann habe danach noch spazieren gehen wollen, um frische Luft zu schnappen. Die Witwe wirkte auf Struve angesichts des traurigen Umstands einigermaßen gefasst.

Melanie Förster erinnerte sich, wie sie erst kürzlich eine Fabel der Autorin gelesen hatte. Der fast märchenartig formulierte Text über eine Libelle, die sich einen anderen See als Lebensraum suchte, hatte ihr sehr gefallen, weil er den Wunsch nach einer besseren Welt naiv verschlüsselt und deshalb unaufdringlich ausdrückte. Sie scheute sich aber, der Schriftstellerin ein Kompliment zu machen. Stattdessen wollte sie kritisch bleiben und nach möglichen Motiven suchen. Das Verhältnis der beiden Eheleute wäre ein Anhaltspunkt. Vielleicht ergab sich ja eine Spur. Eifersucht und Liebe waren schon immer starke Tatmotive. Bis jetzt konnte noch niemand bezeugen, dass Erika Scharf in der Nacht auf ihrem Hotelzimmer geblieben war.

6

Luca Santos wachte gegen 9 Uhr im Zimmer seiner Freundin in der Erdmannhäuser Schulstraße auf. Er wusch sich und holte beim Oberen Bäckershop Croissants und Weckle. Eine zweite Tüte stellte er vor die Wohnung von Julias Eltern. Wie ihre Tochter mochten sie Rockmusik, und so hatten sie gestern noch ein Konzert auf 7-Eichen, dem Szene-Biergarten auf dem nahen Lemberg, besucht. Bestimmt waren sie dankbar, heute Morgen nicht in einem derangierten Zustand angetroffen zu werden. Als Luca zurückkam, stand Julia im Bademantel in der Küche und kochte Kaffee. Sie unterbrach ihre Tätigkeit, als sie ihren Freund bemerkte. Wortlos küssten sie sich. Luca hätte gerne den Gürtel ihres Bademantels gelockert, aber Julia mochte keinen Sex am frühen Morgen. Langsam führte sie seine Hand vom Gürtel weg. So blieb Luca nichts anderes übrig, als die schöne Aussicht vom Balkon auf das Erdmannhäuser Ortszentrum zu genießen.

Als Julia ihm Kaffee eingoss, wollte sie wissen, was er heute vorhatte. Gestern war er erst spät ins Café Provinz gekommen. Wenn sie nicht noch Ralf getroffen hätte, wäre es bestimmt ein öder Abend geworden. So aber hatte sie sich blendend amüsiert. Sie wunderte sich, dass ihr Ralf nicht schon früher aufgefallen war. Er gab ihr mit seiner verbindlichen Art und seinen leuchtenden blauen Augen das Gefühl, begehrenswert zu sein. Viel gelacht hatten sie an dem Abend. Und am Ende Adressen getauscht. Julia hatte ihm sogar versprochen, eines seiner Rockkonzerte zu besuchen. Das nächste wäre schon an diesem Abend in Höpfigheim. Das mit Luca zu erleben, wäre eine feine Sache. Aber wenn er schon wieder für die Zeitung irgendwo unterwegs wäre, würde sie auch ohne ihn hingehen. Nicht allein natürlich, aber mit einer Freundin könnte sie sich das durchaus vorstellen.

Luca war noch zu müde, um ihr seine Tagesplanung zu präsentieren. »Du, ich brauche jetzt erst mal einen Mörderkaffee«, stöhnte er. »Die Scharf hat mich echt unter den Tisch gesoffen. Ich glaub, die hat sich nur mit mir zusammengehockt, um sich mal ordentlich Bottwartäler Roten hinter die Binde kippen zu können.«

»Jetzt möchte ich aber, dass Sie mir keine Fragen mehr stellen, Herr Santos«, witzelte Julia mit tiefer Stimme. Luca hatte ihr gestern im Provinz eine Kurzfassung der Begegnung erzählt. In der Kneipe hatte es nicht so ausgesehen, als ob er sich aus dem Maulkorb der Schriftstellerin so viel machen würde. ›Etwas spröde, fast misstrauisch, insgesamt aber nicht unsympathisch.‹ So oder so ähnlich hatte er sich ausgedrückt.

Luca nahm sich vor, die 80 Zeilen für die Montagsausgabe am frühen Nachmittag zu schreiben. Am Vormittag wollte er sich noch auf der DVD-Börse im Ludwigsburger Forum umschauen. Seit einigen Jahren war er vergeblich hinter einer bestimmten Folge von Raumschiff Enterprise her. Er wollte die Hoffnung einfach nicht aufgeben.

Aus seiner Fototasche holte Luca seine Leica hervor. Er prüfte auf dem Display die Bilder, die er von der Lesung am Vortag gemacht hatte. Immer wieder war Erika Scharf zu sehen. Sie stand im Vordergrund, mal am Lesepult, mal bei der Ehrung, als sie von Bürgermeister Norbert Rieker einen riesigen Blumenstrauß bekam. Auch als Luca mit ihr zusammensaß, hatte er im Laufe des Abends einige Male abgedrückt; ohne Blitz, mit hoher ISO-Zahl, um den Hintergrund nicht zu vermasseln. Tatsächlich waren hinter der Schriftstellerin verschiedene Personen zu sehen. Eine Szene schaute sich Luca länger an. Ein älterer Herr in einem mausgrauen Sakko überreichte dem Mann der Autorin mit ernster Miene einen kleinen Gegenstand. Es sah aus wie eine kleine Notiz oder ein Umschlag. Genau konnte er es auf dem kleinen Display nicht erkennen.

Luca legte den Apparat wenig später wieder in die Fototasche. Sein Blick verfinsterte sich. »Scheiße, der Blitz ist weg!« Er musste ihn während des Gesprächs mit Erika Scharf auf einen Stuhl gelegt und dort vergessen haben. Es war nicht das erste Mal. Drei Mal war ihm das schon passiert: bei einer Vernissage in der Wendelinskapelle, bei einem Rockkonzert im Jugend-Kultur-Haus planet-x und am Marbacher S-Bahnhof, als er frühmorgens Leute zur Streichung der Pendlerpauschale interviewt hatte. Luca betrachtete es als kleines Wunder, dass das Blitz-Gerät immer wieder auftauchte. Er musste auf dem Weg zur DVD-Börse unbedingt zum Schlosskeller fahren, um es zu suchen.

Im Schlosskeller traf Luca den Hausmeister Eduard Schulze, der die Stühle wegräumte. Schulze, eine waschechte Berliner Schnauze, ließ sich nicht lange bitten und hielt ihm den Blitz triumphierend vor die Nase: »Watt mer nich in der Birne hat, det muss ma in de Beene ham«, kicherte er, bevor er einen Schluck Korn aus seinem Flachmann nahm.

Erleichtert verließ Luca Santos den Keller. Er atmete tief durch und beschloss, auf der Schillerhöhe noch die Statue des Dichters zu fotografieren. Zorn hatte neulich geflucht, als er im Fotoarchiv vergeblich eine querformatige Aufnahme suchte. Vor dem Deutschen Literaturarchiv sah Luca zwei Polizeiwagen. Der Anblick weckte seinen Reportertrieb. Er ging zur Pforte und begegnete Ursula Pressdorf. Die Pförtnerin des Archivs erwies sich als Plaudertasche. Sie erzählte ihm sofort aufgeregt von dem Mord in der Handschriftenabteilung. Dabei erwähnte sie auch den Namen des Opfers: Dietmar Scharf. Lucas Herz schlug schneller, als er sich diese Nachricht in der Montagsausgabe des Marbacher Kurier vorstellte. Ein Mord in den Kellern des Literaturarchivs, das war der Stoff für die wirklich interessanten Storys. Artikel, die Gustav Zorn und andere Redaktionsleiter gerne auf ihren Titelseiten präsentierten. Luca witterte seine Chance: Wenn er einen Knüller abliefern wollte, musste er eine besonders engagierte Art der Recherche wählen. Er durfte nicht nur brav die vorgefertigten Statements der Polizeipressesprecher wiedergeben – er musste den Fall möglichst selbst lösen. Schließlich hatte er ein Foto, das ihn vielleicht direkt zum Täter führte. Fieberhaft überlegte er, wie er den Mann, der Dietmar Scharf den Umschlag überreicht hatte, identifizieren konnte. Luca brauchte einen Informanten, der diesen Mann kannte, aber es musste jemand sein, der seine Recherche nicht durch Geschwätzigkeit verriet. Einer, der dichthalten konnte.

»Siegfried Derwitzer, na klar, wer sonst?«, murmelte Luca, als er einige Runden auf der Schillerhöhe schlenderte und seine Gedanken ordnete. Er rief Zorn an, informierte ihn über den Mord, der wohl so an die 100 Zeilen hergeben würde. Der Redaktionsleiter schien froh, dass überhaupt jemand aus seinem Team das Verbrechen bemerkt hatte. Santos solle das Thema nicht zu reißerisch schreiben, schließlich orientierte man sich nicht an der Blitz-Zeitung und garantierte für die Richtigkeit der Fakten. Zorn legte Wert darauf, dass der Bürgermeister zu Wort kam und möglichst sein großes Bedauern über das tragische Verbrechen äußern konnte.

»Sie werden ihm schon die richtigen Worte entlocken«, meinte Zorn. »Mit der Polizei setze ich mich selbst in Verbindung, um den Stand der Ermittlungen bis zum Redaktionsschluss am Sonntagabend abzufragen.« Zorn erhoffte sich davon nicht viel, doch gehörte zu einem anständigen Artikel wenigstens, den Versuch zu schildern, damit der Leser erkannte, dass man am Ball geblieben war.

Peter Struve öffnete die Packung mit den Matjesheringen. Die Kartoffeln lagen unverändert im Kochtopf. Von Marie fehlte jede Spur, vielleicht war sie nach dem Friseur noch in einen der vier Großbottwarer Supermärkte gegangen, die es neuerdings in dem 8.000-Einwohner-Ort gab. Immer nur in der Markthalle die Lebensmittel zu holen, konnte auch für eingefleischte Steinheimer auf Dauer ziemlich eintönig sein, fand Struve. Er war nach den Recherchen am Vormittag erst einmal nach Hause gefahren, um sich zu stärken. Die Kochplatte stellte er auf Stufe drei. Die neue Kollegin sah ja ganz adrett aus, das würde ihr bestimmt so manche Tür öffnen. Und sie ließ sich nichts gefallen. Na, in unserem Beruf keine so falsche Eigenschaft, überlegte der Kommissar, während er den ersten Hering verspeiste und nebenbei im Sportteil des Marbacher Kurier blätterte. Littmann, dieser Dilettant, hatte die Förster schnurstracks zur Scharf geschickt. Natürlich wäre es ein Leichtes gewesen, ihr einfach seine Handynummer zu geben. Aber Littmann schien sich in Sachen Kommunikationstechnik immer noch in den 80er-Jahren zu bewegen.

Struve holte sich etwas Schwarzbrot und beschmierte es dick mit Butter. Ob es so etwas in Mexiko gab? Er dachte an die Urlaube in Südeuropa. Das Weißbrot dort hing ihm schon am dritten Tag zum Halse raus. Was könnte er Marie als Alternative anbieten? Ein Freund hatte ihm von seiner Kanu-Tour in der Mecklenburgischen Seenplatte erzählt. Vielleicht sollte er mit seiner Frau mal probeweise auf dem Neckar paddeln, in Marbach gabs doch auch den Kanuklub. Er musste es schaffen, noch einige kulturelle Höhepunkte in die Reise einzustreuen, um Marie bei der Stange zu halten. Hatte dieser Bildhauer Ernst Barlach nicht irgendwo da oben gelebt? Im Internet würde er schon fündig werden.

Auf dem Weg zum Kühlschrank hielt Peter Struve vor dem Wandspiegel inne und betrachtete sich. Er hielt sich für einigermaßen attraktiv, aber er musste sich eingestehen, dass die Jahre nicht spurlos an ihm vorbeigezogen waren. Er ignorierte seinen Bauchansatz und tastete die kahlen Stellen an der Vorderseite seines Kopfes ab. Seit Jahren hatte er sich nicht mehr die Frage gestellt, ob Frauen auf sein Äußeres abfuhren. Solche Gedanken passten nicht in seine tägliche Arbeit, bei der es auf Fakten und die richtigen Schlussfolgerungen ankam. Natürlich spielten Gefühle eine wichtige Rolle, wenn Tatverdächtige auf ihre Motive abgeklopft werden mussten. Die Förster hat es ja gleich auf die Scharf abgesehen, dachte Struve und lächelte. Er glaubte jedoch nicht, dass die Schriftstellerin etwas mit dem Mord zu tun hatte. Nahezu alle Indizien sprachen dagegen: die Pfeile, der Keller, überhaupt die ganzen Umstände ihres Aufenthaltes im Literaturstädtchen Marbach passten nicht zu einer Beziehungstat. Natürlich musste man prüfen, wie es um die Ehe gestanden hatte. Das würde er seiner jungen Kollegin überlassen. Sollte sie sich nur ihre Hörner abstoßen.

Struve gab den kochenden Kartoffeln noch zehn Minuten, da klingelte sein Handy.

»Die Kollegen der Spurensicherung suchen Sie, wo stecken Sie denn?«

Es war die nervige Stimme Littmanns, der es heute wohl mal wieder auf ihn abgesehen hatte.

»Na endlich«, konterte Struve. »Hab schon gedacht, die wären heute alle im Freibad.«

Littmann kicherte in den Hörer. »Genau da werde ich in zwei Stunden sein, bei der Hitze. Ich wünsche Ihnen noch viel Spaß beim Lösen des Falles. Sollte danach noch etwas sein – Maier übernimmt die Zentrale. Ciao, Struve.«

Wenig später schnappte sich der Kommissar die Autoschlüssel. Die Kartoffeln würde er heute Abend essen, schön mit Butter, Salz und Pfeffer. Vielleicht genehmigte er sich dazu ein echtes Marbacher Bier. Nachschub holte er sich immer samstags bei einem Privatbrauer in den Holdergassen. Danach ging er meistens mit Marie auf dem Markt einkaufen. Er mochte die Atmosphäre dort, oft tranken sie dann noch einen Cappuccino beim Italiener am Torturm.

Die Leiche von Dietmar Scharf war bereits abtransportiert worden. Die Obduktion würde den genauen Todeszeitpunkt erbringen. Werner Besold, der leitende Kriminaltechniker, kam auf Struve zu und zog die Augenbrauen leicht hoch. Das machte er immer am Tatort. Der Kommissar führte das auf eine gewisse Angespanntheit zurück.

»Schlimme Sache, nicht wahr, Besold?« Das sagte Struve jedes Mal, wenn sie an einem Tatort aufeinander trafen. Wahrscheinlich wollte er den stets etwas nervös wirkenden Besold einfach nur beruhigen.

»Hab immer gedacht, Indianerspiele finden im Freien statt«, bemerkte der spindeldürre Brillenträger Besold mit einem leichten Stottern. Der penibel gescheitelte Kriminaltechniker schien einen guten Tag erwischt zu haben und kam gleich zur Sache: »In dem engen Gang sind vier Pfeile abgeschossen worden. Sie kamen aus einer Art Selbstschussanlage, die in fünf Metern Entfernung aufgebaut war.« Besolds Männer hatten sie in einem Wandschrank entdeckt. Vier Armbrüste waren übereinander montiert worden. »Dietmar Scharf ist mit dem Knie gegen einen Nylonfaden gestoßen, der quer über den Gang gespannt war. Das hat die Schüsse ausgelöst. In dem Gang war es sehr dunkel. Einige Lampen funktionierten nicht mehr.«

»Da hat jemand gründlich vorgearbeitet«, stellte Struve fest. Die Mischung aus Selbstschussanlage und Stalinorgel hatte ihren grausamen Zweck erfüllt.

Inzwischen war auch Melanie Förster eingetroffen. Wahrscheinlich hatte Littmann sie angerufen, nahm Struve an und grinste beim Gedanken daran, dass der Kollege jetzt in einer engen Freibadkabine umständlich in seine Badehose stieg. Es war ein heißer Tag, und der Kommissar war froh, im Keller nicht schwitzen zu müssen.

»Der Apfel neben dem Opfer könnte eine Art Unterschrift sein«, vermutete seine Kollegin. »Vielleicht wollte der Täter damit etwas mitteilen.«

»Gut möglich«, stimmte der Kommissar zu. »Er wollte die Schillerstadt sozusagen herzlich grüßen.«

»So habe ich es nicht gemeint«, entgegnete Melanie Förster. »Ich wollte damit sagen, dass der Apfel ein Symbol für Befreiung von Tyrannei ist. Möglicherweise sieht sich der Täter als Befreier.«

Struve zuckte mit den Schultern. Er wollte nicht zugeben, dass er Schillers Wilhelm Tell gar nicht so richtig kannte. Er hatte als Schüler Maria Stuart gelesen. Trotzdem versuchte er, den Gedanken seiner Kollegin weiterzuspinnen. »Vielleicht spielt auch Rache eine Rolle. Viele Mörder sehen darin ihre Befreiung.«

»Die Frage ist also, wer sich von Dietmar Scharfs Tyrannei befreien wollte«, gab Melanie Förster zu bedenken.

»Und worin Scharfs Tyrannei bestand«, ergänzte Peter Struve.

Werner Besold hielt einen der Pfeile hoch. »Es muss jemand sein, der sich hier unten auskennt. Die Geschwindigkeit der Pfeile musste hoch genug sein, um beim Aufprall tödlich zu wirken. Der muss waffentechnisch rechnen können und überhaupt ballistisch fit sein.«

»Und dann noch dieser Apfel wie bei Wilhelm Tell«, sagte Melanie Förster, die das Gespräch gerne wieder von der Technik zur Psychologie des Täters lenken wollte.

»Tell hin, Tell her, die Pfeile haben getroffen und wir brauchen konkrete Fakten, reine Theoriegebäude bringen uns nicht weiter«, bemerkte Peter Struve. Er ging zu der todbringenden Apparatur. »Irgendwelche Fingerabdrücke?«, fragte er Besold.

»Fehlanzeige, aber wir erfassen noch die verschiedenen DNA am Tatort, das wird uns einige Stunden beschäftigen.«

»Gut, Besold. Sagen Sie in der Zentrale Bescheid. Die sollen bundesweit alle Waffenläden checken. Wir müssen feststellen, ob solche Dinger in den vergangenen Monaten verkauft worden sind.«

Struve dachte über das nach, was Melanie Förster zuvor gesagt hatte. Wollte der Täter etwas mitteilen? Wenn ja, war es eine Art Hinrichtung. Der Apfel war ein deutliches Symbol, eine klare Anspielung auf Tell, den Freiheitskämpfer. Die Selbstschussanlage im Keller ein Hinweis auf die mögliche Vergangenheit Scharfs in der sozialistischen DDR-Diktatur. Es gab allerhand Klärungsbedarf und viel Raum für Fantasien. Das passte ihm nicht, denn er war gewohnt, sich an Fakten zu orientieren, die er wie ein Puzzle zusammensetzen konnte. Wer also hatte ein Interesse, einen Mann wie Dietmar Scharf zu beseitigen? Und wer hatte ihn deshalb in den Keller gelockt? Und mit welchem Köder? Und warum traute sich das Opfer zu später Stunde dorthin? Der Kommissar war jetzt doch froh, eine ehrgeizige, junge Mitarbeiterin mit im Boot zu haben. Er wollte sie nicht mit Kleinkram zumüllen, aber sie konnte ihm vielleicht den Teil der Recherche abnehmen, in dem er als wenig belesener Realist in gewohnten Bahnen dachte.

»Hätten Sie nicht Lust, mit mir ein Tässchen Cappuccino zu trinken?«, fragte er sie. »In Marbach gibt es ein ganz nettes Eiscafé. Ich lade Sie ein.«

Melanie Förster schaute überrascht und etwas gereizt drein. »Ja, okay, ich bezahle aber selbst.«

Das Gespräch im Eiscafé Silvana, in Sichtweite des Marbacher Torturms, begann Struve mit einer Entschuldigung. »Wissen Sie, Frau Förster, zu meinen Schwächen gehört es, auf neue Situationen nicht gerade flexibel zu reagieren. Wir Westfalen wirken auf die Schwaben immer etwas ungehobelt und direkt, deshalb möchte ich Sie um Verzeihung bitten wegen der Sache mit Frau Scharf vorhin.«

Die junge Kommissarin rührte ruhig ihren Cappuccino um. Sie wusste nicht genau, wie sie die Entschuldigung auffassen sollte. Ihr Gegenüber hatte nicht nur viel mehr Dienstjahre auf dem Buckel, sondern auch einige Sterne mehr auf der Schulter. Wäre er mit ihr nur privat bekannt und hätte sie so auflaufen lassen wie bei der Scharf, würde sie ihn noch ein bisschen zappeln lassen. So aber wollte sie möglichst professionell reagieren und das Gespräch einfach fortsetzen.

»Was halten Sie von der Scharf, Herr Kollege?«

»Peter. Nennen Sie mich doch einfach Peter. Also, ich glaube, sie hats jetzt nicht ganz leicht.«

»Meinen Sie nicht, sie könnte mit drinhängen, Herr Struve?«

Der Kommissar setzte seine Tasse ab. Er wäre gerne von ihr mit dem Vornamen angesprochen worden, aber er verstand ihre Vorsicht. Schließlich hatten sie sich beim Erstkontakt nicht gerade von ihrer Schokoladenseite präsentiert. Mit Marie redete er öfter über missglückte Begegnungen im Alltag. Sie hatte ihm nach ihrer Lektüre eines Dalai-Lama-Buches einige Tipps gegeben, wie er mit solchen kleinen Verletzungen umgehen könnte: Der Schlüssel lag immer im Mitfühlen. Wenn er sich fragte, welchen Grund der andere hatte, ihn negativ zu behandeln, konnte er die Kraft aufbringen, es als eine Art Missgeschick aufzufassen. Dann schaffte er es, schnell zu verzeihen. Das probierte er jetzt und konnte sich dabei tatsächlich etwas entspannen. Darüber vergaß er aber nicht, auf ihre Frage zu antworten: »Ich habe noch nicht darüber nachgedacht, ob Frau Scharf tatverdächtig ist«, gestand er. »Möglich, dass der Anschlag ihr galt.« Die Pfeile hatten den um etwa 20 Zentimeter längeren Ehemann eher im Unterkörper getroffen.

Struve schloss eine Beziehungstat nicht aus, er hielt sie aber auch nicht für wahrscheinlich: »Die Frau kann ein solches Mordwerkzeug nicht selbst bauen«, gab er zu bedenken, »aber vielleicht steckt sie mit dem Täter unter einer Decke, hat ihn womöglich angestiftet – wir brauchen also Informationen über die Ehe der Scharfs.«

»Warum soll eine Frau kein technisches Geschick haben?«

»Wenn Sie wollen, können Sie das herausfinden«, antwortete Peter Struve unwirsch. Er fand seine Kollegin trotz aller buddhistischen Vorsätze irgendwie anstrengend. Immer hatte sie ihre eigene Position, die sie der seinen kompromisslos entgegenhielt. Er kannte das von Marie, aber im Laufe ihrer zehnjährigen Beziehung hatten sich diese Wogen glücklicherweise geglättet. Er wusste, dass man gemeinsam nur weiterkam, wenn man ein paar Übereinstimmungen erzielte und korrigierte deshalb seinen Ton. »Frau Förster, ich finde Ihren Vorschlag sehr gut. Was halten Sie davon, wenn wir uns die Arbeit teilen: Sie bleiben an Erika Scharf dran und versuchen etwas über das Umfeld von Dietmar Scharf herauszufinden – ich übernehme den Literaturbetrieb. Es würde mich nicht wundern, wenn in beiden Bereichen einige Leute Dreck am Stecken haben.«

Melanie Förster dachte kurz nach, dann willigte sie ein. Ihr schwebte eine aufregende Dienstreise nach Berlin vor, dort könnte sie im Archiv der Birthler-Behörde stöbern. Es wäre doch gelacht, wenn sich nichts über die Rolle der Scharfs im Arbeiter- und Bauernstaat finden ließe. Gut möglich, dass die Staatssicherheit Buch geführt hatte und pikante Details aus der Vergangenheit zum Vorschein kämen. Das bedeutete wahrscheinlich viel Lesearbeit. Aber schon auf der Polizeiakademie hatte sie bewiesen, dass wissenschaftliches Arbeiten zu ihren Stärken zählte. Außerdem kam sie mal raus aus dem Mief der schwäbischen Provinz.

Im Parkhotel Schillerhöhe hatte Gianna Signorini Mühe, die Contenance zu wahren. Die Polizei im Haus, ein Gast ermordet im Literaturarchiv gefunden. Wahrlich keine gute Werbung für ihr Gästehaus, da war sie sich sicher.

Was sie aber noch mehr beunruhigte: Bereits angemeldete Gäste könnten ihren Aufenthalt im Hotel stornieren. Natürlich war sie Geschäftsfrau genug, um trotzdem ihr Geld einzufordern, aber all das wäre wieder mit einigem Aufwand und Büroarbeit verbunden. Früher hatte ihr Mann noch diese Arbeiten erledigt, aber der trieb sich nur noch herum und lebte von den Einnahmen seiner Hotelkette. Das Haus in Marbach, so hatte er ihr einmal im Suff erklärt, wäre allein ihr Ding. So ein Saukerl, dachte sie. Gibt mir einen Glaskasten und schiebt mich aufs Abstellgleis. Sie wollte es sich nicht eingestehen: Aber sie beneidete ihn um seine weltmännische Existenz. Er pendelte zwischen Rom, Rio, New York und Tokio, ohne selbst einen Finger dafür krumm zu machen. Sie dagegen musste hier den Zimmermädchen auf die Finger schauen und dafür sorgen, dass spießige Gäste genügend Brötchen auf dem Frühstückstisch vorfanden. Wenigstens logierten bei ihr öfter prominente Schreiberlinge, die zu Lesungen auf die Schillerhöhe kamen. Gottlob traten nicht alle so zickig auf wie diese Scharf, sagte sie sich im Stillen.

Sie stand an der Rezeption und prüfte die abgegebenen Schlüssel. Nur der von Erika Scharf fehlte. Sie war nach dem Frühstück wieder aufs Zimmer gegangen. Die Hotelchefin hatte die Reinigungskräfte angewiesen, die Räume der Scharfs vorerst nicht zu säubern. Auch wollte die Polizei das Zimmer von Dietmar Scharf noch auf Spuren absuchen. Die Beamten hatten deshalb das Türschloss plombiert. Plötzlich klingelte das Telefon. An der Nummer erkannte Gianna Signorini, dass Erika Scharf anrief.

»Ja bitte. Was kann ich für Sie tun?«

»Wären Sie bitte so freundlich, mir eine Flasche Whisky aufs Zimmer zu bringen?«

Die Stimme der Schriftstellerin klang schwach und weinerlich. Gebrochen. Gianna Signorini bekam Mitleid, auch wenn sie der divenartige Auftritt ihres prominenten Gastes an diesem Morgen einige Nerven gekostet hatte.

»Aber natürlich. Bevorzugen Sie eine bestimmte Marke?«

»Nein, nein. Es ist ganz egal. Machen Sie sich wegen mir keine Umstände. Ich nehme, was Sie dahaben.«

»Möchten Sie dazu Eis oder Sodawasser?«

»Nein, meine Liebe. Ich trinke immer pur.«

Gianna Signorini ging zur Bar und nahm eine Flasche von der Marke, von der sie selbst manchmal trank, wenn sie Kummer hatte. Sie brachte den Whisky eigenhändig zur trauernden Witwe. Oben angekommen, klopfte sie kurz und trat ein. Erika Scharf stand am Fenster und steckte ihr Taschentuch ein, mit dem sie sich kurz zuvor offenbar einige Tränen aus den Augen gewischt hatte.

»Entschuldigen Sie bitte meine Aufregung heute Morgen, ich fürchte, ich habe Sie nicht besonders gut behandelt.«

Gianna Signorini winkte ab: »Ach, ich bitte Sie, Frau Scharf, ich verstehe Sie, das alles nimmt Sie doch sehr mit. Ich wüsste nicht, wie ich reagieren würde.«

Sie stellte die Flasche auf den kleinen Tisch und drehte das Glas um. »Darf ich Ihnen ein Glas einschenken?«

»Ja, bitte.« Erika Scharf trat einen Schritt näher. »Möchten Sie einen kleinen Schluck mit mir trinken?«

Die Hotelchefin zögerte, so früh trank sie sonst nie,

aber dann gab sie sich einen Ruck. »Gerne. Auf ein kleines Gläschen.«

Die beiden Frauen setzten sich an den Tisch, auf dem viele Bücher und ein Laptop lagen. Erika Scharf räumte alles auf einen dritten Stuhl.

»Wissen Sie, Dietmar war wirklich nicht einfach«, erzählte Erika Scharf. »Wir haben uns so oft über Kleinigkeiten gestritten.« Sie schüttelte den Kopf. »Manchmal hätte ich schon davonlaufen können.«

Gianna Signorini verstand, dass ihr Gast jemanden brauchte, der jetzt zuhörte. War sie aber die richtige Gesprächspartnerin? Sie dachte an die große Reisegruppe, die heute aus dem Badischen anreisen sollte. Gianna Signorini versuchte, die Erfordernisse des Tagwerks für einige Minuten auszublenden.

»Sie haben ihn trotz allem sehr geliebt, nicht wahr?«

»Ja, das habe ich«, antwortete die Scharf. »Diesen alten Mistkerl.« Sie grinste, und mit Tränen in den Augen hob sie ihr Glas. »Auf unsere Lieben.«

Gianna Signorini wollte nicht indiskret werden, dennoch interessierte sie sich für den Toten.

»Was hat Ihnen an Dietmar gefallen?«

Erika Scharf blickte in ihr Glas. »Gefallen hat mir seine direkte Art. Wenn er etwas wollte, hat er es auch bekommen.« Sie schenkte sich erneut ein. »Wissen Sie, es war früher bei uns in Ostberlin nicht so einfach, das zu bekommen, was man so fürs Leben brauchte – aber er fand immer einen Weg.«

Die Hotelbesitzerin nickte verständnisvoll. »Und haben Sie denn auch das bekommen, was wir Frauen von unseren Männern wollen?«

»Ach ja, mein Kind. Er konnte auch sehr liebevoll sein. Aber das hat nachgelassen.« Sie senkte den Kopf und leerte das Glas in einem Zug.

Auf Gianna Signorini wirkte ihr Gast deprimiert. Sie schaute auf die Uhr. Aber ihre Neugierde war noch nicht befriedigt. »Ich habe gehört, Ihr Mann war im Keller dieses Literaturarchivs. Weiß man schon, warum er sich dort aufgehalten hat?«

»Das würde ich auch gerne wissen«, antwortete die Scharf. »Vielleicht hat ihn jemand dorthin gelockt, ich weiß es nicht.« Sie stand auf und ging wieder zum Fenster. Gianna Signorini spürte, dass ihr Gast jetzt allein sein wollte.

»Sie müssen jetzt sehr tapfer sein«, sagte sie, als sie sich verabschiedete. »Bleiben Sie noch ein wenig in Marbach, seien Sie mein Gast.«

»Danke, meine Liebe«, hauchte Erika Scharf. Sie begann wieder zu weinen.

Gianna Signorini verließ nachdenklich das Zimmer. An der Rezeption dachte sie an ihren Geliebten. Ein Mord in einer Kleinstadt wie Marbach sollte auch einem Bürgermeister gemeldet werden. Eigentlich hatte Norbert ihr verboten, ihn auf seinem Handy anzurufen. Diesmal jedoch konnte sie die Nummer guten Gewissens wählen.

»Rieker.«

»Ciao bello, wo treibst du dich gerade rum?«

»Mensch, Gianna, du weißt doch, dass du mich nicht anrufen sollst.«

»Si, mi amore, aber du musst mir jetzt zuhören. Ein Gast ist ermordet worden. Man hat ihn im Literaturarchiv gefunden. Gestern Nacht. Das musst du wissen, deshalb rufe ich dich an.«

»Was? Ermordet? Bist du sicher?«

»Ja. Ein Mord, mitten in Marbach. Die Polizei ist schon hier. Vielleicht ist es besser, du kommst auch.«

»Ja, natürlich. Ich arbeite gerade im Büro. Bin in fünf Minuten drüben.«

Die letzten 20 Minuten hatten den Tag für Norbert Rieker ziemlich verändert. Erst dieser ominöse Erpresser, dann ein Mord. Wie passte das alles zusammen? Vielleicht gab es ja sogar einen Zusammenhang? Er packte seine Sachen und lief vom Rathaus zur Schillerhöhe. Die Polizeistation, an der er vorbeiging, sah friedlich aus. Nichts deutete auf ein schweres Verbrechen hin. An der Pforte des Schiller-Nationalmuseums leitete man ihn weiter in den Keller des Literaturarchivs. Wenig später stand er dem Kriminaltechnischen Leiter der Mordkommission, Werner Besold, gegenüber.

»Grüß Gott, mein Name ist Rieker, ich bin der Bürgermeister von Marbach, darf ich fragen, was passiert ist?«

Besold schüttelte ihm die Hand.

»Na, was soll schon groß passiert sein. Sie sehen doch, weiße Kreide auf dem Boden, jede Menge aufgescheuchte Hühner, die in weißen Kitteln rumrennen: Mord in Marbach, würde ich sagen. Besold übrigens mein Name, Mordkommission Stuttgart.«

»Ja, natürlich. Wer ist denn, äh, umgebracht worden?«

Werner Besold schnalzte mit der Zunge, dann lehnte er sich nach vorne und flüsterte: »Ihnen als Amtsperson darf ichs ja sagen: Wilhelm Tell hat wieder zugeschlagen: Sehen Sie diesen kleinen Kreidekreis da? Ein Apfel! Unser

Opfer heißt Dietmar Scharf und ist der Mann von Erika Scharf, dieser Schriftstellerin aus dem Osten.«

Besold tippte mit dem Finger gegen Riekers Brust: »Da hats überall piek gemacht. Lauter kleine Pfeilchen aus lauter kleinen Armbrüstchen. Tja, und jetzt sind Sie dran.«

Der Bürgermeister staunte. Ihm war klar, dass er an einen besonders kauzigen Polizisten geraten war, der sicherlich nicht die Ermittlungen leitete. Dieser Mord war schon erschreckend genug, aber dass jetzt wenige Minuten nach dem Telefonat mit dem Erpresser erneut das Stichwort Wilhelm Tell fiel, verwunderte ihn doch sehr.

»Was meinen Sie damit, ich bin dran?«

»Ach, kleiner Scherz, entschuldigen Sie: Aber sind wir nicht alle ein bisschen Kommissar?«

Rieker lachte. »Ja, da mögen Sie recht haben – und es wäre ja nicht schlecht, wenn viele gute Ideen dazu führen, dass der Täter bald gefasst wird.«

»Sehen Sie«, meinte Besold. »Wenn Sie etwas wissen, sagen Sie es am besten unserem guten Herrn Struve, der ist zuständig und müsste eigentlich bald wieder hier eintreffen.«

»Okay«, meinte Rieker, der es sich leisten konnte, noch einige Minuten zu warten. Er würde die Zeit nutzen, um etwas über Tell in Erfahrung zu bringen. »Ich bleibe auf jeden Fall so lange, bis Herr Struve kommt«, versicherte er. »Da ich auch Vorstandsmitglied der Deutschen Schillergesellschaft bin, ist es für mich sehr wichtig, über den Stand der Ermittlungen informiert zu sein.«

Rieker ging in den hinteren Bereich der Handschriftenabteilung. Er wollte wissen, wo die Handschrift des Stückes Wilhelm Tell gelagert wurde. In einem abgelegenen

Winkel der Bibliothek setzte er sich an einen Computer und machte die Signatur ausfindig. Da er sich privat hin und wieder mal ein Buch auslieh, wurde er schnell fündig. Er stand auf und passierte die Ausleihstelle. Beiläufig blickte er in eine Glasvitrine und sah auf ein dort ausgestelltes vergilbtes Handschriftenfragment. Er traute seinen Augen nicht, als er las:

WILHELM TELL,
ORIGINAL DES JAHRES 1804,
ERSTER AUFZUG

Er blickte sich um. Niemand war zu sehen. Die Bibliothek schien samstags nicht besetzt zu sein. Rieker erinnerte sich an einen Zeitungsbericht. Das Museum plante eine große Sonderausstellung zu Schillers Dramen. Das konnte die Erklärung dafür sein, warum ausgerechnet das von ihm Verlangte so schnell zu finden war. Als Vorstandsmitglied der Deutschen Schillergesellschaft verfügte er über einen Generalschlüssel – wie auch die Kuratoren, Abteilungsleiter und die Leitenden Bibliothekare. Der Verdacht würde bestimmt nicht auf einen Bürgermeister fallen. Trotzdem: Die günstige Gelegenheit könnte sich auch als Falle entpuppen. Aber wer könnte sie ihm stellen? Der Mörder von Dietmar Scharf? Es kam ihm eigenartig vor, dass der Erpresser ein Tell-Fragment von ihm verlangte und er soeben das Ergebnis eines Mordes im Stile Tells gesehen hatte. Er hielt es für möglich, beide Verbrechen so zu planen, dass sie ineinander übergingen und funktionierten. Der Mörder musste damit rechnen, dass er zur Polizei gehen würde. Auch dies zog Rieker in

Erwägung. Er kam zu dem Schluss, dass der Mörder die Erpressung wahrscheinlich nur benutzte, um seine wahren Motive zu verschleiern. Freilich wusste Rieker darüber ebenso wenig wie die Polizei. Aber er war zu feige, die Erpressung zuzugeben. Schließlich würde sein Verhältnis mit Gianna dann bekannt werden. Er beschloss, die Sache auszusitzen und vorerst mitzuspielen. Er könnte sich immer noch der Polizei stellen. Seine Familie durfte nicht auseinander brechen, er hatte einfach keine Lust darauf, alles zu verlieren: seine Frau, sein Haus, seine drei kleinen Töchter und seinen gut bezahlten Job.

»Mist!«, zischte er, und wieder meldeten sich Zweifel. Angenommen, der Erpresser war wirklich nur ein spleeniger Sammler. Vielleicht jemand aus dem Umfeld des Literaturarchivs, der zufällig wusste, dass die Handschrift an diesem Wochenende auslag? Wie viel war sie überhaupt wert? Rieker hatte keine Ahnung. Aus den umliegenden Kellern drangen jetzt Stimmen. Er musste handeln. Vielleicht konnte er seinen Diebstahl nachher noch als Missverständnis darstellen, sollte er auffliegen. Der Bürgermeister kam zu dem Schluss, dass er die Handschrift erst einmal sichern musste, um frei über sie verfügen zu können. Schnell steckte er sie ein. Mit dem Generalschlüssel konnte er das Dokument notfalls am Sonntagabend wieder zurückbringen. So hatte er Zeit gewonnen. Zufrieden mit der Beute verließ Norbert Rieker die Keller des Literaturarchivs durch einen Nebenausgang.

7

In der Drogerie Müller stand Julia ungeduldig in der Schlange. Es war am Samstag immer das Gleiche. Vor der Kasse trafen sich vor allem Rentner. Hatten die denn in der Woche keine Zeit zum Einkaufen? Gelangweilt schweifte ihr Blick nach draußen. Auf einmal spürte sie eine Hand auf der Schulter. Sie drehte sich um. Ralf stand vor ihr.

»Hey!«

»Hey!«

Ralf beugte sich zu ihr herunter und küsste sie auf beide Wangen. Sie erwiderte die Zärtlichkeit, fühlte sich aber etwas überrumpelt. Immerhin benutzte er gut riechendes Rasierwasser; Euphorio, die Marke, die Luca am Anfang ihrer Beziehung genommen hatte.

»Du gibst es dir aber heute«, sagte Ralf freundlich. Er schien mit seinem Blick die Kunden zu zählen, die vor ihr standen. Es waren zehn.

»Ich möchte ins Guinness-Buch der Rekorde, hier wird gerade die längste Schlange der Welt gebildet.« Julia lächelte, sie freute sich wirklich, ihn wiederzusehen, auch wenn ihr die Umstände banal erschienen.

»Na, heute könntet ihr es schaffen.« Ralf schlug vor, im I-Dipfele in der Marktstraße noch einen Cappuccino zu trinken.

»Warum eigentlich nicht?«, antwortete Julia. »Luca besucht die DVD-Börse, danach will er ins Freibad, außerdem muss er noch seinen Artikel schreiben.« Sie wusste selbst nicht, warum sie Luca erwähnte. Hier hatte sie auf jeden Fall jemanden, mit dem sie zumindest in der nächsten Stunde nett plaudern konnte. Eine dritte Kasse wurde jetzt besetzt, und Julia mogelte sich reaktionsschnell nach vorne.

Luca Santos passierte das Drehkreuz des Steinheimer Mineralfreibades Wellarium. Er hatte den Besuch der DVD-Börse abgeblasen und wollte im kühlen Nass einen klaren Kopf gewinnen. Nach 20 Bahnen fühlte er sich fit. In seinem Auto griff er nach seinem Block und zog den Laptop hervor. Obwohl es ziemlich heiß war, hatte er den Artikel über die Lesung von Erika Scharf schnell geschrieben. Mit seinem Handy stellte er einen Internetanschluss her und übermittelte den Text. Es war spät geworden. In einer Stunde wollte er sich mit Siegfried Derwitzer in dessen Büro in der Marbacher Uhlandstraße treffen. Santos fuhr über die Schweißbrücke. In Erdmannhausen hängte er seine nassen Badeklamotten auf und kochte sich noch einen Kaffee, den er hastig hinunterstürzte.

Siegfried Derwitzer öffnete die Tür seines Schwedenhauses. Der Skandinavienliebhaber hatte sich als Rockmusiker und Buchautor im Kreis Ludwigsburg einen Namen gemacht. In seinem kärglich eingerichteten Büro unterhielten sie sich über die Lesung. Im Gegensatz zu Luca Santos fand Derwitzer die Veranstaltung wenig beeindruckend. Aber darüber wollte der Journalist mit dem

Literaten nicht streiten. Er zeigte ihm stattdessen das Display seiner Kamera.

»Du, Siegfried, ich wollte dich noch um einen kleinen Gefallen bitten; du kennst doch in Marbach Gott und die Welt – weißt du, wer dieser Mann ist? Ich wollte ihn noch etwas fragen.«

Derwitzer schnappte sich den Apparat. »Lass mal sehen.« Er setzte seine Lesebrille auf. »Der rechts ist der Mann von der Scharf, Dietmar heißt er, glaube ich. Er managt sie, schließt für sie Verträge mit den Verlagen ab. Neulich erschien ein großer Artikel im Literaturprisma. ›Der Mann aus dem Off‹ oder so.«

Interessant, dachte Luca, zumal Dietmar Scharf durch den Mord nun für immer im Off verschwunden war. Er konnte nur schwer ein Grinsen unterdrücken, schämte sich aber dafür. »Und der Mann links?«

Siegfried Derwitzer nahm die Brille ab und rieb sich die Augen. »Das ist doch, also kaum zu glauben.« Er lachte laut auf. »Haha. Also das hätte ich jetzt nicht vermutet, haha. Köstlich.«

»Was denn?« Luca hätte ihn am liebsten durchgeschüttelt.

»Ich bin mir ziemlich sicher, dass es Franz Schäufele ist. Der arbeitet als Bibliotheksassistent im Literaturarchiv. Also, dass der sich an den Scharf ranmacht. Sieht aus, als ob er ein Autogramm haben möchte, haha. Irgendwie komisch, der blickt ganz konzentriert, siehschts?«

Lucas Herz schlug schneller. Der Blick des Mannes wirkte tatsächlich konzentriert, aber auch eindringlich, wenn nicht sogar bösartig. Über die Gründe seiner Recherche wollte er den Gesprächspartner im Unklaren lassen. Er musste weiterbohren. »Kennst du den näher?«

»Nö. Ich sehe ihn nur manchmal, wenn ich in der Handschriftenabteilung etwas für meine Storys ausleihe. Du weißt schon, diese Nostalgie-Kurzgeschichten, die immer im ›Literatur-Magazin 68‹ erscheinen.«

Natürlich kannte Luca diese Episoden, die er gelegentlich morgens bei einem seiner kärglichen französischen Frühstücke bei einer Tasse Milchkaffee verschlang. Dass Schäufele in der Bibliothek des Archivs arbeitete, irritierte Luca. Er hatte gedacht, dass der Unbekannte vielleicht ein dicker Fisch aus der Verlagsszene wäre. Was konnte ein biederer Angestellter, namens Schäufele, mit einem Mord zu tun haben? Wahrscheinlich hatte er wirklich nur ein Autogramm haben wollen. Andererseits war Dietmar Scharf nicht so berühmt, dass man hinter seiner Unterschrift her sein musste. Leider hatte Luca auch auf dem 17-Zoll-Bildschirm seines Laptops nicht genau erkennen können, was Schäufele dem Ermordeten ausgehändigt hatte. Es sah wie ein Umschlag aus. Darin konnte sich auch ein Schlüssel befinden. Das würde erklären, wie Dietmar Scharf nachts ins Literaturarchiv gekommen war. Aber was sollte er dort finden? Geld etwa? Eine Kofferübergabe ließe sich einfacher arrangieren. Womöglich standen Schäufele und Scharf schon länger miteinander in Kontakt. In den Kellern des Archivs schlummerten Millionenwerte. Das Original von Kafkas Prozess etwa. Waren die beiden Männer in einen spektakulären Kunstraub verwickelt? Immer mehr Fragen drängten sich dem jungen Journalisten auf. Er würde wohl doch besser zur Polizei gehen. Andererseits witterte er die Story seines Lebens. Die könnte ihm vielleicht die Tür zur journalistischen Karriere öffnen.

Luca verabschiedete sich herzlich. Sie wollten gelegentlich mal wieder ein Bier miteinander trinken gehen. Als Santos von der Uhlandstraße zum Volksbank-Parkplatz am König-Wilhelm-Platz schlenderte, überlegte er, was er mit seinem Wissen anstellen sollte. Möglichkeit eins: zur Polizei gehen. Das wäre die sicherste Variante, es würde aber bestimmt noch Wochen dauern, bis etwas herauskäme. Und in einem Artikel langweilige Zitate von Pressesprechern zu veröffentlichen, darauf hatte Luca nun wirklich keine Lust. Möglichkeit zwei: das Foto an die Blitz-Zeitung verkaufen, die würde sich auf Schäufele stürzen, und es würde sich relativ schnell herausstellen, ob der unscheinbare Bücherwurm den Archivkeller zur Mördergrube gemacht hatte. Allerdings bekäme Santos dann Ärger mit Zorn, der ihn mit den Worten entlassen würde, er könne ja sein Praktikum bei der Zeitung mit den Nackedeis unter der Titelstory fortsetzen. Das beste Gefühl hatte Santos, als er an Möglichkeit drei dachte: Er könnte selbst das Wochenende nutzen, um einiges über den Mord herauszufinden. Und darüber dann schreiben. Gefährlich, ja, aber verglichen mit Reportagen aus Kriegsgebieten noch harmlos. Er wollte jedenfalls keine ruhige Kugel schieben.

Sicher war sich Julia, was ihr Urteil über Ralf anging. Einfach süß, dachte sie, als er ihr beim Cappuccino im I-Dipfele einen kleinen Eisschirm aus Silber schenkte. Den habe er sich für besondere Gelegenheiten aufgehoben, sagte er lächelnd. Und weil sie so von Bologna schwärme, solle sie einen kleinen Talisman aus seiner Lieblingsstadt bei sich tragen. Es war nicht so, dass Julia einfach so

Geschenke von anderen Männern annahm. Sie wusste um die Bedeutung solcher Gaben und wollte erst ablehnen. Dann dachte sie daran, dass Luca sich in letzter Zeit kaum um sie gekümmert hatte und dass ein bisschen Konkurrenz das Geschäft durchaus beleben könnte.

»Sag mal, wirfst du immer so mit Geschenken um dich?«

»Nein, aber du bist es mir wert«, sagte Ralf und blickte ihr tief in die Augen.

Sie errötete und nahm den letzten Schluck aus ihrer Tasse, dann schaute sie demonstrativ auf ihre Armbanduhr. »Oh, mein Gott, ich muss dringend los, meine Parkzeit läuft ab.«

Sie hatte erst neulich im Parkhaus eine Geldstrafe aufgebrummt bekommen. Das sollte sich nicht wiederholen. Schon gar nicht an einem Samstag, an dem die Marbacher Vollzugsbeamten offenbar besonders gerne unterwegs waren. Aber eigentlich wollte sie nur schnell weg. Sie mochte zwar Flirts, doch sie hasste es, von Verehrern in die Enge gedrängt zu werden. Sie schätzte an Luca, dass er sie von Anfang an in Ruhe gelassen hatte. Dieser Ralf ging gleich zur Sache, und das Blöde war, dass ihr seine romantische Art auch noch gefiel.

»Hast du heute Abend schon etwas vor?«, fragte er sie.

Julia hatte nichts vor. Wie ferngesteuert schüttelte sie den Kopf.

»Unsere Band tritt in Höpfigheim in der Kelter auf. Wenn du Lust hast, schau rein, es würde mich sehr freuen.« Ralf lächelte sie ein wenig verlegen an. Er war angespannt wie einer, der beim Roulette alles auf Rot gesetzt hat, das merkte auch Julia.

»Mal sehen, ich weiß noch nicht«, antwortete sie. Wenn Luca wieder keine Zeit hatte, würde sie Carolin fragen, ihre beste Freundin. Auf jeden Fall wollte sie Ralf spielen sehen.

»Was kann ich tun, damit du ›Ja‹ sagst?«

Jetzt war sie es, die verlegen lächelte und errötete. Sie nahm das Schmuckstück und gab ihm ein Küsschen auf die Wange. Verlegen fuhr sie sich mit der Hand durchs Haar, sie spürte, dass sie jetzt gehen musste. Zum Abschied schenkte sie ihm ein flüchtiges Lächeln, dann verließ sie schnell das Lokal, wobei sie fast noch über einen Stuhl gestolpert wäre. Sie fühlte sich verwirrt, aber auch flippig-leicht. Dann dachte sie wieder an Luca und bekam ein schlechtes Gewissen.

Unruhig lief Sven Dollinger in seinem Büro von einer Wand zur anderen. Die Erinnerung an den Leichnam von Dietmar Scharf machte ihm zu schaffen. Mit Todesnachrichten hatte er beruflich zwar regelmäßig zu tun, aber die meisten verstorbenen Literaten sah er noch kurz im Sarg, von den Bestattungsunternehmen sorgsam aufgebahrt und diskret zurechtgemacht. Die Blutlachen und die Pfeile – einfach scheußlich. Und das in seinem Haus. Nur mühsam fand er wieder in die Wirklichkeit zurück. Nach einigen Minuten des Nachdenkens wusste er, was er zu tun hatte. Er rief Erika Scharf an. Beim Telefonat äußerte er sein tiefes Bedauern über den Tod ihres Mannes. Wenig später kondolierte er bei ihr persönlich noch einmal im nahen Hotel. In diesem Gespräch erfuhr Dollinger, dass die Schriftstellerin noch einige Tage in Marbach bleiben würde. Sie wollte das Ergebnis der Obduktion abwarten und sich dann um die Beisetzung kümmern. Ihm war das ganz recht, er kündigte an, Erika Scharf in dieser Zeit zu unterstützen. Er halte dies als Institutsleiter für seine Pflicht. Dollinger wusste, dass er sich auf einem schmalen Grat bewegte. Die Witwe konnte denken, dass er sie umgarnte, damit sie ihren Nachlass doch noch dem Marbacher und nicht dem Frankfurter Archiv zur Verfügung stellte. So ganz verübeln konnte Sven Dollinger ihr einen solchen Verdacht nicht. Aber er musste es tun, handelte er doch aus einem übergeordneten Interesse. Zwar zählte Erika Scharf nicht zu den Top-Schrifstellerinnen der ehemaligen DDR, doch hatte sie offenbar mit einigen bekannteren Autorinnen regen Briefkontakt – das machte sie für das Literaturarchiv interessant. Und dass sie als fast 70-Jährige von der Literaturkritik entdeckt und zur Kultfigur erklärt worden war, steigerte natürlich auch den Wert ihrer Werkmanuskripte.

Den Besuch des Direktors hatten zwei Polizeibeamte in Zivil beobachtet. Sie informierten Struve per Handy, dass Dollinger das Hotel betreten hatte.

»Bleibt dran und sagt mir, wo er hingeht, wenn er das Gebäude verlässt.«

Der Kommissar saß in seinem Passat. Er hatte ihn im Parkhaus in der Grabenstraße abgestellt. Nach dem anstrengenden Erstkontakt mit Melanie Förster brauchte er eine kurze Pause. Sie holte sich einen Snack aus dem Supermarkt im Erdgeschoss, er war in einen Buchladen in der Marktstraße gegangen. Statt ein wenig die Augen zuzumachen, blätterte Peter Struve in der Ausgabe von Schillers Wilhelm Tell, die er sich dort besorgt hatte.

»Aha, der Bösewicht heißt also Geßler«, sagte er nach wenigen Minuten der Lektüre und lachte auf. »Das liest sich gut: *Wer klug ist, lerne schweigen und gehorchen.* Das sind die Klassiker, immer ein Spruch auf den Lippen, der alle Zeiten überdauert.«

Seine Gedanken schweiften ab zu Dollinger und dessen pseudoautoritärem Gehabe. Der schnieke ältliche Direktor und der hemdsärmelige Kommissar, da prallten Welten aufeinander, das spürte Struve, doch er wollte unvoreingenommen an den Fall herangehen. Von dem Direktor wusste er bis jetzt nur, dass ihn im Literaturarchiv nur wenige mochten. Es hieß, er führe ein strenges Regiment, durch das sich alle ziemlich kontrolliert vorkamen. Struves Frau Marie hatte es ihm erzählt, sie arbeitete ehrenamtlich im Schiller-Geburtshaus und bekam dadurch einiges mit.

Apropos Marie. Ob sie jetzt endlich heimgekommen war? Struve griff zum Handy.

»Schon zu Hause, mein Schatz?«, fragte er.

»Na, was glaubst denn du, wer dafür sorgt, dass unser Kühlschrank nicht zur sibirischen Steppe wird.«

Peter Struve mochte den deftigen Humor seiner Frau. Aber noch mehr mochte er schmackhafte Abendmahlzeiten. Er rief sich den Topf mit den Kartoffeln in Erinnerung. Eine Pfanne mit Bratkartoffeln und Speck, das wärs! So etwas hatte er seit Monaten nicht mehr gehabt. Kein Wunder: Marie zwang ihm ihren Diätplan auf. Der bestand aus viel Gemüse, noch mehr Mineralwasser – und gelegentlich ein wenig Pasta ohne Soße.

»Natürlich füllst *du* den Kühlschrank, mein Schatz. Aber sag mal, was hältst du davon, uns heute Abend ein paar schöne Gemüsebratlinge zu bereiten?« Struve spielte auf ein Rezept an, das Marie vor einigen Wochen der Frauenzeitschrift Dörte entnommen hatte. Das vegetarische Gericht fand er ausnahmsweise wirklich gelungen. »Das wäre eine tolle Sache, die sind dir neulich schon so prima geglückt.« Mit diesem Kompliment hoffte er, auch an seine Bratkartoffeln zu kommen.

»Und dazu solls dann deine Kartoffeln geben?«

Marie hatte den Braten also gerochen. Er beschloss, diplomatisch vorzugehen. Wenn man von Schiller etwas lernen konnte, war es bestimmt seine offene und ehrliche Art. »Na ja, eigentlich sollte es die ja schon heute Mittag geben. Aber ich musste plötzlich zu einem Fall hier in Marbach.« Er informierte sie kurz über den Mord im Literaturarchiv. Er würde noch eine Weile unterwegs sein. »Vielleicht bin ich um 19 Uhr bei dir, du weißt ja, ich mag sie schön kross.«

Er hörte seine Frau seufzen. »Ach, dann wirds sicher 20 Uhr oder später. Hol dir doch lieber einen Döner. Ich gehe heute Abend ins Sommer-Kino. Auf dem Erdmannhäuser Schulhof zeigen sie Schiller in der Fassung von Martin Weinhart.«

Für einen Moment dachte Peter Struve daran, mit ins Kino zu gehen. Die Filmnächte des Kinovereins begannen erst um 21 Uhr. Er hatte sich im Schillerjahr 2005 zum 200. Todestag des Dichters am 9. Mai eine Biografie gekauft, sie aber bis jetzt noch nicht gelesen. Jetzt näherte sich das Schillerjahr 2009 anlässlich des 250. Geburtstages am 10. November. Den Film des renommierten Martin Weinhart zu sehen, stand auf seiner kulturellen To-do-Liste ziemlich weit oben. Jetzt könnte er aus dem cineastischen

Vergnügen sogar einen dienstlichen Nutzen ziehen. Sein Instinkt warnte ihn jedoch davor, sich an diesem Abend zu verpflichten. Er wollte sich stattdessen um Dollinger kümmern. Struve fragte sich außerdem, wer der Mann war, der mit Dollinger am Tatort erschienen war. Er hatte sich den Namen Utz Selldorf notiert. Der war mit einem fetten Mercedes-Cabriolet gekommen und passte mit seinem solargebräunten Outfit nicht so recht zur vornehmen Blässe der Literaturforscher in Marbach. Struve hatte Littmann gebeten, seine Vorgeschichte zu durchleuchten. Hoffentlich war der Kollege in die Puschen gekommen. Struve brauchte spätestens morgen die Informationen.

»Wer geht mit dir ins Kino?«

»Rudi und Heidi, sie lassen dich grüßen.«

»Sag ihnen, ich wäre gerne mit von der Partie, aber ich müsste noch jemanden beschatten. Geht ihr danach noch irgendwohin?«

»Wir wollen in Erdmannhausen noch einen Wein beim Griechen in der ›Sonne‹ trinken.«

»Vielleicht schaff ichs auch noch dorthin.«

Struve hatte gerade aufgelegt, da kam Melanie Förster zum Wagen. Sie hatte beim Bäcker im Erdgeschoss zwei Butterbrezeln geholt und bot ihrem Kollegen eine davon an. Struve biss herzhaft in die Brezel und fuhr aus dem Parkhaus in Richtung Schillerhöhe.

»Übernimmt das Landeskriminalamt auch Flugkosten oder muss ich nach Berlin die Bahn nehmen?« Melanie Förster fragte ganz selbstverständlich.

Struve starrte sie mit vollem Mund an.

»Wie bitte?« Er würgte den ersten Bissen hastig hinunter. »Wie kommen Sie darauf, nach Berlin zu fahren?«

Die gute Laune von Melanie Förster verflog. Auch sie blickte ihn fassungslos an. »Na, die Infos über die Scharfs und ihren DDR-Klüngel finde ich nur in Berlin bei der Birthler-Behörde, wo sonst?«

Struve, immer noch mit starrem Blick, setzte ein gekünsteltes Lächeln auf. Freundlich, aber bestimmt bedeutete er ihr, dass aus dem Berlin-Trip nichts werde. »Da haben wir uns missverstanden. Die Kollegen in Berlin arbeiten uns zu. Die befragen auch die Nachbarn, Geschäftspartner und so weiter. Na, und Ihre Aufgabe, Frau Förster, besteht darin, sich von hier aus die Informationen über Dietmar Scharfs Umfeld in der ehemaligen DDR zu beschaffen und zu sichten.« Struve fuhr rechts ran und schaute sie an. »Ich kann Sie jetzt vor Ort nicht entbehren.«

»Jetzt hören Sie aber auf, das klang vorhin ganz anders«, schimpfte Melanie Förster und knüllte wütend ihre Bäckertüte zusammen. »Verarschen kann ich mich auch selbst.«

»Bitte, Frau Förster, Sie haben hier eine verdammt wichtige Aufgabe. Und wir müssen mit unseren Kräften haushalten.« Er versuchte, freundlich zu bleiben, spürte aber am energischen Tonfall seiner Stimme, dass das gründlich misslang. Melanie Förster rutschte unruhig auf ihrem Sitz herum.

»Ach ja, am Schreibtisch sitzen und den Papierkram erledigen, zwischendurch mal mit Ihnen ein Tässchen Kaffee trinken. Ich habe doch nicht mit einem Einser-Examen abgeschlossen, um Ihre Sekretärin zu spielen.« Ihr Gesicht war tomatenrot angelaufen. »Sie meinen, weil Sie ein paar Jahre länger im Geschäft sind, können Sie sich aufführen wie«, sie atmete schwer und suchte mit Tränen in den Augen nach dem passenden Vergleich, »wie Derrick. Als Nächstes kommt dann wohl: Hol schon mal den Wagen, Melanie.«

Langsam wurde Peter Struve sauer. Er hatte es nur gut gemeint, aber immer noch dachte die Kleine, er wäre ein Pascha. Was konnte er dafür, dass er viel früher als sie auf diese Welt voller Missverständnisse gekommen war? Er musste ein Zeichen setzen. »So klappt es nicht mit uns beiden, Frau Förster, wo haben Sie geparkt?«

Er öffnete die Tür auf Höhe der Haffnerhalle, bat sie auszusteigen und fuhr ohne sie weiter. Vor dem Hotel auf der Schillerhöhe traf er die beiden Zivilbeamten. Sie berichteten, Dollinger habe das Hotel vor fünf Minuten verlassen. Struve bedankte sich. Es würde aufschlussreich sein, von Erika Scharf zu hören, was Dollinger von ihr gewollt hatte.

Peter Struve klopfte an der Tür zu Erika Scharfs Hotelzimmer. Er wartete auf eine Antwort, aber nichts regte sich.

»Frau Scharf? Hier ist Struve von der Kripo. Wenn Sie da sind, öffnen Sie bitte.«

Aus dem Zimmer drang ein zaghaftes »Herein doch, die Tür ist offen.«

Im Hotelzimmer erwartete den Kommissar Unordnung. Die Dichterin stand mit einem Glas Whisky am Fenster und blickte in die Ferne des Neckartals. Handschriftlich abgefasste Manuskripte übersäten den einzigen Tisch. Die hohen Papierberge mit literarischen Skizzen ließen offenbar nicht viel Platz für andere Dinge. Es schien, als ob die Schriftstellerin Sachen ordnete, aber mit dem anwachsenden Chaos nicht zurechtkam. Auf dem Bett lagen mehrere Abendkleider. Zwei Flaschen Scotch, eine voll, die andere leer, allenfalls halbherzig zwischen Nachttisch und Bett versteckt, und ein voller Aschenbecher komplettierten das Bild in dem Zimmer, in dem es muffig roch.

So sieht es also aus, wenns einen umhaut, dachte Struve.

»Kommen wir zur Sache, Frau Scharf«, bestimmte er, nachdem sie ihm einen Platz angeboten und er sich gesetzt hatte. »Uns beschäftigt die Nachlassfrage: Gibt es irgendwelche Personen, die an Ihren Originalmanuskripten interessiert sind?«

Die angetrunkene Erika Scharf faltete die Hände und legte sie auf den Tisch, um sich besser konzentrieren zu können.

»Ich habe mir schon gedacht, dass Sie mich irgendwann danach fragen werden, wenn auch nicht so bald«, antwortete sie und zog ein Taschentuch hervor, mit dem sie das verlaufene Augen-Make-up abwischte.

Der Anblick rührte Peter Struve. Er hatte sie mit einem möglichen Tatmotiv konfrontiert, sie hatte vielleicht tröstliche Worte erwartet. Aber er war Kriminalbeamter, kein Seelsorger. Er schwieg und wartete auf ihre weiteren Erklärungen.

»Glauben Sie mir, ich habe bereits vieles darüber in den Zeitungen gelesen, aber es sind alles Spekulationen. Ich habe die Nachlassfrage weit von mir geschoben. Mir geht es gesundheitlich gut, und ich möchte einfach noch lange leben und viel schreiben.«

Struve versuchte, ein freundliches Gesicht aufzusetzen, aber es ärgerte ihn, dass sie offenbar nicht mit offenen Karten spielte. Er hatte über sie einige Zeitungsberichte gelesen. Die Autoren verglichen den gesundheitlichen Zustand von Erika Scharf mit der einer tickenden Zeitbombe. Er würde das überprüfen lassen.

»Natürlich, ihre literarische Arbeit geht vor, wozu sich unnötig belasten«, schob Struve Verständnis vor. »Kann es aber nicht doch sein, dass Ihr Mann für Sie Verhandlungen geführt hat?«

»Dietmar? Oh ja. Er hat mir immer den Rücken freigehalten. Er hat mir in den letzten Monaten auch angeboten, auf die Frage des Nachlasses eine Antwort zu suchen. Dietmar hat aber stets betont, dass es nicht eilt.« Sie nahm wieder ihr Taschentuch, um sich die Tränen aus den Augenwinkeln zu wischen.

Der Kommissar machte sich Notizen. »In der Presse sind die Orte Frankfurt und Marbach genannt worden. Halten Sie es für möglich, dass Ihr Mann die Verhandlungen ohne Ihr Wissen vorangetrieben hat?«

»Nein, das hätte er mir bestimmt gesagt, ich habe ihm in allem Geschäftlichen vertraut.«

Peter Struve stutzte. Er fand es ungewöhnlich, dass Erika Scharf als Schriftstellerin etwas derart Persönliches wie das Schicksal ihrer Manuskripte völlig aus der Hand gab. Dann kam sie nach Marbach in die Hochburg der Literaturkonservierung und wusste offenbar nicht, welche Geschäfte ihr Mann mit ihrem Eigentum trieb. Merkwürdig – selbst wenn sie noch nichts entschieden hatte. Die Zeitungen berichteten jedenfalls fleißig. Mit jeder noch so spekulativen Zeile würde der Wert des Nachlasses steigen. Struve hielt es für möglich, dass die Scharfs die Berichte selbst lanciert hatten und das Spiel mit der Öffentlichkeit so weit trieben, dass sie am Ende fürstlich entlohnt würden. Oder gab es einen Mister X, der aus einer solchen Strategie als Gewinner hervorging? Jemand, der am Ende nicht mehr mitspielen wollte, aus den unterschiedlichsten Gründen?

»Ist Sven Dollinger persönlich auf Sie zugekommen, um mit Ihnen die Nachlassfrage zu besprechen?«

»Nein, wir haben uns vorhin zum zweiten Mal gesehen nach gestern Abend. Er ist bei mir gewesen, um mir sein Beileid zu bekunden.«

Struve zeigte auf die schwarzen Abendkleider, die auf dem Bett lagen. »Hat er Sie zum Essen eingeladen?«

Erika Scharf stand auf und ging zum Fenster. »Sie verstehen sicher, dass ich jetzt allein bleiben möchte, Herr Struve. Haben Sie noch Fragen?«

Struve stand auf. »Ich kann sehr gut nachvollziehen, dass Sie sich nach dem Tod Ihres Mannes nicht wohlfühlen, Frau Scharf.« Er holte seine Visitenkarte aus der Brieftasche und überreichte sie ihr. »Falls Sie mir etwas Wichtiges mitteilen möchten oder ein Problem auftritt, können Sie mich jederzeit anrufen.«

Erika Scharf blickte ihn lange an. »Danke«, sagte sie und gab ihm zum Abschied die Hand.

Struve drückte die Türklinke nach unten. »Tun Sie sich heute Abend etwas Gutes.« Er ging nach draußen zu den Kollegen in Zivil. »Passen Sie auf sie auf, es könnte sein, dass sie heute Abend ausgeht. Bleiben Sie auf jeden Fall dran.«

Inzwischen war es Abend geworden und Struve überlegte, ob er sich an der Dönerbude am Bahnhof einen Imbiss gönnen sollte. Er wollte auch das Gespräch mit Melanie Förster suchen. Sein Gefühl sagte ihm aber, dass sie noch sauer war und einen Anruf als aufdringlich empfände. Bestimmt brauchte sie noch etwas Zeit, um sich über ihre und seine Macken im Klaren zu sein.

An der Dönerbude bestellte sich Peter Struve ein alkoholfreies Bier und eine große Portion Pommes frites mit Ketchup und Mayo. Die rot-weiße Fettbombe spülte er mit einem Magenbitter herunter. Sollte Marie doch in Erdmannhausen ihren Film anschauen. Er mochte es, an manchen Abenden einfach allein zu sein. Hatte er einen Fall, so wie heute, nutzte er die Zeit, um seine Eindrücke zu verarbeiten. Außerdem wollte er zu Hause den Tell zu Ende lesen.

Sein Handy klingelte.

»Ja, hier Struve.«

Es war Dagmar Weller, eine Kollegin von der Mordkommission in Stuttgart. Sie hielt den Kontakt zu den Beamten, die in anderen Städten ermittelten.

»Es gibt ein paar interessante Neuigkeiten aus Berlin.«

»Ach, sagen Sie nur.«

»Der Scharf hatte eine Geliebte.«

»Aha. Wer ist es?«

»Eine gewisse Charlotte Hajak, Journalistin, 36 Jahre. Wohnt in Dahlem, arbeitet für den Nachtspiegel im Feuilleton und hat Scharf dadurch kennengelernt.«

»Wie zuverlässig ist das, was Sie mir da so nett erzählen?«

»Es gibt keinen Zweifel: Die Kollegen haben in Scharfs persönlichem Umfeld ermittelt. Da er tot ist, fühlte sich ein Freund nicht mehr verpflichtet zu schweigen. Und Charlotte Hajak muss über den Tod ihres Geliebten so schockiert gewesen sein, dass sie den Berlinern gleich alles erzählt hat.«

»Gute Arbeit, Dagmar«, lobte Struve. »Haben die Kollegen auch herausgefunden, ob Erika Scharf etwas von dem Verhältnis wusste?«

»Nein.«

»Somit können wir nichts darüber sagen, wie Erika Scharf und ihr Mann tatsächlich zueinander standen«, dachte Struve laut.

»Es gibt noch einen wichtigen Hinweis«, sagte Dagmar Weller. »Ein Nachbar will durchs Fenster gesehen haben, wie sich die beiden Scharfs nachts heftig gestritten haben. Sogar Geschirr ging zu Bruch.«

»Wie es in den besten Familien schon mal vorkommt«, scherzte Struve.

»Das da war wohl nicht der übliche kleine Zwist«, bemerkte die Kollegin. »Der Nachbar ist ins Detail gegangen. Er habe gehört, wie Erika Scharf etwas Ähnliches wie ›dann geh doch zu der Schlampe‹ gesagt hätte. Die Fetzen müssen ziemlich geflogen sein. Danach ist er weggefahren und erst am nächsten Tag wiedergekommen.«

»Wann war das, Dagmar?«

»Vor etwa einer Woche.«

Das erklärte möglicherweise, warum Dietmar Scharf im Hotel auf der Schillerhöhe ein eigenes Zimmer hatte. Sie hatte ihn ja erst am nächsten Morgen als vermisst gemeldet. Es sah danach aus, als ob die gehörnte Ehefrau ein Tatmotiv hatte. Tells Apfel als Freiheitssymbol für alle Betrogenen? Was Struve angesichts der technisch aufwendigen

Selbstschussanlage jedoch zu denken gab: Ohne einen Komplizen konnte sie einen solchen Mord nicht verüben. Wer aber hatte ein Interesse, bei einem Ehedrama den Killer zu spielen? Wenn überhaupt, konnte es nur ein Profi sein. Struve dachte minutenlang an diese Möglichkeit, sein Blick fiel aufs Marbacher Bahnhofsgebäude, hinter dem eine S-Bahn einfuhr. Was wäre, wenn Erika Scharf mit dem Mord an ihrem Mann nichts zu tun hatte – welche Tatmotive kämen sonst überhaupt noch infrage? Er kritzelte mit einem Kugelschreiber auf einem Bierdeckel herum.

»Gibt es schon Erkenntnisse über die Stasi-Geschichten der Scharfs?«

»Leider noch nicht, die Sache läuft sehr schleppend«, erklärte Dagmar Weller. »Wir brauchen eine Genehmigung, aber wie es ausschaut, ist der zuständige Behördenleiter erst am Montag wieder zu erreichen.«

»Das habe ich befürchtet. Versuchen Sie, ein bisschen Dampf zu machen. Und wenns sein muss, stören Sie den Alten morgen Vormittag bei seiner Golfpartie am Schloss Monrepos.« Er wusste, dass der Polizeipräsident Hans Kottsieper sich nicht gerne bei seinem Lieblingshobby unterbrechen ließ. »Er wird Ihnen schon nicht gleich den Kopf abreißen.«

Peter Struve stieg in seinen VW Passat und fuhr schnurstracks zum Hotel auf der Schillerhöhe. Er klopfte an Erika Scharfs Zimmertür. Niemand öffnete, hinter der Tür rührte sich nichts. »Frau Scharf, hier ist Struve, öffnen Sie bitte.«

Wieder regte sich nichts. Der Kommissar stemmte sich mit seinem Gewicht gegen die Zimmertür, die sich im selben Moment öffnete. Da er Anlauf genommen hatte, rannte er hinein und rammte mit dem linken Schienbein die Bettkante. »Aua, verdammt!«, brüllte er. Erika Scharf stand mit verwundertem Gesicht vor ihm.

»So schnell habe ich Sie nicht zurückerwartet.«

»Das nächste Mal nehme ich gleich das Megafon!«, raunzte Struve. Ihm war nicht nach Scherzen zumute. Sein Schienbein schmerzte höllisch.

»Entschuldigen Sie, ich war auf der Toilette.«

»Schon gut, jetzt aber zur Sache, Frau Scharf: Sie haben mir verschwiegen, dass Ihr Mann eine Geliebte hatte.«

Der Blick der Schriftstellerin glitt an ihm vorbei in die Ferne. »Das haben Sie aber schnell herausbekommen.«

»Es wäre noch schneller gegangen, wenn Sie mit mir kooperiert hätten.«

»Ich wollte nicht, dass sein Name in den Schmutz gezogen wird.«

»In den Schmutz gezogen, dass ich nicht lache«, hielt ihr Struve entgegen. »Sie selbst machen sich hochgradig verdächtig, wenn Sie so etwas verschweigen.«

»Wirklich? Das wusste ich nicht.«

Sie spielt die Naive, dachte Struve. »Kennen Sie Charlotte Hajak?«

»Eine bekannte Journalistin des Nachtspiegel.«

Das hätte ich jetzt an ihrer Stelle auch gesagt, dachte er. »Wo waren Sie gestern zwischen Mitternacht und 3 Uhr?«

»Auf meinem Zimmer, die Lesung und das Drumherum hatten mich ziemlich angestrengt.« Erika Scharf zündete sich eine Zigarette an. »Ich hörte seine Tür spät zuklappen, ich dachte, er macht noch einen Spaziergang und will frische Luft schnappen.«

»Kann jemand bestätigen, dass Sie Ihr Zimmer nicht verlassen haben?«

»Nein, es war niemand bei mir.« Nach einem Moment des Schweigens blickte sie ihn an: »Sie denken doch nicht ernsthaft, dass ich meinen Mann ermordet haben könnte?«

»Um ehrlich zu sein, nein, Frau Scharf. Trotz allem kann ich Ihnen unangenehme Fragen nicht ersparen. Das ist mein Job.«

Die Schriftstellerin streifte an einem kleinen Plastikaschenbecher ihre Zigarette ab. Der Kommissar öffnete ein Fenster: »Ich darf doch? Es ist so stickig.« Er mochte keinen Zigarettenqualm, und er war froh, dass es inzwischen auf dem Polizeirevier in Bietigheim ein Rauchverbot gab. Der unangenehme Geruch kalter Asche drang überallhin.

»Was ist mit Dollinger?«, fragte er sie unvermittelt. »Glauben Sie wirklich, dass es ihm leidtut, dass Ihr Mann tot ist?«

»Er hat es zumindest gesagt. Mir ist auch nicht bekannt, dass die beiden irgendwelche Differenzen hätten.«

»Vielleicht hat Dollinger doch mit Ihrem Mann über Ihren Nachlass gesprochen. Gehen wir mal vom schlechtesten Fall aus. Er hat gemerkt, dass er bei ihm nicht weiterkam. Trauen Sie ihm einen Mord zu?«

Erika Scharf nahm einen tiefen Zug von ihrer Zigarette. »Dazu kenne ich ihn zu wenig. Ich glaube, dass er sehr viel für den Ruf seines Hauses tut, aber jemanden ermorden – nee, nie und nimmer, dazu ist der viel zu vernünftig.«

»Hat er den Nachlass in dem Gespräch vorhin erwähnt?«

Erika Scharf drückte ihre Zigarette aus. »Er wäre ganz schön dumm, wenn er es getan hätte.«

»Wie kommen Sie darauf?«

»Weil er damit rechnen müsste, dass ich es Ihnen erzähle.«

»Aha, würden Sie es mir denn erzählen?« Struve machte das Fenster wieder zu und musterte sie mit stechendem Blick.

»Warum nicht? Sie wollen mir ja schließlich helfen und den Mörder fangen.«

Erika Scharf trat direkt vor ihn, ihre Gesichtszüge wirkten nun härter, ihre Stimme vibrierte. »Dietmar hat mich zwar betrogen, aber ich habe ihn immer noch geliebt.«

Struve hielt ihrem Blick Stand. Liebe kann blind machen, dachte er, sprach es aber nicht aus. »Hatte Ihr Mann Feinde?«

»Feinde?« Sie hatte die Augenbrauen nach oben gezogen. »Wissen Sie, Herr Struve, in den Kreisen, in denen wir früher gelebt hatten, gab es keine Feinde, und erst recht keine Freunde. Es gab vielleicht Menschen, denen man etwas weniger misstraut hat als anderen. Es waren alles, sagen wir mal, natürliche Gegner. Der eigentliche Feind, der saß ganz weit weg, der war ganz oben, irgendwo im Staatsapparat oder im Politbüro, und wenn man Glück hatte, ließen die einen in Ruhe. Aber, wenn Sie so wollen, es gab genug Leute, die einen verpfeifen konnten, weil sie für die Stasi arbeiteten.«

Struve ließ sie erzählen. Auch wenn die alten Geschichten aus der DDR für die Ermittlungen nichts Handfestes hergaben, war er neugierig, etwas von der damaligen Gespaltenheit der Menschen zu erfahren. Er hatte seit dem Fall der Mauer bereits viel über den Stasi-Apparat gehört. Welche Rolle aber spielte diese Vergangenheit im vorliegenden Fall?

»Frau Scharf, ich will ehrlich sein: Wir halten dem ersten Anzeichen nach eine Art Tyrannen-Mord im Sinne von Schillers Wilhelm Tell für nicht ausgeschlossen. Ihr Mann könnte in den Augen des Täters der Tyrann sein. Hatte Ihr Mann Gegner, die in der jüngsten Zeit in Erscheinung getreten sind?«

Erika Scharf setzte sich wieder. »Ich wollte, ich könnte es Ihnen sagen, Herr Kommissar. Aber Dietmar und ich, wir waren in allem so«, sie rang nach Worten, »frei. Ja – wir fühlten uns frei, besonders nach der Wende. Natürlich haben wir überlegt, ob ich die Vorarbeiten zu meinem großen Roman abschließen und ihn sofort veröffentlichen sollte, aber ... er hat mir immer gesagt: ›Erika, warte noch ein Weilchen, dann wirds richtig gut ...‹ na, und recht hat er gehabt.« Sie nahm ein Taschentuch und wischte sich Tränen aus dem Gesicht. »Verstehen Sie, mir kam es vor, als ob mich die Leute im Westen erst jetzt richtig verstehen können. Und er hat das den Verlagen und Buchhändlern hier vermitteln können. Er war so ... fürsorglich zu mir.«

Struves Blick schweifte zur Tür. Er wusste, sie brauchte noch etwas Zeit.

»Ich kann verstehen, dass Sie noch immer sehr geschockt sind. Rufen Sie mich bitte gleich an, wenn Ihnen noch Dinge zu Ihrem Mann einfallen.« Struve bat sie außerdem, den Großraum Stuttgart während der nächsten 24 Stunden nicht zu verlassen.

8

Die Abende daheim auf der Terrasse verschafften dem Bürgermeister Norbert Rieker nur wenig Entspannung. Als Workaholic kam er ungern zur Ruhe. Sich mit seiner Frau zu unterhalten, erschien ihm im Laufe der Jahre immer langweiliger. Sie hatten selten gemeinsame Themen. Paula Rieker liebte Frauenzeitschriften und glaubte jedes Wort. Sie lebte in einer Welt, die sie lieber mit den Freundinnen beim Kaffeekranz teilte als mit ihrem ständig gereizten und überarbeiteten Mann. Er dagegen pflegte in seiner Freizeit stundenlang zu joggen. Wenn er gut gelaunt war, so wie an diesem Abend, unterhielt er seine kleinen Töchter mit Zauberkunststücken. Auch für diesen Abend hatte er sich etwas einfallen lassen und kurzfristig eine alte Nummer aus seiner Schülerzeit einstudiert. Die vierjährige Klara und die dreijährige Franziska schauten ihm fasziniert zu, als er mehrere Seile so miteinander verknotete, dass sie am Ende auseinander fielen, wenn er leicht dagegen pustete.

»Noch mal, Papi, noch mal«, rief Klara und schlug mit den Händen begeistert auf ihre kleinen Schenkel. Auch Franziska freute sich und hüpfte vergnügt durch den Raum.

»Papa ist ein Zauberer«, flüsterte sie ihm ins Ohr, als sie auf seinen Stuhl stieg und ihn umarmte.

Nachdem Rieker den Trick drei Mal wiederholt hatte, stand er auf: »So, genug jetzt, ab in die Federn, Kinder.«

Er nahm Franziska auf den Arm, während sich Klara von der Mama ins obere Stockwerk tragen ließ. Bald darauf lagen die Kinder im Bett und schlummerten tief und fest.

»Na, das ging ja überraschend glatt«, bemerkte das Familienoberhaupt.

Paula blickte ihn distanziert an.

»Ist was, Schatz?«, fragte er sie, nachdem er ihren kritischen Blick bemerkt hatte.

»Mir fällt auf, dass du oft gar nicht richtig hier bist.«

»Wie kommst du denn darauf – haben die Kinder und ich denn keinen Spaß gehabt?« Rieker begab sich zur Hausbar und genehmigte sich einen doppelten Scotch, den er eilig hinunterkippte.

»Doch, doch, du bist perfekt.« Paula schaute missbilligend auf das leere Glas.

»Aber?« Rieker goss sich einen zweiten Doppeldecker ein, den er ebenso schnell trank. Eine wohlige Wärme breitete sich in ihm aus.

»Na ja, du wirkst trotz allem oft so, als ob du nicht gerne zu Hause wärst.«

»Hm, das kommt dir vielleicht nur so vor, weil ich manchmal auf dem Sprung zum nächsten Termin bin, oder?«

Als ob er das demonstrieren wollte, schaute Rieker auf sein Handgelenk. Fast 19 Uhr, in einer Stunde begann der Kreisparteitag in Rielingshausen, er musste bald los.

»Nein, das ist es nicht allein, Norbert.« Paula stellte sich ihm in den Weg. Sie wusste, es war der falsche

Moment, es anzusprechen. Trotzdem konnte sie nicht länger schweigen. »Du wirkst auch sonst sehr, sehr abwesend.« Sie schaute ihn prüfend an.

»Vielleicht hast du recht, mein Schatz«, antwortete er ihr und genoss die Wirkung des Alkohols. Er musste sich jetzt zusammenreißen. »Die Arbeit geht nicht aus. Irgendwie glaube ich aber, wir könnten uns doch mal wieder verändern. In Mannheim ist die Stelle eines Sportbürgermeisters frei geworden. Ich überlege, ob ich mich darauf bewerben soll.« Natürlich wollte er sich nicht bewerben. In Marbach hatte er alles, was er brauchte: Platz für seine Familie, ein wenig Zeit für Gianna und eine einigermaßen sichere Stelle.

»Mannheim? Ist das denn nicht zu städtisch für uns?« Paula kannte die Stadt, einige ihrer Freundinnen hatten dort studiert. Bei einem Besuch hatte sie die Atmosphäre dort kennengelernt, aber keinen besonders positiven Eindruck gewonnen.

»Na ja, wir müssen da nicht hin, wir können ja über alles noch mal in Ruhe reden, Schatz.« Rieker zog die Jacke seines maßgeschneiderten Anzuges an, rückte vor einem Spiegel die Krawatte zurecht und kämmte sein Haar. »Muss jetzt los«, sagte er, »die FPU hält ihren Kreisparteitag.«

»Hab das im Kurier gelesen. Sie wählen einen Bundestagskandidaten, was meinst du? Macht es wieder dieser Steinhorst?«

Rieker grinste. »Mit Sicherheit nicht. Ich gehe davon aus, dass sie sich für einen Jüngeren entscheiden.«

Paula schaute ihn irritiert an. »Du wirkst so schadenfroh. Hast du etwas gegen Steinhorst?«

»Nee, ich glaube einfach, er ist in die Jahre gekommen und etwas behäbig geworden.«

Sie umarmte ihn. »Pass auf dich auf!«

»Ja. Ich denke an dich, bis heute Nacht.«

Mit Mühe fand Rieker vor der Gemeindehalle in Rielingshausen einen Parkplatz. Er trat ein, ging nach vorne aufs Podium, nicht ohne auf dem Weg dorthin möglichst viele Hände zu schütteln. Der FPU-Kreisvorsitzende Kurt Wiedenhopf begrüßte ihn freundlich:

»Endlich hat es mal geklappt, bei euch in Marbach.«

Rieker lächelte: »Sagen wir mal so: Jede Partei bekommt das, was sie verdient. Die FPU muss nicht in Oberriexingen tagen.«

»Na, na, na, mein lieber Rieker«, feixte der Politiker, der aus ebenjenem Ort an der Enz stammte. »Rielingshausen ist aber auch nicht gerade der Nabel der Welt.«

Beide lachten.

Bald darauf begann der Parteitag. Rieker sprach ein Grußwort, kündigte bei dieser Gelegenheit gleich an, sich später noch einmal zu Wort melden zu wollen, denn alte Zöpfe müssten abgeschnitten werden, solange die Frisur als Ganzes noch vorzeigbar ist. Ein Raunen ging durch die Reihen der etwa 120 Delegierten. Was er damit meine, wolle er bei der Aussprache über die Situation im Nahverkehr des Kreises erläutern, ergänzte Rieker mit süffisanter Miene.

Der nachfolgende Redner, Kurt Wiedenhopf, bescheinigte der Stadt Marbach eine tadellose Gastfreundschaft, auch wenn man in Rielingshausen hart an die Grenze des Kreises Ludwigsburg geführt werde und sicherlich um diese Zeit nicht gerade Bahn und Bus benutze, um an- und vor allem wieder abzureisen.

Als erster Redner stieg dann der Bundestagsabgeordnete Steinhorst aufs Podium. Er schien sich nicht besonders gut vorbereitet zu haben, denn sein Abriss über die Erfolge in den vergangenen dreieinhalb Jahren klang aus lokaler Sicht wenig mitreißend. Er sprach von den Finanztöpfen Berlins und Stuttgarts, die bis in den Landkreis hinunter wirksam geworden seien. »Schließlich fährt demnächst die Stadtbahn von Marbach nach Beilstein«, meinte er. Allerdings müsse man sehen, dass die Autoindustrie als Motor der Wirtschaft in unserem Raum eine weitaus stärkere steuerliche Förderung als bisher verdient habe. Es gehe nicht an, den öffentlichen Nahverkehr auszubauen und gleichzeitig die Autoindustrie zu schröpfen. Mit diesem Plädoyer traf Steinhorst offenbar den Nerv seiner Zuhörer, die laut applaudierten.

»Mag jemand dazu das Wort ergreifen?«, fragte Wiedenhopf ins Plenum.

Norbert Rieker hob den Arm und stand auf.

»Ich finde, Herr Steinhorst belügt uns mit jedem Wort.«

Ein kurzer Moment der Stille setzte ein, dann ging erneut ein Raunen durch die Reihen der Delegierten. Rieker hörte Aussprüche wie ›ungehobelter Ton‹, ›Frechheit‹ oder ›ein Skandal‹. Aber das Stadtoberhaupt legte nach, redete sich in Rage. »Herr Steinhorst, Sie Verkehrsdilettant, Sie Berlin-Fuzzi, Sie wollen uns weis machen, dass der Individualverkehr eine Supersache ist – da sag ich nur: Hunde, wollt ihr ewig durchs Ländle gondeln und Kohlendioxid rausballern? Der Klimakollaps kommt, und die Autoindustrie fährt mit altbackenen Konzepten in die

Zukunft. Doch nicht mit uns, oder?« Rieker legte eine kleine Pause ein, um die Wirkung seiner Worte zu prüfen. Er sah einen amüsiert lächelnden Steinhorst, einen entsetzt dreinblickenden Wiedenhopf und eine Reihe von Abgeordneten, die aufstanden und ihm aus der Ferne mit der Faust drohten.

»Steinhorst, was lachen Sie so blöd? Kommen Sie runter von Ihrem fetten Daimler-Dienstwagen und sagen Sie uns endlich, wie ihr in Berlin die vielen Steuergelder verplempert, die unsere Bürger euch Berufspolitikern in den Arsch schieben müssen.«

Wieder ging ein Raunen durch die Reihen. Der Pressevertreter schrieb fleißig mit. Rieker erkannte Gustav Zorn, der seinen Fotografen offenbar anwies, ihn von der Seite abzulichten. So wären nicht nur er, sondern auch die empörten Gesichter und vor allem das Konterfei des immer noch amüsiert dreinschauenden Steinhorsts auf dem Bild zu sehen.

Der Bürgermeister war trotz der sich abzeichnenden Tumulte jetzt nicht mehr zu bremsen. »Kein Wunder, dass wir in den Städten und Gemeinden kaum noch Geld haben, wenn wir von dir und deinen gedankenlosen Berlin-Yuppies ständig geschröpft werden. Wenn wir im Gemeinderat in Marbach das machen würden, was ihr da ständig im Bundestag abzieht, würden wir alle im Neckar ertränkt!«, rief er, und er schloss seine Rede mit den Worten: »Wenn die FPU endlich wieder einen bürgernah denkenden Bundespolitiker in ihren Reihen haben will, der in der Region verwurzelt ist, wählt mich – und schickt Steinhorst endlich in die Rente. Der hat sich schon genug Diäten einverleibt.«

Im Saal herrschte blankes Entsetzen. Noch nie war ein Parteitag im Beisein der Presse von einem derart peinlichen Auftritt beherrscht worden. Scheinbar beschwichtigend trat Kurt Wiedenhopf ans Mikrofon und blickte den neben ihm stehenden Rieker grimmig an. Dann wechselte er blitzartig seinen Gesichtsausdruck und lächelte aufgesetzt ins Plenum.

»Hanoi, so goats aber itte, lieber Parteifreund Norbert Rieker. Wir kennen und schätzen dich und deinen Sachverstand, aber wir sind hier, um politisch sauber zu argumentieren. Ich glaube, ich spreche für viele der Anwesenden, wenn ich dir sage, dass du unseren Abgeordneten Steinhorst unter der Gürtellinie angegriffen hast. Wir erwarten eine Entschuldigung von dir.« Wiedenhopf nahm das Mikrofon vom Pult, hielt es Rieker unter die Nase, umklammerte es dabei aber fest, damit es der Bürgermeister nicht an sich reißen und schon wieder eine minutenlange Rede zweifelhaften Inhalts halten konnte.

Norbert Rieker dachte überhaupt nicht daran, sich zu entschuldigen, und stand auf.

»Tut mir leid, liebes Wiedenhöpflein, du bist echt auf dem falschen Dampfer: aber ehrlich gesagt wusste ich, dass du so reagieren würdest: Du bist ja vor zehn Jahren selbst nur dadurch Kreisvorsitzender geworden, dass unser Steinhörschtle dich mehr oder weniger im Alleingang auf den Posten gehievt hat.« Rieker schnappte sich das Mikrofon, drängte Wiedenhopf mit dem Ellbogen ab und richtete sich an die Abgeordneten »Verehrte Delegierte, ich erinnere daran, der Vorstand hat sich damals im Vorfeld auf nur einen einzigen Kandidaten verständigt, obwohl die Satzung unseres Kreises vorschreibt, mindestens unter zwei Bewerbern auszuwählen. Wo war euer kritisches Potenzial? Ihr seid mehr als nur Stimmvieh. Ich stelle diesen Punkt zur Diskussion. Außerdem beantrage ich die Einführung eines Frauenquorums für den Kreisvorstand.«

Die Worte des Marbacher Bürgermeisters waren für die Delegierten schwer verdaulich. Einige von ihnen riefen kräftige Ausdrücke durch den Saal. ›Buh‹, ›Revoluzzer‹ und ›Geh doch zu den Orangefarbenen‹ waren noch die harmloseren. Die allgemeine Aufregung gipfelte im Chor ›Rieker raus, Rieker raus, Rieker raus‹. Nur die wenigen Frauen in der Gemeindehalle hielten sich zurück.

Der Bürgermeister ließ sich aber nicht entmutigen. Er schnappte sich erneut das Mikrofon und skandierte trotzig: »Steinhorst raus, Steinhorst raus, Steinhorst raus.« Tatsächlich schloss sich eine kleine Schar der Jungen FPU seinen Rufen an. Wiedenhopf versuchte, ihm das Mikrofon zu entreißen, auch der geschmähte Bundestagsabgeordnete trat nach vorne, um Rieker vom Podium zu drängen. Der Bürgermeister ließ sich das aber nicht gefallen. Mit einem linken Aufwärtshaken traf er das Kinn von Steinhorst, der benommen taumelte und mit einem lauten Krachen rückwärts von der Bühne flog. Er lag zunächst regungslos da, kam aber wenige Sekunden später wieder zu sich. Weitere Delegierte stürmten nach vorne. Gemeinsam hielten sie Rieker fest, der immer noch das Mikrofon in der Hand hielt und mit letzter Kraft hineinschrie: »Man muss auch unbequeme Wahrheiten ertragen können, liebe Parteifreunde!«

»Ruf doch endlich einer die Polizei!«, schrie ein völlig aufgelöster Wiedenhopf. Wenig später trafen tatsächlich

Beamte des Marbacher Polizeireviers ein und nahmen den sichtlich mitgenommenen Bürgermeister in Gewahrsam. Helfer des Roten Kreuzes versorgten den benommenen Steinhorst.

Auf dem Marbacher Revier trauten die Polizisten ihren Augen nicht. Das war ihr Stadtoberhaupt, den sie auf allen Festen als souveränen Redner erlebt hatten? Sie glaubten an einen schlechten Scherz, als er vorgeführt wurde. Norbert Rieker wiederum machte einen völlig gefassten Eindruck, abgesehen davon, dass er nach Schweiß und Alkohol roch. Er verlangte nach seinem Anwalt, und nach zwei langweiligen Stunden in der Ausnüchterungszelle durfte er gehen. Es war jetzt 23 Uhr, und er fühlte sich elend. Natürlich hätte er Steinhorst nicht schlagen dürfen. Vermutlich würde Zorn ihn in die Pfanne hauen, und auch sonst hatte er in Marbach und der FPU nicht mehr viel verloren, wenn Steinhorst ihn verklagen würde. Es waren jetzt noch zwölf Monate bis zur nächsten Bürgermeisterwahl. Der Krieg war verloren, egal, welche Schlacht er jetzt noch anzetteln würde. Vielleicht musste er ganz von vorne anfangen, die Finger von der Politik und den Verwaltungsgeschäften lassen. Mit seiner Familie eine Sennerei im Allgäu bewirtschaften und dabei die frische Bergluft genießen. Vielleicht würde er auch mit Gianna ganz neu anfangen. Ach, er fühlte sich müde und sollte eigentlich ins Bett kriechen. Er spürte aber auch, dass er mit jemandem reden musste.

Nachdem er über die Schillerhöhe gegangen war, sah er in der Bar des Hotels noch Licht brennen. Möglicherweise bediente Gianna selbst, am Samstagabend vertrieb sie sich die Zeit oft damit, mit Gästen auf diese

Weise ins Gespräch zu kommen. Oft schon hatte er sie dann unter dem Vorwand eines Abendspaziergangs besucht. Er betrat das Hotel und ging in die Bar. Als er niemanden dort sah, nahm er auf einem der leeren Hocker Platz. Er würde keinen Drink nehmen, um ein wenig zu entspannen. Ihn irritierte, dass sich minutenlang nichts tat. Jetzt will sogar an der Bar niemand mehr mit mir etwas zu tun haben, dachte er und musste schmunzeln. Endlich betrat sie den Raum. Ja, es war tatsächlich Gianna. Sie trug ein schwarzes, ärmelloses Kostüm, das ihre opulenten Rundungen vorteilhaft betonte. Ihre intensiv rot bemalten Lippen traten feurig hervor, große Ohrringe, goldene Reifen, betonten ihren schlanken Hals und flankierten ihre markanten Haarsträhnen, die ihr weich auf die Schulter fielen. Diese Aufmachung hätte ein breiteres Publikum verdient, sagte sich Rieker. Wenn er sich nicht so mies fühlen würde, wäre es der perfekte Abend.

Sie erkannte ihn und lächelte ihn an.

»Du bist unverbesserlich, Norberto. Wir wollten uns doch eine Weile nicht sehen.«

Er genoss ihr Lächeln, das Balsam für seine aufgescheuchte Seele war.

»Wie könnte ich ohne dich sein, Gianna«, schmeichelte er und hielt ihr eine Rose entgegen, die er zuvor in der Parkanlage der Schillerhöhe abgeschnitten hatte.

Die Blumengabe verfehlte ihre Wirkung nicht. »Du bist ein Romantiker. Warte, ich hole eine kleine Vase.« Wenig später stand die rote Rose zwischen ihnen. »Was kann ich dir anbieten?«, fragte sie und legte eine CD mit ruhigen Songs von Katie Melua ein.

»Ich nehme einen Jack Daniels ohne alles, aber doppelt.«

Sie schenkte ihm den Drink ein und genehmigte sich auch einen. »Hattest du einen schönen Tag?«

Er prostete ihr zu und leerte das Glas in einem Zug. »Ich muss es nehmen wie es kommt. Habe auf rot gesetzt, aber es kam die Null.«

»Was möchtest du mir damit sagen, mein Lieber?«

Er lächelte gequält. »Was soll ich sagen: Ich glaube, ich habe eine Riesendummheit begangen und sollte meinen Beruf an den Nagel hängen.«

»Hast du berufliche Probleme?«

»Probleme wäre wohl das falsche Wort. Ich würde eher von Katastrophenmanagement sprechen.«

»Okay.« Sie streichelte sein Gesicht. Er legte seinen Kopf in ihre Hand. »Wie kann ich dir helfen, Norberto?«

Plötzlich fiel ihm der Erpresser ein, der sie im Bett fotografiert hatte. Er zog die Aufnahmen aus seiner Jackentasche. »Wie erklärst du dir das?«

Überrascht betrachtete sie die Fotos: »Was ist denn das? Oh Gott, das sind ja wir.« Sie kicherte.

»Na, ich finde das gar nicht so lustig. Irgendein Typ versucht, mich damit zu erpressen.«

»Oh, entschuldige«, flüsterte sie mit hochrotem Kopf, offenbar immer noch fasziniert von der guten Qualität der Aufnahme, die deutliche Einblicke in ihre sexuellen Praktiken bot.

Ihre amüsierte Art machte ihn wütend. Er leerte hastig das zweite Glas Whiskey und setzte es hart auf den Tresen auf. »Sag mal, für wie bescheuert hältst du mich eigentlich? Da steckst doch du dahinter – oder spielt ihr mit jedem Gast Versteckte Kamera?«

Seine Worte wirkten auf sie wie ein Schlag ins Gesicht. »Du vergisst dich, Norberto. Wenn du so mit mir redest, können wir nicht zusammen sein.« Sie nahm die Rose, warf sie in den Mülleimer und schüttete das Wasser aus der kleinen Glasvase weg. Dann verließ sie den Raum. Norbert Rieker blieb allein zurück.

Melanie Förster hatte sich nach dem Streit mit Struve auf ihre Kawasaki geschwungen. Wütend raste sie aus Marbach hinaus über die Neckartalstraße dem Bottwartal entgegen. Sie kam mit dem Kollegen einfach nicht klar, er nahm sie offenbar nicht ernst. Dass sie jetzt mit 120 Sachen über die Landesstraße brauste, vorbei an Steinheim und Großbottwar, gab ihr ein Gefühl von Freiheit. Eine Viertelstunde später traf sie in ihrer Land-WG in Winzerhausen ein. Immer noch frustriert, warf sie den Helm achtlos in die Ecke des Flurs. Sie betrat die geräumige Küche, die meistens Katja sauber hielt. Auch an diesem Tag hatten sich kein Löffel oder Teller auf einen der Küchenschränke verirrt. Gut, dass es Katja gibt, dachte Melanie. Sie selbst hielt ungern Ordnung. In den aufgewühlten Meeren, in denen sie sich bewegte, war sie auf einen heimatlichen Hafen angewiesen. Ihre Lebensgefährtin, die für die Umweltstiftung Naturhorizont arbeitete, hatte sie nicht lange überreden müssen, mit ihr in das traumhaft gelegene Kleinod am westlichen Rand des Bottwartals zu ziehen. Sie schätzte die ruhige Art ihrer Freundin. Gemeinsam verbrachten sie einen Großteil ihrer Freizeit im Garten. Von dort hatten sie einen herrlichen Blick auf das liebliche Tal.

Melanie fühlte sich leer. Katja war noch nicht wieder aus Ludwigsburg zurück. Bestimmt hatte sie mit ihrer BMW noch eine Runde in den Löwensteiner Bergen gedreht und sich den Anna-See angeschaut. Melanie schnitt Maultaschen in Streifen und briet sie mit zwei Eiern in der Pfanne. Sie brauchte jetzt eine Stärkung, und zwar etwas handfest Schwäbisches, das ihr Nervenkostüm in Form brachte. Sie erinnerte sich an die Momente, als sie nach anstrengenden Nachtschichten bei der Schutzpolizei im oberschwäbischen Biberach nach Hause kam. Damals briet sie sich meistens ein Spiegelei und schaute sich im Fernsehen noch irgendwelche alten Serien wie ›Die Straßen von Ostrauderfehn‹ an.

In der Winzerhäuser Wohngemeinschaft beschlossen die beiden Frauen, ohne Fernsehen zu leben. Es lohnte sich nicht. Darin waren sie sich einig. Melanie hätte jetzt liebend gerne etwas zur Entspannung gehabt. Sie fragte sich, was sie sich anschauen würde. Vermutlich eine der belanglosen Familienserien wie ›Unsere kleine Finca‹ oder ›Die Bullen vom Starnberger See‹. Sie blätterte ziellos im Fernsehteil des Marbacher Kurier. Im überregionalen Teil las sie einen Artikel über den Schießbefehl an der damaligen DDR-Grenze. Auch Frauen und Kinder durften getötet werden. Das hatten Forscher in alten Unterlagen der Stasi recherchiert. Nachdenklich legte sie die Zeitung zur Seite. Sie kratzte den letzten Rest Ei von ihrem Teller. Sie würde morgen Littmann anrufen und ihn um Versetzung bitten. Melanie kam sich vor wie eine Versagerin – unfähig, ihr Kollegenverhältnis professionell zu gestalten. Da hörte er Katja kommen, die sich gleich darauf zu ihr gesellte.

»Na du!«, rief sie zärtlich und strich Melanie durchs Haar.

»Hi.«

»Du siehst irgendwie aus, als ob du mies drauf wärst.«

»Wie man sich so fühlt, wenn man mit einem Kollegen, den man nicht mag, einen Mord aufklären soll.«

»Na super«, bemerkte Katja. »Hast du Lust, mir die ganze Sache bei einem Glas Muskattrollinger zu erzählen?«

Die beiden Freundinnen spazierten zur Höhengaststätte am Wunnenstein. Sie kamen gerade noch rechtzeitig, um dort oben einen malerischen Sonnenuntergang zu erleben. Spätabends und nicht mehr ganz nüchtern kehrten sie in ihr Haus zurück.

Gut, dass es Katja gibt, war der letzte Gedanke, bevor Melanie in einen tiefen Schlaf fiel.

In Marbach war Utz Selldorf um diese Zeit noch wach. Der Literaturagent saß in der Wunderbar, einem Lokal in der Grabenstraße, das ihm Schiller-Liebhaber bei einem Symposium in Weimar vor zwei Jahren als ›immer gut für einen Absacker‹ empfohlen hatten. Er hatte sich am Bahnhofskiosk das Börsenmagazin gekauft und betrachtete wie jeden Abend die Entwicklung der Aktienkurse. Der Immobilienmarkt in Russland gab nach, und er fürchtete, dass seine – zugegeben etwas windigen – Ostinvestitionen kippen könnten. Er nahm einen kräftigen Schluck Bourbon. Zu dumm, dass es in Marbach in den Sommerferien kaum kulturelle Veranstaltungen gab, bei denen er sich ablenken konnte. Immerhin zeigte ein Kino alte Streifen. Nach den Turbulenzen um den Mord an Dietmar Scharf wollte er nicht mehr groß ins Nachtleben eintauchen. Er beschloss, an diesem Abend in Marbach zu bleiben – zumal es in der Stadt für ihn noch etwas zu erledigen gab.

Er musste auch nach dem Tod von Dietmar Scharf konsequent sein Ziel verfolgen, überlegte er. Und das bestand darin, den Nachlass von Erika Scharf einem der beiden konkurrierenden Institute zuzuführen. Mit dem Honorar würde er sich einen anderen Wagen kaufen, er träumte schon lange von einem Porsche. Er war heute einfach mal Probe gefahren. Gewiss, die Sache würde nicht leicht werden: Dollinger blockte, vermutlich wollte der Direktor die Sache für das Deutsche Literaturarchiv ohne ihn abwickeln und sich die Provision sparen. Aber einen Utz Selldorf trickste man so schnell nicht aus. Selldorf hatte den direkten Weg gewählt und nicht mit Dietmar, sondern Erika Scharf verhandelt. Schriftstellerkollegen aus dem Berliner Literaturhaus hatten ihm gesteckt, dass sie sich mit ihrem Mann überworfen hatte. Dass sie an einem Gehirntumor litt, war ja schon länger bekannt. Die Blitz-Zeitung hatte mit ›Diagnose Krebs – Damoklesschwert auch über ihr‹ getitelt und in geschmackloser Art ihre Krankheit in einem reißerischen Artikel thematisiert. Vielleicht war sie bei ihrer ersten Begegnung vor einem Jahr so offen zu ihm gewesen, weil der Presseartikel noch nicht erschienen war.

Dummerweise hatte sich Erika Scharf zwischenzeitlich wieder mit ihrem Mann versöhnt. Für Selldorf eine geschäftsschädigende Situation, denn Dietmar Scharf bekam auch in der Nachlassfrage wieder Oberwasser. Der entzogene Auftrag hatte ihn beim Frankfurter Institut für Literatur unmöglich gemacht. Ganz zu schweigen von den 50.000 Euro Provision, die ihm durch die

Lappen gegangen waren. Er nahm erneut einen kräftigen Schluck und trank seinen doppelstöckigen Bourbon aus. Selldorf bestellte einen zweiten Drink und dachte an Dietmar Scharf. Was hatte er diesem Trickser nicht alles angeboten: eine prozentuale Beteiligung bei seinen nächsten Nachlassgeschäften, einen Luxusurlaub im Hotel seines alten Kumpels Manfred, der in seinem Aussteigerdasein auf den Malediven zum Baulöwen geworden war und ihn manchmal einlud. Aber Scharf, dieser störrische Alte, wollte allein Kasse machen. Vielleicht war jetzt der Weg endlich frei. Er musste behutsam vorgehen und durfte nichts überstürzen. Selldorf trank den restlichen Whiskey aus. Die Aktienkurse hatten nachgegeben, er hatte gelernt, cool zu bleiben und die Krisen der Weltwirtschaft auszusitzen. Hoffentlich brach wenigstens der argentinische Peso nicht ein. Der Literaturagent hatte einen beträchtlichen Teil seines Vermögens in Anleihen für das hoch verschuldete Land investiert. Das machten jährlich 15 Prozent Gewinn, aber mit unsicherem Ausgang. Selldorf schaute auf die goldene Rolex-Armbanduhr, die er nicht ohne Stolz zur Schau stellte. 23 Uhr. Wo nur Erika blieb? Sie wollten im Goldenen Löwen, einem feinen Speiserestaurant unten am Cottaplatz, bei einem Glas Wein über die weiteren Pläne reden.

9

Für Luca Santos war es ein Leichtes, die Adresse von Franz Schäufele herauszufinden. Der Verdächtige wohnte in der Schwabstraße, in einem der Hochhäuser am Rande der Stadt. Luca würde dort im Schutze der Dunkelheit abwarten. Die Sonne stand schon ziemlich tief, der Journalist nahm seine Leica und fuhr gegen 19.30 Uhr vor das Haus. Dabei achtete er darauf, sich seitlich zu positionieren. Schäufele durfte ihn von oben nicht sehen. Möglich, dass sich in den nächsten beiden Stunden nichts tat. Dann hätte er eben die Zeit vergeudet. Wenn aber Schäufele tatsächlich etwas mit dem Mord zu tun hatte, würde er sich vielleicht mit jemandem treffen oder etwas Verdächtiges unternehmen. Luca kramte eine Ausgabe des Marbacher Kurier hervor und bohrte ein kleines Loch in der Knickstelle der Sportseiten. Ihm fiel nichts Besseres ein, um sich zu tarnen. Das Ganze erinnerte ihn an drittklassige Agentenfilme, und er kam sich bescheuert vor, aber immer noch besser, als aufzufallen.

Gegen 22 Uhr – es war schon dunkel und die Zeitung auf das Gesicht des müden Journalisten gefallen – sprang in der Nähe ein Motor an. Das Geräusch riss Santos aus seinem Halbschlaf. Er blickte auf und sah, wie ein Mann in einem weißen Opel Vectra losfuhr.

»Das ist er«, murmelte Luca Santos und nahm die Verfolgung auf. Zum Glück war es dunkel genug, sodass er nicht so leicht erkannt werden konnte. Schäufele fuhr in Richtung Affalterbach, einem kleinen Ort, vier Kilometer südöstlich von Marbach. Dort bog er auf das Gelände des Schützenvereins ab. Luca Santos wusste, dass die erste Mannschaft des Vereins schon einige Deutsche Meisterschaften gewonnen hatte und als sportliches Aushängeschild der Gemeinde galt. Der Parkplatz des Vereinsheims bot kaum freie Plätze, aus dem Innern des Heims drang Schlagermusik. Luca erkannte die Melodie ›Lieder der Nacht, für uns gemacht‹ von Marianne Rosenberg. Es würde ihm leicht fallen, sich unter die Gäste zu mischen. Bei dieser Gelegenheit konnte er seinen Durst löschen. Schäufele werde er schon irgendwie im Blick behalten.

»Ein Bitter Lemon, bitte!«, rief Santos dem Mann am Ausschank zu, der mit Kopfschütteln antwortete und inmitten des Lärms einen genervten Eindruck machte. »Also gut, eine Apfelschorle«, schob er nach. Die Band begann mit ›Er gehört zu mir, wie mein Name an der Tür‹, offenbar mochten die Affalterbacher die Rosenberg-Songs, einige Paare tanzten, andere Gäste unterhielten sich gut gelaunt. Luca Santos schlürfte an seinem Getränk. Plötzlich sah er, wie ein dicker Typ mit Glatzkopf und olivgrüner Anglerweste auf Schäufele zuging, der sich lebhaft mit ein paar Leuten in der Nähe des Eingangs unterhielt. Der Mann schaute kurz zu Schäufele, der unterbrach sofort sein Gespräch und folgte dem Dicken nach draußen.

Luca Santos bezahlte sein Getränk und schlich hinter den beiden Männern her. Als er nach draußen trat, sah er sie in einem Schuppen verschwinden. Santos lief über den Parkplatz zur anderen Seite des Holzhauses. Vorsichtig blickte er durch ein Fenster. Er sah kaum etwas, drinnen war es dunkel, der Strahl einer kleinen Taschenlampe bewegte sich. Der Lichtschein fiel auf verschiedene Möbel und Behälter, Santos konnte aber nicht erkennen, was dort gelagert wurde. Die meisten Schränke waren verschlossen, nur für einen kurzen Moment blickte er auf einen Stahlschrank. Er war sich nicht sicher, aber es schien ihm, als ob er eine Schleuder oder einen Bogen und Pfeile gesehen hätte. Seltsam, dachte er, dass in einem modernen Schützenverein solche alten Waffen aufgehoben wurden. Aber hatte nicht die Pförtnerin im Literaturarchiv erzählt, dass Dietmar Scharf von Pfeilen durchbohrt worden war? Lucas Puls beschleunigte sich. Er wollte noch etwas näher ans Fenster herantreten, schreckte jedoch durch ein lautes Scheppern zurück. Zu dumm, er hatte einige Schaufeln umgerissen. Der Lichtkegel einer Taschenlampe fiel auf ihn. Luca duckte sich und tauchte in ein Gebüsch ab. Er rannte, so schnell er konnte, an den Rand des Parkplatzes, knickte aber um und stürzte in ein Dreckloch.

»Verdammter Mist!«, fluchte er und robbte von dort zwischen den geparkten Wagen zum Vereinsheim zurück. Völlig verdreckt stand er vor der Tür. Er sah, wie zwei Männer mit einer Taschenlampe den Parkplatz absuchten. Er musste weg, aber Schäufele und der andere standen vor seinem Wagen. Santos beschloss, sich erst einmal auf der Toilette vom gröbsten Dreck zu befreien und sich anschließend unauffällig aus dem Staub zu machen. Problemlos erreichte er den Sanitärtrakt, stellte jedoch fest, dass alle Toiletten besetzt waren. Santos nahm sich einige Papierhandtücher, befeuchtete sie leicht und wischte sich den nassen Lehm von der Hose und seiner Lederjacke ab.

Jemand riss ruckartig die Tür auf. Franz Schäufele trat ein, um sich die Hände zu waschen. In dem engen Raum begegneten sich ihre Blicke.

»Ah, der Mann von der Zeitung«, stellte Schäufele freundlich fest und ging an ihm vorbei zum Urinal.

Mist, er kennt mich, dachte Luca Santos. »Tja, der Marbacher Kurier lässt koi Feschdle aus«, antwortete er und setzte ein Lächeln auf.

Schäufele blickte zu ihm herüber und musterte ihn. »Na, Sie hats aber ganz schön erwischt. Ausgerutscht?«

Luca schaute kurz in den Spiegel, immer noch klebten Lehmspritzer an seinem Gesicht. Seine Jeans hatte mehr braune als blaue Stellen, damit hatte er nicht gerechnet. Er wusste nicht, was er sagen sollte, um sich nicht zu verraten. »Ja, ausgerutscht«, sagte er. »Vielleicht sollte der Verein den Parkplatz mal befestigen.« Etwas Unverfänglicheres kam ihm nicht über die Lippen.

Der stämmige Schäufele zog seinen Reißverschluss hoch und schob sich zu ihm ans Waschbecken. Luca trat zur Seite, Schäufele roch nach Bier.

»Reporter sind schon neugierige Menschen, gell?«, meinte Schäufele und blickte ihn mit einem prüfenden Gesichtsausdruck an.

Luca musste schlucken. »Berufskrankheit«, entfuhr ihm als Entgegnung. Er versuchte, wieder zu lächeln, merkte aber, dass seine Gesichtszüge entgleisten.

Schäufele wusch sich die Hände. »Ich kann mir vorstellen, dass man sich da manchmal auch Ärger einhandelt«, konstatierte er und nahm sich ein Papierhandtuch, das er beim Abtrocknen demonstrativ vor ihm zerknüllte.

Luca begriff, dass es eine Kampfansage war. Aber er wollte sich nicht einschüchtern lassen. »Wenn ich keinen Ärger hätte, wäre ich ein schlechter Journalist.«

»Nur sollte der Ärger nicht so groß sein, dass er lebensverkürzend wirkt, nicht wahr? Es stimmt doch: Ärzte und Journalisten haben die geringste Lebenserwartung, oder?«

Luca griff an ihm vorbei, nahm sich ein Papierhandtuch und rieb damit an seiner nassen Jeans herum. »Na und? Schiller hat auch nicht lange gelebt, dafür aber umso intensiver«, lächelte er und rubbelte weiter, ohne Schäufele anzusehen. Der wiederum durchbohrte ihn von der Seite förmlich mit eisigem Blick.

»Wie alt ist Schiller geworden. 46 Jahre? Ich schätze mal, Sie wollen älter werden als er, oder täusche ich mich?«

»Klar«, meinte Santos. »Aber nur, wenn ich dadurch meine Ideale nicht verrate.« Er warf das Handtuch in den Papierkorb. »Schönen Abend noch«, grüßte er und ging hinaus. Er wollte, dass es cool aussah, aber in Wirklichkeit lief es ihm eiskalt über den Rücken. Ihn zog es weg, er machte jedoch noch ein paar Bilder in dem Saal, damit Schäufele nicht dachte, er würde fliehen. Außerdem konnte er die Fotos mit ein paar Zeilen an den Marbacher Kurier verkaufen. Die Blattmacher waren am Montag immer froh, wenn sie für die hinteren Seiten etwas über kleine Feste bekamen, die gut besucht worden waren. Das trägt alles zur Leser-Blatt-Bindung bei, hörte er im Geiste Gustav Zorn in der Redaktionskonferenz allwissend dozieren.

Ein anderes Fest wurde etwa zehn Kilometer entfernt in Höpfigheim gefeiert. Harter Rock aus den 70ern durchdrang das rustikale Gebäude, ein junges Publikum hatte sich eingefunden. Eng standen die Fans vorne an der Bühne, die Universal Banditos coverten ›Highway to hell‹. Die einen rauchten, die anderen hielten ihr Bier in der Hand oder ihre Braut im Arm. Einige röhrten den Refrain mit, andere zogen es vor, mit den Füßen im Takt zu wippen und locker zu grooven. Julia stand mit ihrer Freundin Caroline ganz vorne in der ersten Reihe. Es war ihr schwer gefallen, sich auf den Weg zu machen, aber Luca hatte offenbar mal wieder einen Termin für die Zeitung angenommen. Sie hatte es als Fügung des Schicksals gesehen. Caroline reagierte auf ihren Vorschlag, ein Rockkonzert zu besuchen, begeistert. ›Oh fein, Groupie war ich das letzte Mal vor zehn Jahren in der Abizeit‹, hatte sie am Telefon gescherzt. Julia fand das überhaupt nicht komisch, denn wenn sie ehrlich war, lief sie ja einem Musiker hinterher. Aber das durfte Caroline ebenso wenig wissen wie sonst jemand aus ihrem Umfeld. Sie hoffte, dass Ralf sie nicht plump ansprechen würde, damit Caroline ahnungslos blieb.

»Superstimmung!«, rief Julia, als die Universal Banditos, die erste Pause einlegten. Ihre Freundin nickte, nahm einen kleinen Schluck von ihrer Weißherbstschorle und beugte sich zu ihr herüber:

»Und superknackige Musiker.«

Julia lächelte steif und prostete ihr zu. Sie bemerkte, dass die Bandmitglieder sich in der Pause nicht versteckten, sondern unters Publikum mischten. Während des Konzerts hatte sie unablässig Ralf beobachtet. Er war ganz in Schwarz, mit Jeans und T-Shirt, und spielte die Gitarre mit einer Lockerheit, die sie einfach himmlisch fand. Es schien so, als ob er sie zwischendurch erkannt hätte – was bei den Trockeneisschwaden vor der Bühne bestimmt nicht einfach war. Er hatte ihr zugelächelt, da war sie sich sicher, aber wo trieb er sich jetzt herum?

Plötzlich bemerkte Julia, dass jemand hinter ihr stand und ihr in den Nacken pustete. Sie drehte sich um. Es war Ralf.

»Hi, Julia. Schön, dich zu sehen.« Er hatte den Drummer mitgebracht, der Hartmut hieß und etwa zehn Jahre älter sein mochte. Caroline machte dem vollbärtigen Percussionisten mit dem breiten Kreuz sofort Komplimente, er habe den Saal und auch sie ganz schön in Fahrt gebracht. Sie lachten, und Hartmut nutzte die Gelegenheit, Caroline zu einem Gläschen Sekt an die Bar zu entführen.

Julia stand nun Ralf allein gegenüber. Sie wusste nicht genau, was sie sagen sollte. Auch er wirkte verlegen. »Ihr spielt ziemlich gut«, brachte sie heraus und kam sich bescheuert vor.

»Danke«, sagte Ralf. Seine blauen Augen lachten. »Ich finde es toll, dass du da bist.«

Julia errötete. »Gar nicht so einfach, einen Parkplatz zu finden«, bemerkte sie, um das Gespräch auf eine weniger verfängliche Ebene zu lenken.

Ralf tat so, als ob er ihren letzten Satz nicht gehört hätte. Wozu sollte man auch über Parkplätze reden? Er schaute sie an und schüttelte den Kopf. »Das ist Wahnsinn, dass wir uns heute Abend sehen können. Bleibst du bis zum Ende?«

Julia blickte zur Bar, wo sich Caroline und Hartmut gerade lachend zuprosteten. »Es spricht vieles dafür.«

Ralf grinste. »Lass uns nachher in Ruhe reden. Ich denke, es wird bestimmt noch eine lustige Sause.« Er ging zu Hartmut und tippte ihm auf die Schulter: »Showtime, alter Junge.« Wenig später standen sie wieder auf der Bühne.

Zur selben Zeit hob Sven Dollinger in der Gaststätte Zum Ochsen in Oberstenfeld sein Glas und prostete Erika Scharf zu. »Danke, dass Sie meine Einladung angenommen haben, Werteste. Auf einen schönen Abend – und dass Ihre Trauer Ihnen nicht zu nahe geht.« Er blickte ihr tief in die Augen. »Das Leben geht weiter. Es ist einfach zu schön, um es nicht zu genießen.«

Erika Scharf wusste nicht, ob sie lachen oder weinen sollte. Dieser Dollinger wirkte auf sie oberflächlich und schleimig. Wahrscheinlich kam er sich elegant und stilvoll vor, aber ihr passte nicht, wie er ihre Gefühle, die er überhaupt nicht kannte, in seine phrasenhafte Rhetorik einpasste. Das kann ja ein heiterer Abend werden, dachte sie und prostete ihm kurz zu, bevor sie das Glas Wein mit einem tiefen Zug halb leerte. »Schön haben Sie das gesagt«, heuchelte sie und holte ein Taschentuch aus ihrer Handtasche, um so zu tun, als ob sie sich einige Tränen aus den Augenrändern reiben müsse. Leider hatte sich Dollinger nicht mehr abwimmeln lassen. Sie hätte sich lieber mit Utz Selldorf getroffen, mit ihm gab es Wichtiges zu bereden. Aber sie konnte es sich nicht erlauben, den Direktor des Literaturarchivs mit einer Absage zu brüskieren. Warum hatte sich auch Selldorf nicht mehr bei ihr gemeldet? So würde sie erst morgen beim Frühstück mit ihm reden können. Leider hatte sie ihn nicht mehr erreicht, da bei ihr ständig das Telefon klingelte. Die Nachricht von Dietmars Tod hatte sich offenbar wie ein Lauffeuer herumgesprochen. Allein das Gespräch mit dem Reporter der Blitz-Zeitung hatte sie eine Viertelstunde gekostet. Danach meldete sich ein Korrespondent der Deutschen Nachrichtenagentur. Wahrscheinlich würde es schon morgen die entsprechenden Schlagzeilen in den Sonntagsgazetten geben. Erika Scharf wusste nicht, ob sie das gut oder schlecht finden sollte. Das Einzige, was sie an diesem Abend überzeugte, war der Württemberger, eine dunkle Rebsorte, die im Abgang nach Brombeeren und Vanille schmeckte. »Huch, danke!«, rief sie überrascht, als Sven Dollinger ihr wenig später nachschenkte.

Der Direktor des Archivs mied an diesem Abend das Thema Nachlass. Er lenkte das Gespräch auf Erika Scharfs lange verborgen gebliebene literarische Leistung während der Zeit ihrer inneren Emigration in der DDR. Die spät veröffentlichten Erdreichelegien – es waren tatsächlich Gedichte, die sie im Garten der Eltern vergraben hatte – beeindruckten Dollinger nach dessen Bekunden besonders. Sie habe es wie keine andere Autorin verstanden, die gesellschaftliche Rolle der Frau als geschichtlich tradiertes Objekt maskulinen Machterhalts zu thematisieren – und dabei das Ost-Berliner Regime keinesfalls ausgeklammert. »Auch wenn Sie geschwiegen haben, verehrte Frau Scharf, so sind Sie doch ein hohes Risiko eingegangen, als Sie Ihre Schriften versteckt hielten«, schwärmte Dollinger. Er hatte am Nachmittag noch einmal die erst im Vorjahr erschienenen Gesammelten Werke der Scharf in die Hand genommen. Er musste sich eingestehen, schon ein gutes Jahrzehnt lang kein Buch einer DDR-Schriftstellerin mehr gelesen zu haben. Die ›Frauenliteratur‹, wie er es manchmal im vertrauten Kreis der wissenschaftlichen Mitarbeiter des Literaturarchivs mit larmoyantem Lächeln von sich gab, hatte seiner Meinung nach ihren Zenit nach dem Hoch in den 80er-Jahren längst überschritten. Inzwischen widmeten sich die Kritiker anderen Fragen, was ihm persönlich keineswegs störte, hielt er doch die feministischen Ansätze der Literatur für verkappte Ideologietriebe, wie sie von sozialistisch verblendeten Interessengruppen im Zuge des französischen Existenzialismus nach Sartre und de Beauvoir wucherten. Aber das war seine Privatmeinung, die er gern zurückstellte, wenn es darum ging, einer Schriftstellerin das Gefühl von Wichtigkeit zu geben. Dollinger wurde nicht müde, immer wieder die Verdienste von Dietmar Scharf zu betonen, dem er ein hohes Fingerspitzengefühl bei der Auswahl der Verlage attestierte, in denen die Werke seiner Frau erschienen waren.

Irgendwie scheint sie nicht mehr so traurig, dachte Dollinger, als er ihr zum zweiten Mal das Glas mit dem wohltemperierten Lemberger und Trollinger aus dem extrem sonnigen und deshalb ausgezeichneten Jahr 2003 nachschenkte. Tatsächlich besserte sich die Stimmung von Erika Scharf. Nach dem dritten Glas fand sie die Schmeicheleien ihres Gesprächspartners überhaupt nicht mehr unangenehm. Bald schon stand die gegrillte Gänsebrust mit den schwäbischen Spätzle und dem dampfenden blauroten Kraut vor ihnen. Dollinger servierte ihr dazu durchaus unterhaltsame Anekdoten aus dem Berlin der frühen 80er-Jahre. Wie sich herausstellte, hatte er in der Ära Kohl durch Parteiverbindungen einige Jahre lang eine gehobene Position im Auswärtigen Amt innegehabt. Für ihn ein wichtiges Sprungbrett, von dem er nach der Wende als Staatssekretär für Kultur im Berliner Senat einen weiteren Schritt auf der Karriereleiter empor rückte. Dies alles wusste Erika Scharf, die allerdings froh war, dass sie sich darüber nichts anhören musste. Stattdessen setzte Dollinger in ihrem Gespräch geschickt auf die Nostalgie des guten alten Berlins vor dem Mauerfall, und tatsächlich erinnerte sich die Schriftstellerin an Besuche bei ihrer Cousine gleich nach der Wende und die damit verbundenen Einladungen in vornehme Restaurants, die sie damals schon sehr geschätzt hatte. Ach, so ein übler Kerl, wie andere behaupteten, war dieser Dollinger nun doch nicht, dachte sie nach dem Espresso, der mal wieder so wunderbar italienisch schmeckte und das hervorragende Menü abrundete. Am liebsten hätte sie öfter mal laut gelacht, aber sie konnte sich trotz des vierten Glases Wein immer noch beherrschen. Schließlich war sie erst seit diesem Tag verwitwet, und sie bewegten sich in der Öffentlichkeit. Dietmar, diesen Saukerl, würde sie ja schon ein wenig vermissen. Aber wenn sie ehrlich war, fehlte er ihr jetzt überhaupt nicht. Tja, und da dieser Dollinger auch noch die Rechnung bezahlen würde – Erika Scharf prustete belustigt kurz in ihr nicht mehr ganz frisches Taschentuch hinein – dann hatte sich der erste Abend als Witwe allemal gelohnt. Nach einem wunderbar ölig schmeckenden Grappa und einem kurzen Besuch auf der, wie ihr auffiel, sehr sauberen Damentoilette fuhr das Taxi vor. Von der spätabendlichen Fahrt durch Bottwartal – Erika Scharf fielen anfangs noch einige bunt beleuchtete Supermarktschilder und eine Tankstelle auf – bekam sie schon nicht mehr so viel mit. Im Hotel fühlte sie sich dermaßen heiter und schwer zugleich, dass sie sich geradewegs ins Bett fallen ließ und zufrieden einschlummerte.

Ans Schlafen dachte in dem alten Daimler von Caroline niemand. Das Konzert hatte die Stimmung zum Höhepunkt getrieben, fast hätte Ralf seine Gitarre zertrümmert, aber das machte er nur, wenn er sich zuvor schon eine neue angeschafft hatte. Außerdem wollte er auf Julia keinen rabiaten Eindruck machen. Trotzdem genoss er es, vor ihr zu spielen, und er fühlte sich richtig gut. Statt des üblichen Besäufnisses mit der Gruppe hatte er sich nach dem Gig mit Hartmut abgesetzt. Der Drummer verstand sich mit Caroline offenbar ziemlich gut, und es war ihm zu verdanken, dass sie jetzt um Mitternacht Kurs auf den Breitenauer See nahmen, um dort ein ›Night swimming‹ zu veranstalten. Julia hatte sich anfangs noch gegen den kleinen Ausflug gewehrt, aber Hartmut beruhigte sie und erzählte ihr, dass seine Eltern in der Nähe des Campingplatzes ein kleines Häuschen besäßen, in dem es an Schlafstellen nicht mangele und genügend warme Kleidung vorhanden sei. Ralf selbst hatte sich ziemlich zurückgehalten, er wollte Julia nicht bedrängen. Als Caroline meinte, man solle nicht so spießig sein und einfach leben, wollte ihr Julia die Tour nicht verderben – und so fuhren sie also gemeinsam durchs obere Bottwartal in Richtung Löwensteiner Berge.

Julia saß hinten, neben ihr drehte Ralf eine Zigarette. Sie hatte nur zwei Gläser Weinschorle getrunken und war völlig nüchtern. Sie dachte an Luca und daran, dass sie beide eigentlich kaum spontan verrückte Sachen unternahmen. Draußen schien der Vollmond. So gesehen boten sich viele Gelegenheiten, in hellen Nächten mal über die Stränge zu schlagen. Aber seitdem sie in Tübingen studierte, hatte das Neonlicht der Stadt seine Anziehungskraft auf sie verloren – und nächtliche Touren zu irgendwelchen Seen, dazu waren ihre Kommilitonen viel zu vernünftig.

»Möchtest du auch eine?« Ralf hielt ihr die Zigarette hin. »Echte Handarbeit.«

Das war Julia nicht entgangen. Sie vergewisserte sich, dass es kein Joint war. »Nee, die ganze ist mir zu viel, aber ich kann ja mal bei dir ziehen.«

»Okay«, murmelte Ralf und holte sein Feuerzeug aus der Lederjacke.

Vorne saß Hartmut, der schon mindestens drei Fläschchen Bier intus hatte und dementsprechend aufgedreht war. Er stellte die Musik noch etwas lauter. Im Radio lief ein melodiös-punkiges Stück von Skunk Anansie. Caroline kicherte albern, und die Art, wie sie das Steuer lässig mit einer Hand von unten hielt, um mit der anderen den Oberschenkel von Hartmut zu streicheln, löste bei Julia Ängste aus. »Fahr bitte vorsichtig, Caro!«, rief sie.

Hartmut versuchte, ihre Reaktion ins Lächerliche zu ziehen. »Manitu wird uns sanft in die ewigen Jagdgründe geleiten.«

Und Ralf feixte: »Keine Sorge, nur die Guten sterben jung.«

Wenig später kamen sie am Breitenauer See an. Ein Lagerfeuer brannte noch, es war schon nach 1 Uhr und jemand spielte Gitarre. Eine Gruppe junger Leute, alle um die 20, wärmte sich am Feuer. Bierflaschen kreisten, und Julia fand, dass die Gäste dieser Zusammenkunft schon ziemlich fertig aussahen. Weil sie kein Schwimmzeug dabei hatten und von Hartmuts Ferienhaus nicht mehr die Rede war, nahmen auch sie am Feuer Platz. Julia bemerkte, dass sie ihren warmen Fleecepullover zu Hause liegen gelassen hatte. Ralf bot ihr seine Jacke an. Nachdem sie das Lederteil dankend angezogen hatte, legte er seine Arme um ihre Hüfte. Sie ließ es zu, und so saßen sie eine Weile und wärmten sich auf.

Irgendwie plätscherte das Zusammensein ohne besondere Höhepunkte aus. Das Feuer brannte noch ein, zwei Stunden. Hartmut übergab sich und musste nach Steinheim zurückgebracht werden, wo er im Haus seiner Eltern in der Ludwig-Hofacker-Siedlung im Keller hauste, da es ihm an eigenen Einkünften mangelte. Und Ralf zog es vor, in Höpfigheim auszusteigen, weil er noch in der Kelter nach der Musikanlage schauen wollte, welche die Helfer in einem Raum eingeschlossen hatten. Die beiden jungen Frauen fuhren zu Caroline nach Ludwigsburg. Julia wollte nach der amüsanten Nacht bei ihr übernachten. Sie hatte Luca eine SMS geschickt, damit er wusste, wo sie steckte und sich keine Sorgen machte.

In Marbach hörte Norbert Rieker aus der Ferne die Glocke der Stadtkirche, sie schlug Mitternacht. Er saß im Schneidersitz auf der Aussichtsplattform des Literaturmuseums der Moderne. Der Vollmond schien, und er fühlte sich einsam. Nachdem Gianna aus der Bar verschwunden war, hatte er sich eine Flasche Jack Daniels und einige Schachteln Zigaretten mitgenommen. Er strebte die Besinnungslosigkeit an oder zumindest einen vergleichbaren Zustand. Er war im Begriff, alles zu verspielen, wofür er die letzten 15 Jahre hart gearbeitet hatte. Konnte ihm überhaupt noch jemand helfen? Er blickte auf das Display seines Handys. 20 Anrufe, die meisten von Zorn, der ihn wahrscheinlich nach den Gründen seines peinlichen Auftritts fragen wollte. »Scheißegal!«, rief Rieker in die Nacht und streckte die Flasche in Richtung Himmel. Er drückte auf einige Knöpfe, dann sah er auf dem Display den Namen eines alten Freundes: Michael. »Meine Fresse, der Micky«, murmelte die nächtliche Gestalt auf der Aussichtsplattform. Drüben lag Benningen, dazwischen der Neckar – und bei ihm blinkte der Name des besten Freundes auf. Zu komisch, er prustete laut los. »Hahaha.« Und er sang: »Ein Freund, ein wahrer Freund.« Dann warf er das Handy über die Kante der Aussichtsplattform. »Ätsch, Erster, gewonnen, du Loser.« Und wieder lachte der Verwaltungschef der 15.000-Einwohner-Stadt: »Hihihi. Handy über Bord, alle Maschinen stopp.« Mit dem Zeigefinger wies Rieker den imaginären Besatzungsmitgliedern den Weg zum hilflos treibenden Handy, das auf einer Wiese vor der Plattform lag. Er stand schwankend auf und torkelte hinunter, um es zu retten. Durch den Wurf hatte Rieker einen Anruf ausgelöst. Michael Hörguttsu, ein ehemaliger Klassenkamerad, der inzwischen als Notrufpfarrer im nahen Ludwigsburger Stadtteil Hoheneck arbeitete, wurde dadurch geweckt.

»Hallo, wer ist da?«, rief der Seelsorger.

Norbert Rieker krabbelte auf allen vieren durch die Wiese, um sein Handy zu finden.

»Ich kann Sie nicht hören, bitte sprechen Sie lauter«, forderte Hörguttsu, der die Stimme Riekers nur undeutlich vernahm.

»Alle Leinen los!«, brüllte Rieker. »Wo ist die alte Landratte denn geblieben?«

Michael Hörguttsu konnte die Stimme nicht zuordnen. Wie auch – er hatte schon 20 Jahre keinen Kontakt mehr zu seinem ehemaligen Klassenkameraden. Aber er dachte an einen Notfall. Vielleicht steckte jemand in der Klemme, er durfte jetzt nicht einfach auflegen.

»Hallo, hallo, hallo«, tönte er in das Handy, das Rieker mühsam tastend immer noch suchte. Über ihm drehte sich der klare Sternenhimmel, er fiel auf den Rücken, rappelte sich wieder auf – und kotzte, nur etwa einen Meter vom Mobiltelefon entfernt.

Hörguttsu erkannte das Geräusch, das ihn anekelte. Er blieb aber dran. Schließlich könnte jemand an dem Erbrochenen ersticken. »Hören Sie, wer immer Sie auch sind, ich muss wissen, wo Sie sind, um Ihnen helfen zu können.«

Der sturzbesoffene Bürgermeister lag inzwischen neben dem Mobiltelefon und war eingeschlafen. Hörguttsu sah ein, dass er nicht mehr für den Anrufer tun konnte, legte auf und schlief bald darauf ebenfalls ein.

Der Schlaf Riekers dauerte aber nicht lange. Eine Gruppe Jugendlicher näherte sich ihm. Die lauten Rufe und Gesänge weckten den schlummernden Schultes. Er fand sein Handy, steckte es ein und ging zum Hotel. Er fühlte sich jetzt wieder einigermaßen klar im Kopf und wollte mit Gianna reden. Rieker trat durch die Seitentür ein, die er immer benutzte, um heimlich zu ihr zu gelangen. Sie stand an der Rezeption, hatte sich in eine Ecke gestellt und telefonierte mit gepresster Stimme. Rieker registrierte, dass sie ihn nicht sehen konnte.

»Nein Utz, wir müssen vorsichtig sein, er hat mich schon im Verdacht, das mit der Kamera mitgemacht zu haben.«

Die Worte seiner Geliebten empörten Rieker. Er versteckte sich hinter einer Sitzgruppe im Entree, um weiter zu lauschen. Ihre Stimme wurde etwas lauter.

»Du, ich versuche ihn ja schon hinzuhalten, aber was soll ich machen, wenn er wegen der Aufnahme im Zimmer weiter bohrt?«

Rieker begriff, dass es um ihn ging.

»Bist du sicher, dass er überhaupt an die Handschrift kommen kann? Vielleicht sollten wir die ganze Geschichte abbrechen und ihn in Ruhe lassen.«

Aha, dachte Rieker. Das also ist deine große Liebe. Was für ein Narr er doch war. Sie steckte mit irgendeinem Kunstsammler, wenn nicht gar Mörder unter einer Decke, mit dem sie genauso herumhurte wie mit ihm. Wahrscheinlich hatte sie sich systematisch an ihn rangemacht und wollte ihn jetzt ausnehmen wie eine Weihnachtsgans. Erst die Sache mit der Kulturbühne, dann dieser Erpressungsversuch. Was für eine Schlampe!

»Also gut, Utz, vielleicht hast du recht. Ja – ich bleibe ruhig. Ja, wir machen weiter.«

Rieker hatte genug mitbekommen. Er würde die notwendigen Schritte einleiten.

»Wie gehts dir im Art-Hotel?«, hörte er sie den Anrufer fragen.

Sie lächelte – so, wie sie ihm immer zugelächelt hatte, wenn sie miteinander geschlafen hatten, wenn sie ihn empfing, wenn er ging. Ihr Lächeln, es hatte ihn durch den Tag begleitet, es hatte ihn von Anfang an beseelt. Und jetzt? Alles nur Fassade, er war Mittel zum Zweck. Sie hatte irgendeinen Scheißkerl, der im Art-Hotel seine Barthaare ins Waschbecken fallen ließ und wahrscheinlich ein furchtbar schlechtes Aftershave benutzte. Eins, das zu ihr passte. Drecksnutte!

»Ja, ich liebe dich auch, Utz.«

Natürlich, du liebst jeden, von dem du denkst, er könnte dir Geld in den Arsch schieben. Rieker trank einen kräftigen Schluck aus der Flasche, die er immer noch bei sich hatte und die immer noch nicht leer war. Liebe, weißt du überhaupt, was das ist? Er dachte kurz an Paula und seine Kinder. Wie konnte er sie nur allein lassen. Nein, nicht nur sein Beruf hielt ihn fern. Er war es selbst, der sich ständig Türen offen hielt, um nicht Nähe leben zu müssen. Aber warum hatte er bloß alles so weit kommen lassen?

»Wenn wir das alles überstanden haben, fangen wir neu an. Ja, in Rio oder in der Karibik.«

Genau, ihr fangt neu an, und ich schmore im Knast. Und zu Weihnachten und Ostern schickt ihr mir eine Ansichtskarte. Rieker lächelte grimmig. Er hatte die Handschrift. Er wusste, wo sich sein Erpresser aufhielt. Wie wäre es, wenn er einfach den Spieß umdrehen würde? Dieses schmutzige kleine Gaunerpärchen sollte bluten.

»Hat Dollinger dir ein Angebot gemacht?«

Oho, Ihre Marbacher Literatureminenz höchstpersönlich hatte seine Hände im Spiel? Rieker traute seinen Ohren nicht. Wahrscheinlich versuchten sie auch, den Direktor übers Ohr zu hauen. Möglicherweise würde der die vermisste Handschrift gleich wieder zum Schnäppchenpreis einkaufen. Nicht zu fassen. Aber wenn er ehrlich war, wusste er zu wenig. Er brauchte Informationen. Die würde er sich besorgen, wenn er wieder bei Sinnen war.

10

Lautes Hip-Hop-Gedudel weckte Peter Struve am Sonntagmorgen gegen 7 Uhr. Es kam von nebenan, wo Schröders wohnten, ein Lehrerehepaar, mit dem sie abends im Garten schon so manches Viertele geschlotzt hatten. Sympathisch, ja, aber zu soft, wenns darum ging, den Kindern klare Grenzen zu setzen. Kai, der 14-jährige Filius, hatte offenbar seine Vorliebe für Eminem entdeckt.

»Sag, dass es nicht wahr ist, Marie«, murmelte er mit geschlossenen Augen. Seine Frau regte sich nicht. Struve drehte sich verwundert herum. Er hatte nicht damit gerechnet, dass Marie seine Empörung teilen würde. Aber doch zumindest ein kleines Lebenszeichen hätte er erwartet. Langsam richtete er sich auf. Sie lag mit dem Rücken zu ihm und schlief tief und fest. Die Musik in der anderen Doppelhaushälfte wurde lauter. Wütend schlug Struve mit der Faust gegen die Wand. Marie schlummerte weiter. Eine kleine Dose auf dem Nachttisch seiner Frau erregte die Aufmerksamkeit des Kommissars. Er streckte seinen linken Arm aus und nahm den Behälter in die Hand.

»Ohrosanft«, las Struve laut. »Zwölf Ohrstöpsel aus Wachs, angenehm weich, für Ruhe und Wohlbefinden.« Schmunzelnd legte er die Packung zurück. »Na, da kennt aber jemand seine Pappenheimer.« Gestern war es doch später geworden. Er hatte sich noch in seinem Bietigheimer Büro einige Artikel über Erika Scharf und ihren Mann aus dem Internet gezogen. Als er nach Hause kam, fand er seine Frau bereits schlafend vor. Leise hatte er sich ins Bett geschlichen, froh darüber, dass er mit ihr um diese Uhrzeit nicht mehr über ihre Urlaubspläne sprechen musste.

Der Nachbarjunge drehte die Musik noch lauter.

»Also, das ist doch«, schimpfte Struve. Wenn es wenigstens die Rolling Stones oder Eric Clapton wären, dann würde er vielleicht ein Auge zudrücken. Aber von Satisfaction oder Layla war dieses verworrene Zeug ungefähr so weit entfernt wie die Universal Banditos vom Auftritt bei den Ludwigsburger Schlossfestspielen. Struve rappelte sich auf und blickte zu Marie hinüber, die sich inzwischen unruhig hin und her wälzte. Er kitzelte sie sanft am Ohrläppchen, pulte einen Stöpsel hervor und küsste sie auf die Wange. »Na Schatz, magst du ein Ei zum Frühstück?«

Sie knurrte und drehte sich von ihm weg. »Aber nicht so labbrig wie am letzten Sonntag.«

Peter Struve stand auf, wusch sich, zog sich an und bereitete das Frühstück zu. Neben der Kaffeemaschine lag die Ausgabe von Wilhelm Tell. Struve hatte das Büchlein gestern noch bis zum Ende gelesen. Er dachte an den Mord und fragte sich, welche Rolle Dietmar Scharf für den Mörder in dessen persönlichem Drama gespielt haben mochte. Der Tyrann und der Freiheitskämpfer, sie standen sich gegenüber. Der Apfel lag neben dem Opfer. War es Ablenkung oder war es ein Bekenntnis? Die Tatwaffe Armbrust wurde als Selbstschussanlage verwendet. Noch stand der Kommissar vor einem Rätsel, aber es schien ihm überhaupt nicht schwer, sich diesem Fall anzunähern. Vielleicht stimmte ja die Hypothese der jungen Kollegin. Nur hatte er noch keinen Ansatzpunkt, wer für einen idealistisch-politisch zumindest mitmotivierten Mord infrage kommen könnte.

Als ob ihm Tell eine Antwort hätte geben können, schlug Struve die Szene des Tyrannenmordes im vierten Aufzug auf, als Wilhelm Tell dem getroffenen Geßler zuruft: *Du kennst den Schützen, suche keinen andern. Frei sind die Hütten, sicher ist die Unschuld. Vor dir, du wirst dem Lande nicht mehr schaden.* Du kennst den Schützen, das musste es sein. Scharf kannte seinen Schützen vielleicht schon lange, und diese Möglichkeit musste er bei seinen Ermittlungen stark in Erwägung ziehen.

Der Kaffee dampfte schon in seiner Tasse, da setzte sich Marie an den Frühstückstisch. Sie küssten sich, er goss ihr den Muntermacher ein, wie immer nahm sie sich die Milch selbst und rührte alles um. Mit seiner Frau besprach er selten seine Fälle. Diesmal reizte es ihn jedoch, sie einzubeziehen.

»Wenn ich eine Geliebte hätte, würdest du mich dann umbringen?«

Sie blickte ihn fassungslos an und pellte ihr Ei weiter. »Hast du schlecht geschlafen?«

»Man wird ja mal fragen dürfen. Also?«

Sie streute sich Salz über ihr Ei. »Welche Frau wäre nach vier Ehejahren nicht fähig, ihren Mann umzubringen?«, kam es trocken zurück. Sie lachten beide, und sie streichelte ihm sanft über seine unrasierten Wangen. Die Berührungen gefielen Struve.

»Es hat doch bestimmt mit deinem Fall zu tun?«
»Vielleicht.«
»Möchtest du mir sagen, worum es geht?«
»Ach, der Mann von Erika Scharf ist ermordet worden. Freitagnacht im Keller des Literaturarchivs, durchbohrt von Pfeilen, ein Apfel lag neben ihm.«
»Ein Apfel?« Sie lächelte. »Und er hatte eine Geliebte?«
Er strich sich Butter aufs Brot. »Wir haben es rausbekommen und Frau Scharf damit konfrontiert.«
»Ach, und was sagt sie?«
»Sie wusste es – mehr war nicht aus ihr herauszubekommen.«
»Eifersucht ist ein starkes Tatmotiv.«
Peter Struve hielt die Käsedose in der Hand, um sich zwischen Gouda und Brie zu entscheiden. »Schon klar. Aber es passt nicht zusammen, das mit dieser Selbstschussanlage im Keller. So mordet keine Frau.«
»Könnte Sie jemanden angeheuert haben?«
Er schüttelte den Kopf und legte eine Scheibe Emmentaler aufs Brot. »Dagegen spricht, dass sich der Täter im Keller ausgekannt haben muss. Er hat Scharf in die Falle gelockt.«
»Was meinst du, womit er ihn dorthin gelockt hat?«
»An der Stelle komme ich nicht wirklich weiter. Ich vermute, er hat den Täter gekannt. Und er wollte sich mit ihm treffen.«
»Warum sollte er sich nachts mit jemandem in diesem Keller treffen – da muss es sich schon um sehr wichtige Dinge gehandelt haben.«
»Ja, natürlich. Es ging um den Nachlass seiner Frau.

Vielleicht hat dieser Dollinger vom Literaturarchiv ihm den Keller gezeigt.«

Seine Frau setzte die Kaffeetasse hart auf dem Unterteller ab. Sie zog die Unterlippe nach unten und blickte skeptisch: »Warum sollte Sven Dollinger einen Mord begehen, er hat alles, ist in Marbach ein angesehener Mann, schon lange im Amt, ich kenne seine Schwester, sie ist im Bibelkreis der Ludwig-Hofacker-Vereinigung.«

Peter Struve biss in sein Käsebrot und spülte mit einem Schluck Kaffee nach. »Egal, ob seine Schwester in der Bibel liest oder Dörte durchblättert – ich weiß nicht, wie weit jemand mit einem Sammeltick geht. Und dieses andere Literaturinstitut in Frankfurt scheint eine ziemlich starke Konkurrenz beim Rennen um den Nachlass zu sein. Außerdem hat Dollinger kein Alibi.«

Marie Struve trank einen Schluck Orangensaft und dachte nach. In diesem Moment klingelte das Handy ihres Mannes, der schnell abnahm.

»Mensch Struve, Ihnen sterben noch sämtliche Tatverdächtige unter der Hand weg.« Es war Littmann, der es mal wieder spannend machte.

»Aha, da hat jemand Neuigkeiten. Na, dann schießen Sie mal los, Herr Kollege.«

»Erika Scharf ist vor etwa zehn Minuten tot in ihrem Hotelzimmer aufgefunden worden.«

»Was?« Der Kommissar war schockiert. Er legte das Käsebrot weg und stand auf. »Wir haben sie doch beobachten lassen. Wie konnte das passieren?«

»Sie war mit diesem Dollinger essen. Heute Morgen hat das Zimmermädchen sie gefunden. Der Grund war vermutlich eine Überdosis Schlaftabletten.«

»Tabletten? Hat sie die selbst eingenommen?«
»Weiß ich nicht, Struve. Vielleicht sollten Sie mal diesen Dollinger fragen.«
Der Kommissar setzte sich wieder, hielt das Handy in der Hand und schaute mit leerem Blick seine Frau an.
»Worauf Sie Gift nehmen können.«

Peter Struve parkte seinen VW Passat vor dem Schillermuseum und ging hinüber zum Hotel. Im Foyer traf er auf Melanie Förster, was ihn überraschte. Er hatte damit gerechnet, dass sie nach dem Streit eine längere Auszeit brauchte. Jetzt war er froh, sie wieder als Mitarbeiterin zu haben und mit dem Fall nicht allein zu sein. Er gab ihr die Hand und lächelte ihr so freundlich er konnte zu.
»Na, alles wieder im Lot?«
Melanie Förster zuckte mit den Schultern. »Mal sehen, wies heute so wird.« Sie versuchte, das Lächeln zu erwidern. »Vielleicht sollte ich nicht so viel um mich selbst kreisen.«
Struve atmete erleichtert auf. »Vergessen wir gestern, oder?«
»Also, an mir solls nicht scheitern.«
Wenig später betraten sie das Zimmer. Die Tote lag mit einem Leinentuch bedeckt auf dem Bett. Die Spurensicherung war bereits tätig. Struve betrachtete die Kulisse. Überall lagen Packungen mit Medikamenten herum. Nach all dem, was Erika Scharf erlebt hatte, hielt er einen Suizid für möglich. Er musste die Obduktion abwarten.
»Ich nehme an, Sie wissen noch nicht, dass Herr Scharf eine Geliebte hatte«, sagte er zu Melanie Förster.
»Ach ja?«

»Die Kollegen in Berlin haben herausgefunden, dass die beiden Eheleute in der vergangenen Woche heftig darüber gestritten haben.«

»Das ergibt ein Motiv für Frau Scharf als Mörderin ihres Mannes«, sagte Melanie Förster, die sich die Schachteln mit den Medikamenten aufmerksam anschaute. »Aber wenn dies ein Mord ist, könnte diese zweite Tat auch ein Ablenkungsmanöver des ersten Mörders gewesen sein – dann sind wir so schlau wie vorher. Möglich ist auch, dass ein zweiter Täter am Werk war, quasi als Trittbrettfahrer.«

Peter Struve holte seinen Block hervor. »Richtig.« Er notierte sich etwas. »Gehen wir mal davon aus, dass es einen Täter gibt, der beide aus dem Weg räumen wollte.«

Melanie Förster holte sich ein Kaugummi aus ihrer Handtasche. »Warum sollte er beide umbringen wollen? Möchten Sie auch einen?«

Struve nahm den Spearmint. »Danke. Abgesehen von dem Eifersuchtsdrama ist die Nachlassfrage der Scharf unser einziger Anhaltspunkt. Übrigens war Dollinger gestern Abend mit Erika Scharf essen.«

»Tatsächlich? Dann hat er sie vielleicht … Natürlich: Er wollte ja schon vorher den Nachlass, Dietmar Scharf stand ihm im Weg – nach dessen Tod kann er das literarische Erbe einfacher haben. Deshalb ist er auch mit ihr essen gegangen. Eine ausgezeichnete Chance, einen Mord vorzubereiten.«

Peter Struve nickte ihr wohlwollend zu. »Auf jeden Fall war er einer der Letzten, die mit ihr gesprochen haben. Wir sollten dem Herrn Institutsleiter einen kleinen Besuch abstatten.«

Sie verließen das Hotel, um ihr Vorhaben in die Tat

umzusetzen. Sven Dollinger öffnete rasch, er hatte eine Lesebrille aufgesetzt und wirkte erstaunt. »Nanu, was verschafft mir die Ehre? Ich hoffe, Sie wollen mir keine Handschellen anlegen, hahaha.«

Genau dazu hätte Peter Struve Lust gehabt. Er mochte Dollingers altbackene Art und sein autoritär-konservatives Gehabe nicht. Aber er hatte natürlich noch keine Beweise, die für einen Haftbefehl ausreichten.

»Frau Scharf ist heute Morgen tot in ihrem Hotelzimmer aufgefunden worden«, erklärte er. »Darf ich übrigens vorstellen, meine Kollegin, Frau Förster. Wir würden uns gerne mit Ihnen unterhalten, Herr Dollinger.«

»Erika Scharf tot? Aber das ist ja furchtbar«, stammelte der Mann mit versteinerter Miene. »Wir hatten gestern«, er rang nach Worten, »einen amüsanten Abend.«

Der Direktor führte die ungebetenen Gäste in seine stilvoll eingerichtete Wohnung. Unmengen von Büchern besetzten edle Mahagoni-Regale. Struve mochte solche Zimmer, in denen die Belesenheit ins Auge sprang. Er hielt das Ausstellen von Büchern nicht für intellektuelle Angeberei, auch wenn Marie da anderer Meinung war und stets betonte, in der Wohnstube müsse es leicht und unprätentiös zugehen, außerdem dürfe man sich von Gedrucktem nicht erschlagen lassen.

Dollinger erzählte freimütig vom vergangenen Abend mit der Autorin. Struve notierte sich die Aussage. Sie stimmte mit den Angaben der Kollegen vom Streifendienst überein.

»Haben Sie Erika Scharf gefragt, ob sie den Abend noch etwas verlängern wollte? Sie scheinen es ja ganz gemütlich zu haben.«

Dollingers Blick verfinsterte sich. Er schien zu begreifen, dass er möglicherweise nicht nur als Zeuge, sondern als Verdächtiger vernommen wurde. »Moment«, murmelte er und öffnete seine Schatulle mit den Zigarillos. »Stört es Sie, wenn ich rauche?«

»Nein, Sie sind der Hausherr«, sagte Struve.

Sein Gegenüber zündete sich einen Zigarillo an und zog genussvoll daran. »Natürlich habe ich sie noch auf einen Schlummertrunk zu mir eingeladen, aber Frau Scharf kämpfte schon mit der Müdigkeit – ich nehme an, die Lesung und die Aufregung über den Tod ihres Mannes, das alles hatte sie ziemlich mitgenommen.«

Melanie Förster hustete. Dichter Qualm stand im Zimmer. Die beiden Männer schauten zu ihr, sie deutete auf das Fenster, das Dollinger öffnete. »Ich hole Ihnen sofort ein Glas Wasser«, entschuldigte er sich.

Als er mit einem Tablett und Getränken wiederkam, hatte die junge Kommissarin ihre Hustenattacke überstanden. »Frau Scharf ist wahrscheinlich an einer Überdosis Schlafmittel gestorben«, informierte sie. »Haben Sie sie noch aufs Zimmer begleitet?«

»Nein, wir sind beide ausgestiegen und haben uns vor dem Hotel verabschiedet. Aber Schlafmittel. Meinen Sie, dass sie sich …?«

»Es könnte Selbstmord sein, aber wir können einen erneuten Mord nicht ausschließen«, erklärte Struve. Sein Handy klingelte, er entschuldigte sich und ging in den Flur. Es war Littmann.

»Struve, die Spurensicherung sucht Sie. Wo treiben Sie sich denn rum?«

»Wir sind keine 200 Meter weit weg. Was gibts?«

»Es gibt Neuigkeiten. Sie sollten mit dem Kriminaltechniker reden.«

»Okay, wir kommen.«

Struve fragte Dollinger noch nach einem Alibi. Der Direktor schüttelte jedoch den Kopf: »Ich lebe allein, habe tief und fest geschlafen und bin erst vor etwa einer Stunde aufgestanden.«

»Sie entschuldigen uns, wir müssen wieder zurück ins Hotel. Bleiben Sie bitte hier, wir müssen noch mit Ihnen reden«, bat Struve, und sie verabschiedeten sich rasch.

Der Kriminaltechniker Werner Besold war am Tatort eingetroffen.

»Schlimme Sache, nicht wahr, Besold?«, fragte Struve wie immer, wenn sie sich an einem Tatort zum ersten Mal trafen.

»Kann man wohl sagen«, antwortete Besold wie gewohnt und legte seine Stirn in Falten.

Struve ging zum Fenster und schaute auf das Schillermuseum. »Was meinen Sie, hat sie es selbst getan?«

Besold kniff seine blutleeren Lippen zusammen. »Ich meine nein, aber wir müssen sie erst noch obduzieren.«

»Was spricht Ihrer Meinung nach für einen Mord?«, wollte der Kommissar wissen.

»Wir haben den Einstich einer Nadel auf der Rückseite ihres rechten Oberschenkels gefunden. Es würde mich nicht wundern, wenn ihr jemand etwas gespritzt hat. Mit einem Selbstmord passt das nicht wirklich zusammen.«

»Niemand lässt sich einfach so eine Spritze verpassen«, konstatierte Struve. »Gibt es Spuren von Gewaltanwendung?«

»Bisher noch nicht, aber im Zimmer riecht es ziemlich nach Alkohol.«

Der Kommissar blickte zu Melanie Förster, die sich das Gespräch mitangehört hatte und sich jetzt einmischte: »Das passt zu dem, was Dollinger gesagt hat. Es kann sein, dass der Mörder ihren Zustand ausgenutzt hat und leichtes Spiel hatte.«

»Er musste nur ins Zimmer eindringen.« Peter Struve zeigte auf die Tür.

»Das Schloss stellt einen Profi kaum vor Probleme«, bemerkte Besold. Er kramte einen Schlüsselbund mit etwa 30 Dietrichen aus seiner schwarzen Arbeitstasche. In wenigen Sekunden öffnete er die Tür, die er kurz vorher abgeschlossen hatte.

»Bis jetzt haben wir nur eine nette Theorie«, sagte Struve. Er wollte von Besold wissen, bis wann er die Todesart und die verwendeten Pharmaka feststellen könne.

»Wenn ich mich beeile, vielleicht bis heute Nachmittag. Aber der detaillierte Bericht kann erst in drei bis vier Tagen vorliegen, Sie kennen ja die Spielregeln.«

»Wir sollten uns beeilen. Zwei Tote sind schon zu viel, aber wenn weitere Morde geschehen, kann uns die Sache schnell über den Kopf wachsen. Sie wissen ja, dass der Alte Presserummel fürchtet wie der Teufel das Weihwasser.«

Struve zückte seinen Block, riss ein Blatt Papier ab und wandte sich Melanie Förster zu. »Gestern hat uns die Sekretärin von Dollinger den Tipp gegeben, uns mal um diesen Selldorf zu kümmern, offenbar ein Agent, der auf Nachlässe spezialisiert ist. Er hat ein Zimmer im Art-Hotel im Zentrum.«

»Ich nehme ihn mir mal vor«, stimmte Melanie Förster zu. Durch einen Anruf bei Littmann erfuhr sie, dass sich Selldorf schon zwei Mal vor Gericht verantworten musste. Steuerhinterziehung und Fahrerflucht lauteten die Vorwürfe, aber jedes Mal hatte er seinen Kopf aus der Schlinge ziehen können. Freispruch aus Mangel an Beweisen, hatte der Computer des Landeskriminalamtes ausgespuckt. Kein Stoff, aus dem Mörderbiografien gestrickt sind, sagte sich die Kommissarin. Aber Dollingers Sekretärin Ilse Bäuerle hatte erzählt, dass Selldorf einen beträchtlichen Teil des Archiv-Jahresbudgets für Nachlassaufkäufe in Anspruch nahm. Die Sekretärin hatte auch keinen Hehl daraus gemacht, dass sie den überheblich auftretenden Lebemann nicht ausstehen konnte und ihm zutraute, einen Teil des Geldes in die eigene Tasche zu wirtschaften.

Nach einer schlaflosen Nacht frühstückte Norbert Rieker allein und im Stehen. Seine Frau und die Kinder lagen noch im Bett. Riekers Kopf brummte, drei Aspirin, zwei Pötte Kaffee und ein halber Liter Orangensaft brachten ihn jedoch wieder auf Touren. Er zog die Joggingschuhe an und drehte eine Runde entlang der Felder oberhalb des nahen Stadtteils Hörnle. Der Himmel zeigte sich grau in grau, und er schleppte sich die Strecke entlang. Immer wieder dachte er an Gianna und ihre krumme Tour. Vielleicht würde es reichen, mit diesem Fremden, der offenbar im Art-Hotel residierte, ein ernstes Wörtchen zu reden. Dass er körperlich unterlegen sein würde, glaubte er nicht. Er brachte stattliche 90 Kilo auf die Waage, trug den schwarzen Gürtel im

Vollkörperkontakt-Karate und hatte vor niemandem Angst. Wenn der Mann eine Schusswaffe hatte, wäre er ihm ausgeliefert, aber er musste ihn ja nicht in dessen Zimmer treffen. Am besten würde es sein, ihn im Foyer abzupassen.

Rieker duschte, zog sich um und fuhr ins Art-Hotel. Er ging zur Rezeption, um seine Recherchen zu beginnen.

»Grüß Gott, ich möchte meinen alten Schulfreund Utz überraschen, hab gehört er ist in Ihrem Haus am Wochenende zu Gast. Stimmt das wohl?«

Ein junger Mann, vermutlich der Juniorchef, lächelte. »Ich schaue eben kurz nach, wie lautet der volle Name?«

»Äh ja«, stammelte Rieker, »jetzt fällt er mir doch gerade nicht ein. Ach, helfen Sie mir doch bitte. Ich glaub, ich bin am Verkalken.«

»Ich habe hier einen Utz Selldorf, Zimmer 309. Soll ich Sie ankündigen?«

»Das wird nicht nötig sein, ich möchte ihn ja überraschen, bitte verraten Sie ihm nichts. Ich warte im Foyer.«

Er versteckte sich hinter einer Zeitung. Aus den Augenwinkeln beobachtete er, wie ein braun gebrannter Herr mittleren Alters in einem Markenanzug an die Rezeption trat. Er gab den Schlüssel mit der Nummer 309 ab. Der junge Mann an der Rezeption blickte kurz zu ihm herüber, aber Rieker legte einen Zeigefinger auf den Mund und gebot ihm damit, erneut zu schweigen. Der Bürgermeister sah, wie Selldorf seine beiden Koffer absetzte und mit einer EC-Karte seine Rechnung beglich. Als sich der Literaturagent herumdrehte und seine Koffer nehmen wollte, fiel ihm offenbar ein, dass er etwas vergessen hatte. Er ließ sich erneut den Zimmerschlüssel geben, der junge Mann folgte ihm nach oben. Riekers Blicke hingen wie gefesselt an den beiden Koffern, die herrenlos vor der Rezeption standen. Ganz schön leichtsinnig, dachte er. Schnell begriff er, dass der Erpresser ihm damit eine Chance gab. Rieker ging zu den Koffern und nahm einen mit in die nahe Toilette. Er schloss sich ein und öffnete den Koffer, in den er die Handschrift von Wilhelm Tell hineinlegte. Dann schlich er sich klammheimlich hinaus und spazierte wieder auf Nebenwegen zurück zu seinem Haus in der Danneckerstraße.

Rieker saß keine zehn Minuten in seinem Arbeitszimmer, als seine Frau mit dem Telefon in der Hand eintrat.

»Herr Steinhorst möchte dich sprechen.«

»Ja, hier Rieker.«

»Grüß Gott, lieber Parteifreund Rieker, hier ist Walter Steinhorst, haben Sie sich wieder ein wenig abgeregt?«

Rieker überlegte, was er sagen sollte. Wahrscheinlich war es am besten, den Ball flach zu halten. »Ich bin wieder etwas runtergekommen, ja.«

Beide schwiegen einen kurzen Moment.

»Verzeihen Sie, ich wollte Sie nicht angreifen!«, brach es aus Rieker hervor.

»Ach, wissen Sie«, erwiderte Steinhorst, »Leute wie ich haben ein dickes Fell, vielleicht macht das die Zahl der Jahre, aber ich mache mir ein bisschen Sorgen um Sie, lieber Rieker – also erst mal möchte ich Ihnen die Hand reichen. Sind wir wieder Freunde?«

»Ja, natürlich«, antwortete der Bürgermeister. »Ich finde es großartig, dass Sie auf mich zugehen. Ich hätte niemals den Mut dazu aufgebracht.«

»Sehen Sie, lieber Rieker, wir verstehen uns. Und uns beiden muss es nun darum gehen, den Schaden für Sie und die Partei so gering wie möglich zu halten.«

»Ja, da sprechen Sie mir aus der Seele, Herr Steinhorst. Was können wir tun?«

»Na, da hätte ich schon ein paar Ideen: Was halten Sie davon, wenn wir unsere Versöhnung öffentlich machen und mit einer Wohltätigkeitsveranstaltung oder einer Spende garnieren? So machen es doch auch die Fußballer, wenn sie sich bespuckt oder übel getreten haben.«

»Klasse Idee!«

»Und in der Sache finden wir bestimmt auch einen Kompromiss. Sie mit Ihren Öko-Ansichten und ich mit meiner Autoindustrie – das kann der Beginn einer kleinen FPU-Erfolgsgeschichte im Ländle werden, meinen Sie nicht auch?«

»Na ja, lieber Steinhorst, das wird sich weisen. Aber vorerst scheinen mir Ihre Vorschläge einen Weg aus der kritischen Situation zu bieten.«

»Sehen Sie, Rieker, ich schlage vor, wir bleiben in Kontakt.«

»Jawohl. Wir halten uns auf dem Laufenden. Einen schönen Sonntag noch.«

»Ja, Ihnen auch, machen Sies gut.«

Norbert Rieker atmete tief durch. Der Tag ließ sich gut an. Jetzt musste er nur noch Zorn auf seine Seite bringen. Er wählt die Nummer des Redaktionsleiters.

»Ja, hier Zorn.«

»Grüß Gott, hier ist Rieker, ist bei Ihnen alles im grünen Bereich?«

Der Redaktionsleiter lachte laut, wahrscheinlich stellte er sich die Gemütslage des Bürgermeisters vor und fand dessen Sorge um ihn komisch. »Danke, mir geht es wohl vergleichsweise gut und ich sitze gerade in der Redaktion. Es ist viel los in Marbach an diesem Wochenende.«

»Ach ja? Aber es sind doch noch Ferien.«

Zorn lachte. »Kann schon sein, aber daran halten sich unsere bösen Buben nicht. Ihnen kann ichs ja sagen, wenn Sie es nicht weitererzählen. Im Literaturarchiv ist jemand ermordet worden.«

»Tatsächlich? Wer denn?« Rieker gab sich ahnungslos. Vielleicht würde Zorn ihm noch ein paar Einzelheiten verraten.

»Dietmar Scharf, der Mann der berühmten Dichterin, die im Schlosskeller gelesen hat. Durchbohrt von einigen Pfeilen aus diversen Armbrüsten. Wilhelm Tell lässt grüßen.«

»Wilhelm Tell?« Rieker fand seine Rückfrage naiv und hätte sich auf die Zunge beißen können.

»Sagen Sie bloß, Sie kennen die Story nicht, Rieker. Das ist Schiller für Anfänger, das sind Basics. Hören Sie mal!«

»Ja, natürlich kenne ich den Tell, aber das Ganze hört sich …«, Rieker kam ins Stottern, »… so unglaublich für unser kleines Städtchen an.«

»Na, da mögen Sie recht haben. Das wird bestimmt der Aufmacher auf der ersten Seite bei uns morgen. Obwohl Ihre kleine Einlage beim Kreisparteitag auch nicht schlecht war.«

»Gut, mein lieber Zorn, das war bestimmt nicht so toll von mir, aber man sollte es vielleicht nicht so aufbauschen – zumal Herr Steinhorst und ich uns inzwischen wieder vertragen und es in unserem Interesse liegt, die Sache bereinigt in die Öffentlichkeit zu geben. Sie sind doch auch FPU-Mitglied in Ihrem Wohnort draußen im Rems-Murr-Kreis?«

»Na, na, Herr Bürgermeister, immer schön langsam. Sie verlangen da ganz schön viel von mir. Es hat doch jeder gesehen, dass Sie und Steinhorst buchstäblich miteinander gerungen haben. So etwas spricht sich wie ein Lauffeuer herum. Bestimmt weiß das schon ganz Marbach.«

»Alles Schnee von gestern«, argumentierte Rieker, »aber damit Sie Ihre Exklusivgeschichte haben. Steinhorst und ich vertragen uns wieder, wir würden das auch ganz gerne nach außen dokumentieren und heute noch zu Ihnen in die Redaktion kommen, dann machen wir ein nettes Shakehands-Bild, und alles ist wieder gut. Wir wollen doch auch weiterhin effektiv miteinander zusammenarbeiten, oder?«

Zorn schwieg, er schien zu überlegen. Dann sagte er: »Okay, wir drucken beides, den Streit und die Versöhnung. Dafür erwarte ich von Ihnen einen erheblich besseren Informationsfluss aus den nicht öffentlichen Sitzungen als bisher. Kann ich mich darauf verlassen?«

Rieker jubelte innerlich. »Natürlich, so können wir verbleiben.« Er hatte ein gutes Gewissen. Was die Zukunft bringen würde, lag schließlich in seinem Ermessen. Sie verabredeten sich auf 15 Uhr und luden Steinhorst ebenfalls dazu ein.

Melanie Förster musste sich beeilen, rechtzeitig ins Art-Hotel zu kommen. Es ging auf 10 Uhr zu, und es war fraglich, ob Utz Selldorf dort noch logierte. Sie parkte den Wagen ein Stück weiter weg vor einem Kino. Sie hatte sich dort einmal einen Film angesehen. Zwar mochte sie die Holzstühle nicht, die der Kinoverein verwendete, doch bewunderte sie das Engagement der Vereinsmitglieder, die das leer stehende Gebäude in Eigeninitiative wieder umgebaut hatten. Im Marbacher Kurier hatte es eine monatelange Debatte darüber gegeben, ob das wirtschaftliche Risiko nicht zu groß sei. Sogar ein Landtagsabgeordneter hatte sich aufgrund eines Wirtschaftsgutachtens eingeschaltet, aber auch seine Zweifel an dem Projekt konnten die Mitglieder des Kinovereins nicht daran hindern, das Lichtspielhaus neu zu eröffnen.

Im Art-Hotel traf Melanie Förster einen Mann, der es eilig hatte und an ihr vorbeigehen wollte.

»Herr Selldorf?«, fragte sie ihn. Der Mann schaute sie überrascht an.

»Ja. Was gibts denn?«

»Förster, Mordkommission.« Sie hielt ihm ihren Ausweis vor die Nase. »Ich muss Ihnen einige Fragen stellen.«

Der Mann setzte den Koffer ab und blickte auf seine Armbanduhr. »Na, dann aber schnell. Ich muss pünktlich in Frankfurt sein.«

»Wohin wollen Sie denn so schnell, Herr Selldorf?« So leicht ließ sie sich nicht abwimmeln, sie stellte sich ihm breitbeinig in den Weg.

Selldorf schaltete einen Gang zurück. »Ich habe einen wichtigen Geschäftstermin, aber Sie haben recht. Schönen Frauen sollte man nicht einfach den Rücken kehren – also bitte, setzen wir uns doch für einen Moment an die Hotelbar, da können wir in Ruhe reden.«

Melanie Förster gefiel der Vorschlag. »Gerne doch.«

Die Kommissarin knüpfte an sein Reiseziel an: »Frankfurt – dort gibt es ein privates Literaturarchiv vom Verlag Fischermann. Weiß man schon, ob es das Rennen um Erika Scharfs Nachlass macht?« Sie war gespannt auf seine Reaktion.

»Alles scheint ziemlich offen zu sein«, sagte er. »Ich denke, Frau Scharf pflegt zu beiden Häusern ein gutes Verhältnis.«

Sehr diplomatisch, dachte Melanie Förster. Sie wollte das Versteckspiel noch ein bisschen weitertreiben. »Für solche schwierigen Entscheidungen soll es ja Berater geben.«

Selldorf lächelte. »Gewiss. Das ist mein Job. Ich berate Schriftsteller, Institute, aber auch private Sammler und Auktionshäuser in diesen Fragen.«

»Beraten Sie auch Erika Scharf?«

»Ja, doch. Wir haben das ein oder andere Gespräch über ihren Nachlass geführt.«

»Wusste ihr Mann, Dietmar Scharf, von Ihren Gesprächen?«

»Ich nehme es doch an. Ich meine, Eheleute sollten sich über wichtige Dinge unterhalten, oder?«

Melanie Förster spürte, dass dieser Mann mehr wusste, als er ihr verriet. Sie nahm sich vor, hartnäckig weiterzubohren. »Warum sind Sie in Marbach?«

»Beruflich bedingt, wie Sie sich denken können. Das Literaturhaus in Stuttgart ist ein hervorragender Treffpunkt, um Kontakte zu pflegen. Außerdem hatte ich im Marbacher Literaturarchiv noch einiges zu besprechen.«

»Mein Kollege Peter Struve hat Sie mit Sven Dollinger gesehen. Was haben Sie mit ihm besprochen?«

Utz Selldorf nippte an seinem Mineralwasser, um Zeit zu gewinnen. »Nun, es gibt einige Projekte, an denen ich arbeite und von denen er wissen sollte.«

»Projekte?«

Utz Selldorf schaute auf seine Armbanduhr und zog die Mundwinkel nach unten. »Ja, Projekte. Sie müssen sich das so vorstellen: Als Agent für Nachlässe schaue ich eigentlich ständig auf 10 bis 20 Sanduhren – ist mal wieder eine abgelaufen oder läuft bald eine ab, werde ich aktiv.«

Melanie Förster verstand. Sie trank einen Schluck Mineralwasser und blickte ihrerseits auf die Uhr. »Wissen Sie eigentlich schon, dass die Sanduhr von Erika Scharf abgelaufen ist?«

Utz Selldorf stutzte und die Kommissarin schaute ihn prüfend an. »Sie scheint an der Überdosis eines Schlafmittels gestorben zu sein.«

»Das ist kaum zu glauben. Hat sie sich das Leben genommen?«

»Wir prüfen das gerade.« Sie schwiegen einige Sekunden. »Haben Sie während Ihres Aufenthaltes in Marbach Kontakt zu ihr gehabt?«

Selldorf schien nachzudenken. Er war sich wohl nicht schlüssig, wie viel er von seinem Wissen preisgeben sollte. Er versuchte deshalb, so allgemein wie möglich zu bleiben.

»Na ja, eigentlich wollten wir uns am Freitagabend unterhalten, aber da gings nicht. Die Lesung dauerte länger als geplant. Und ein junger Journalist verwickelte sie in ein Gespräch.« Der Literaturagent holte seinen Terminkalender heraus und klappte ihn auf. Melanie Förster erkannte bei den verschiedenen Notizen rot markierte Uhrzeiten, hinter denen Namen standen. Selldorf zeigte mit der Spitze seines Stiftes auf den Samstag. »Gestern wollten wir uns treffen, aber es ist ihr anscheinend etwas dazwischengekommen, sodass wir nicht mehr miteinander gesprochen haben.« Warum Erika Scharf nicht mehr mit ihm telefoniert hatte, war ihm immer noch schleierhaft.

Melanie Förster ließ nicht locker. »Ein Geschäftsmann wie Sie lässt sich doch nicht so einfach vom Ziel abbringen. Haben Sie gestern nicht versucht, sie zu erreichen?«

Selldorf lächelte verkniffen. »Sie dürfen mich nicht für aufdringlich halten. Pietät und Einfühlungsvermögen sind in meinem Beruf der Schlüssel zum Erfolg.«

Mit solchen Floskeln ließ sich die Kommissarin nicht abspeisen. »Was haben Sie gestern Abend gemacht, so ab 20 Uhr?«

Der Literaturagent trank den Rest seines Wassers aus. »Tja, was soll ein Handelsreisender wie ich schon groß machen, wenn er in einer fremden Stadt ist? Ich bin ins Kino gegangen, gleich nebenan, da laufen ja ständig Literaturverfilmungen. Sven Dollinger hat mir das kleine Programmkino ans Herz gelegt – zwar noch alles voll mit Holzstühlen, aber den Zauberberg von Thomas Mann wollte ich schon lange mal wieder anschauen.«

In der Tat hatte Selldorf umdisponiert, nachdem er Erika Scharf nicht mehr erreicht und vergeblich vor dem Restaurant am Cottaplatz auf sie gewartet hatte.

»Wann endete der Film und was haben Sie danach getan?«

»Das war gegen 23 Uhr, es war noch jemand von der Filmakademie Ludwigsburg da, der über ein mögliches Remake unter heutigen digitalen Bedingungen gesprochen hat. Ich wollte dann noch etwas trinken und bin runter zur Bahnhofskneipe gegangen. Da war aber nicht mehr viel los. Ein, zwei Drinks, und ich bin zurück ins Hotel.«

»Wann war das?«

»So gegen Mitternacht. Fragen Sie den Nachtportier, er wird sich an mich erinnern. Hab selbst mal auf diese Weise meine Brötchen verdient. Wir haben noch zusammen etwas getrunken und ein bisschen Schach gespielt.«

»Und wann sind Sie schlafen gegangen?«

»Das war gegen 2 Uhr.«

Melanie Förster hatte genug erfahren. Auch für den Freitagabend gab Selldorf an, beim Nachtportier gewesen zu sein. Sie hätten die halbe Nacht Schach gespielt. Stimmte das, kam Selldorf für den Mord an Dietmar Scharf ebenso wenig infrage wie für den zweiten Mord. Natürlich hätte er die Selbstschussanlage vorher selbst montieren können, aber dann hätte er im Besitz eines Schlüssels für den Keller des Literaturarchivs sein müssen. Dafür aber fehlten bis jetzt konkrete Hinweise. Sie ließ sich seine Personalien geben, er überreichte ihr seine Karte mit allen Telefonnummern, für den Fall, dass Sie noch Fragen hatte.

»Noch etwas«, sagte sie, als er schon den Koffer in der Hand hatte. »Wer bekommt jetzt eigentlich den Nachlass von Erika Scharf?«

Utz Selldorf lachte. »Um ehrlich zu sein, ich weiß es nicht – fragen Sie doch Herrn Dollinger, und natürlich die Erben.«

11

Luca Santos wachte an diesem Sonntagmorgen gegen 9 Uhr auf. Er hatte schlecht geschlafen. Julia fehlte ihm, aber es war schon in Ordnung, dass sie mal bei einer Freundin übernachtete. Er würde sie später anrufen, damit er sie nicht weckte. Trotzdem schmeckte ihm das Frühstück an diesem Morgen nicht. Dieser Schäufele kam ihm unheimlich vor. Welches Geheimnis hütete der seltsame Kauz? Es war jedenfalls schwer dahinter zu kommen. Zu dumm, dass er ihm gestern auf der Toilette begegnet war. Luca überlegte, ob er sein Wissen der Polizei weitergeben sollte. Noch hatte er aber nichts Konkretes, er brauchte Beweise. Dazu müsste er mehr über den Mann wissen. Hatte nicht Derwitzer einiges über ihn erzählt? Vielleicht konnte er mit seiner Hilfe noch mehr herauskriegen. Santos griff zum Hörer, eine Stunde später saß er Derwitzer im I-Dipfele gegenüber.

Ohne Umschweife kam Santos auf den Punkt. »Du, Siegfried, was weißt du eigentlich über den Schäufele aus dem Literaturarchiv?«

Der Angesprochene biss genüsslich in sein Schokocroissant, das er sich zusätzlich dick mit Butter bestrichen hatte.

»Der Schäufele, der hats dir angetan, was?«, fragte er und lachte. »Ich kann gar nicht verstehen, dass der unscheinbare Bibliothekar dich interessiert. Ehrlich gesagt habe ich noch nie solch einen humorlosen und militant-egozentrischen Typen erlebt. Und das im Literaturarchiv, wo sonst wirklich nette Menschen arbeiten.«

Siegfried Derwitzer neigte zu Übertreibungen und gestikulierte stets mit seinen Händen, als ob er Gemälde der wilden Art malen würde. Er erzählte von einigen ärgerlichen Begegnungen mit Schäufele, bei denen er fast nie das bekommen hatte, was er im Archiv gesucht hatte. Derwitzer nahm sein Glas mit dem Orangensaft und trank es in einem Zug leer, als ob er den Frust über die unangenehmen Erinnerungen hinunterspülen wollte.

Luca Santos hatte interessiert zugehört und schaute nun fragend. »Was meinst du eigentlich mit militant-egoistisch?«

Sein Gegenüber schob den Unterkiefer nach vorne und strich sich mit der Hand am Hals entlang, als ob er überlege, überhaupt auf diese Frage zu antworten. »Na ja, ich hab gehört, wie andere sich von ihm bespitzelt fühlten und sich darüber beklagten, dass er fast schon Psychotricks anwendet, um Kollegen in einem schlechten Licht erscheinen zu lassen.«

Von wem er das habe, wollte Luca Santos wissen, aber Derwitzer blockte seine Frage ab. Er habe mit seinen Informanten ständig zu tun und die verrate er nicht.

Santos zeigte Verständnis. Auch er gab die Namen seiner Zuträger nicht preis. »Okay, und was ist mit Schäufele, wo kommt der her?«

Siegfried Derwitzer zuckte mit den Schultern, und

zündete sich eine Zigarette an. »Ich hab gehört, der ist aus dem Osten rübergekommen. So ein bissle hört mans ja auch.« Er grinste.

Santos wollte wissen, wie lange der Archivar schon im Literaturarchiv arbeite.

»Also, ich bin ja koi Reigschmeckter«, sagte Derwitzer, »aber zum ersten Mal aufgefallen ist er mir, als ich anfing, an meinen schwäbischen Geschichten für das ›Literatur-Magazin 68‹ zu arbeiten. Das war 1992.«

Er kommt aus dem Osten, trägt aber einen schwäbischen Namen, dachte Luca Santos und nahm einen Schluck von seinem Cappuccino. Hatte er hier geheiratet und den Namen seiner Frau angenommen, um sich besser einzuleben? Blödsinn. Er musste einfach noch mehr über diesen Mann erfahren.

»Was weißt du noch?«, fragte er Siegfried Derwitzer. Santos hielt sein Gegenüber für ziemlich geschwätzig, aber er konnte bestimmt auch verschwiegen sein. Kurzum, der Jungjournalist hatte keine Wahl: Wenn er weiterkommen wollte, musste er seinen Informanten einweihen. Deshalb zog Santos erneut die Fotografie hervor, auf der Schäufele mit Dietmar Scharf am Abend der Lesung zu sehen war. Scharf blickte auf dem Bild unruhig, als ob es ihm peinlich wäre, mit dem Mann gesehen zu werden. Franz Schäufele dagegen wirkte sehr konzentriert und hatte einen energischen Gesichtsausdruck.

»Du Siggi, ich glaub, mit dem Schäufele stimmt tatsächlich irgendetwas nicht«, sagte Luca Santos.

»Ha, das überrascht mich net«, lachte der und blickte seinen Gesprächspartner neugierig an. »Na, dann schieß mal los.«

Luca erzählte ihm von dem Mord an Dietmar Scharf. Er zeigte die Fotografie und berichtete von seinen Beobachtungen am Schützenheim in Affalterbach.

Fasziniert hörte Derwitzer zu. »Ha, das ist ja ein richtig heißer Streifen, in dem du da mitmischst, Luca.«

Auch wenn Santos es sich nicht eingestehen wollte: Es tat gut, das mal von jemand anderem zu hören, nachdem er bisher darüber geschwiegen und auch seinen Redaktionsleiter von den neuen Entwicklungen nicht unterrichtet hatte. Er war sich nicht sicher, ob er überhaupt schon etwas über den Stand seiner eigenen Recherchen schreiben sollte. Derwitzer empfahl ihm, zur Polizei zu gehen, aber Luca wollte sehen, wie weit er im Alleingang kam.

Julia hatte von Luca geträumt. Er stand auf einer Bühne im Gottlieb-Daimler-Stadion. Er spielte Gitarre und die Fans kreischten. Es waren nur 13- oder 14-jährige Mädchen, und sie trugen T-Shirts, auf denen das Gesicht von Ralf und Hartmut abgebildet waren. Und sie selbst stand mitten im Pulk, Hunderte von Metern entfernt. Sie fühlte sich einsam und von Luca getrennt und wäre am liebsten zu ihm auf die Bühne geklettert. Aber sie kam nicht vorwärts. Die Fans bildeten eine dichte Kette, ihre Beine fühlten sich schwer und unbeweglich wie Betonpfeiler an, und als sie wieder auf die große Videoleinwand blickte, um Lucas Gesicht zu sehen, da war er weg, wie vom Erdboden verschluckt. Julia geriet in Panik und wachte auf. Es war mitten in der Nacht, Caroline schlummerte tief und fest. Zwar schlief sie dann auch irgendwann wieder ein, doch spürte sie beim Aufwachen immer noch die

Traurigkeit in sich. Am Frühstückstisch erzählte Julia der Freundin von ihren nächtlichen Gefühlen. Caroline versuchte sich grinsend an einer Interpretation: »Vielleicht solltest du mehr Musiker kennenlernen, um deine Träume zu leben.«

Das stimmte. Julia hatte ja wirklich das Gefühl, dass in ihrem Leben flippige Aktionen zu kurz kamen. Vor ein, zwei Jahren war sie mit Luca noch zum FKK-Strand an einen See in der Nähe von Vaihingen gefahren. Aber in diesem Sommer kannte er nur die Arbeit für diese Zeitung. Und jetzt umgarnte sie dieser Ralf – mit einem Charme, der sie ziemlich verzauberte. Sie wollte es sich nicht eingestehen, aber er war ihr Typ. Auch Luca war ihr Typ, zumindest wenn er da war. Julia musste lachen und verschüttete prustend die halbe Ladung Milchkaffee aus ihrer vollen Tasse.

Plötzlich klingelte ihr Handy. Das Display meldete einen unbekannten Anrufer. Sie hatten sich für heute nichts vorgenommen, aber sie wusste, dass Luca eigentlich frei hatte – was nichts bedeuten musste, denn der Marbacher Kurier brauchte eigentlich zu jeder Tag- und Nachtzeit Reporter. Eine Erfahrung, die sie leider schon viel zu oft hatte machen müssen. Einmal hatten abends draußen die Sirenen geheult, als sie die Zweisamkeit genießen wollten. Luca zögerte keine Sekunde, sprang zum Handy, rief bei der Feuerwehr an, streifte seine Jeans über und fuhr los. Am Ende stellte sich heraus, dass der vermeintliche Großbrand beim örtlichen Hauptindustriellen an der Erdmannhäuser Straße lediglich ein harmloser Kurzschluss mit geringer Rauchentwicklung war. Stinksauer war sie damals, aber auch das hatte sie ihrem

Geliebten verziehen, der ihr immerhin einen Strauß Gladiolen vom Termin mitbrachte.

»Ich bins«, hörte sie eine Stimme am Telefon, die nach Ralf klang.

»Hallo, Ralf«, sagte sie. »Woher hast du meine Nummer?«

Ralf hatte die Nummer von Caroline. Aber das wollte er nicht verraten. »Och, ich dachte, es ist okay, wenn ich sie vorsichtshalber einspeichere, gestern war es so dunkel.«

Caroline blickte etwas verlegen über den Frühstückstisch.

Julia musste schmunzeln.

»Habt ihr alles im Griff da draußen in Höpfigheim?«

»Ja, klar. Jeder Griff ist ein Riff«, scherzte Ralf. »Wir haben uns auch deshalb beeilt, weil wir diesen schönen Tag nicht ohne eure Gesellschaft ertragen können.«

Sie hörte Hartmut im Hintergrund eine Art Urschrei ausstoßen.

»Wo steckt ihr jetzt?«

»Na, wo schon? Auf dem Weg zu euch, haha.«

Julia zuckte zusammen.

»Sagt mal, seid ihr denn nicht müde?«

»Wie könnten wir müde sein, wenn ihr uns die Nacht habt durchwachen lassen.«

»Alles sehr schön«, sagte Julia, die sich schlagartig wieder an Hartmuts Kotzattacke erinnerte, »aber ihr habt nicht zufällig etwas genommen?«

»Hey, wir sind Abgeordnete der staatlichen Anti-Drogen-Kampagne«, witzelte Ralf. »Die einzige Droge, die bei uns wirkt, seid ihr. Habt ihr heute Lust auf einen Kaffee?«

Julia hatte gewusst, dass er sich melden würde. Hinter seiner coolen Fassade erschien er ihr ziemlich unverbogen. Dann dachte sie an Luca. Ralf sollte kein leichtes Spiel bei ihr haben. Bestimmt war jetzt ein guter Zeitpunkt, ihm die kalte Schulter zu zeigen, um seine Ernsthaftigkeit zu prüfen. Sie zwinkerte Caroline zu und behauptete: »Wir sind aber schon fast weg. Caroline und ich, wir haben heute keine Zeit. Am besten, ihr meldet euch die Woche noch mal.«

Caroline schüttelte energisch den Kopf und blickte grimmig. Julia nickte ihr aufmunternd zu und Ralf brachte kein Wort mehr heraus. Sie selbst dachte schon wieder an Luca. Und daran, dass er hoffentlich bald anrufen würde.

Wenig später war Luca tatsächlich am Apparat. Er könne leider die Verabredung mit ihr nicht einhalten. Ein Pressetermin sei dazwischengekommen. Er sei sich nicht sicher, ob sie sich heute noch sehen könnten. Er arbeite an einem heißen Fall, sie möge ihm verzeihen, nur dieses eine Mal noch. Julia kannte das, und weil sie es kannte, aber ausgerechnet heute sehr persönlich nahm, verabredete sie sich dann doch noch mit Ralf. Denn der würde sich garantiert Zeit für sie nehmen.

Das Mittagessen bestand für Peter Struve aus einem Döner, den er in einem Büro des Marbacher Polizeireviers hastig verschlang. Er hatte Marie gesagt, sie solle die Kartoffelpuffer für den Abend aufheben. Natürlich wäre er gerne bei ihr und seinem Lieblingsgericht gewesen, aber jetzt blätterte er in den beiden vorläufigen Obduktionsberichten, die Littmann höchstpersönlich nach Marbach gebracht hatte. Struve musste beim Gedanken daran, dass sein ungeliebter Kollege aus seiner heiligen Büroruhe geschreckt wurde, grinsen. Sicherlich wurmte ihn dieser unfreiwillige Ausflug. Aber offenbar steckte mehr dahinter. Der Polizeipräsident Hans Kottsieper schickte gerne zusätzlich Leute raus, um die Ermittlungen vor Ort zu verstärken, wenn es sich bei den Ermordeten um Prominente handelte. Wahrscheinlich machte die Presse bereits Druck und wollte Ergebnisse sehen, vermutete Struve. Jedenfalls würde sich die Anwesenheit des Hektikers Littmann nicht gerade förderlich auf seine Nachforschungen auswirken, da war er sich sicher.

Peter Struve warf die Reste der Dönerverpackung in den Papierkorb. Ruhig blätterte er immer noch in den vorläufigen Obduktionsberichten. Er dachte an Sven Dollinger, war sich aber unschlüssig, ob er ihn verdächtigen sollte. Die möglichen Tatmotive des Direktors erschienen ihm nicht stark genug für einen Mord, geschweige denn für einen Doppelmord. Auch der Obduktionsbericht entlastete den Chef des Marbacher Archivs. Erika Scharf war an einer Überdosis Antidopamin-Flavol gestorben. Die tödliche Wirkung war etwa eine Stunde nach der Einnahme eingetreten: also um 3 Uhr morgens. Damit stand fest, dass sie während des Restaurantbesuchs kein Schlafmittel bekommen hatte. Andere Substanzen konnten die Pathologen im Körper der Ermordeten nicht finden. Fest stand aber: Erika Scharf hatte viel getrunken, in ihrem Blut waren 2,5 Promille Alkohol. Struve erinnerte sich an Sven Dollingers Aussage, der Württemberger habe ihr sehr gemundet. Vielleicht hatte er sie ja auch betrunken gemacht. Belastend für Dollinger erschien ihm die Tatsache, dass die Kollegen von der Streife den Mann nicht gehen sehen hatten, als dieser nach eigenen Aussagen angeblich das Hotel verließ. So tappte er im Dunkeln, und es blieb völlig unklar, was Dollinger zur Tatzeit unternommen hatte.

»Also. Sie hatte viel getrunken, der Täter kam mit einer Spritze. So weit, so gut«, murmelte der Kommissar. »Wenn es nicht Dollinger war, wer dann?« Er dachte nach: Es musste jemand sein, der sie im Hotel erwartet oder sie später gezielt aufgesucht hatte.

Er blätterte weiter im Obduktionsbericht. Dann quollen ihm fast die Augen über: »Verdammt noch mal!«, rief er in die Leere des Raums. Hatte ihm nicht Besold gesagt, es gäbe keine Spuren von Gewaltanwendung? Jetzt las er laut, weil er wütend war: »Spuren von Gewaltanwendung sind erkennbar: Dünne Hämatome an den Handgelenken und eine Prellung am Unterkiefer.« Das hörte sich schon anders an. Wütend knallte er den Bericht auf den Schreibtisch. Er wollte schon zum Hörer greifen, um Besold anzurufen, da betrat Littmann mit zwei Pappbechern das Büro.

»Na, kleine Koffein-Gehirnwäsche gefällig, Herr Kollege?«

Mechanisch nahm Struve, in Gedanken immer noch beim Fall, den Kaffee entgegen. »Danke, die Dusche habe ich gerade schon gehabt. Der Mörder von Erika Scharf war offenbar nicht so zimperlich, wie wir gedacht haben.«

Littmann nickte: »Ja, hab ich vorhin auch gelesen, da muss sie jemand im Zimmer besucht und überwältigt haben.«

Struve nahm sich zwei Stück Zucker, die er auf einer Büroablage fand. »Kein Selbstmord, das dürfte jetzt klar sein. Was halten Sie von Dollinger?«

Littmann setzte den Pappbecher ab. »Der knackt keine Türschlösser, aber es kann sein, dass er unter einem Vorwand in ihr Zimmer wollte. Sie hat ihm geöffnet, und voilà, er hatte freie Bahn.«

»Ja, aber warum? Ich traue Dollinger zu, eine Million vor der Steuer in Sicherheit zu bringen, aber das Ding mit der Spritze passt ebenso wenig zu ihm wie diese Armbrust-Geschichte. Okay, eine Betrunkene bewusstlos zu schlagen und eine Spritze zu setzen, ist nicht so schwierig, da gebe ich Ihnen recht. Aber die Apparatur im Kellergang?«

»Na, dann ziehen wir den Kreis mal weiter«, schlug Littmann vor. Er holte einen Bogen Papier aus seiner Mappe. »Wir haben hier eine Liste mit Mitarbeitern, die einen Schlüssel für dieses Literaturarchiv und den Keller der Handschriftenabteilung haben. Es sind rund 20 Personen, darunter keine Vorbestraften.«

»Wir brauchen die DNA dieser Leute, vielleicht deckt sich das mit den Spuren, die der Täter im Hotelzimmer hinterlassen haben könnte.«

»Längst veranlasst«, spöttelte Littmann überlegen. »Vielleicht ergibt sich bis heute Abend ein Befund.«

Struve nickte. »Wir müssen jede Chance nutzen. Im Bericht der Gerichtsmediziner werden Hautreste unter den Fingernägeln der Scharf erwähnt. Ich wette, wir werden fündig.«

»In unserer Computerdatei sind die DNA der Hautreste aber noch nicht vertreten.«

Struve kratzte sich am Kopf. »Das heißt, unser Mann ist bisher noch nicht in Erscheinung getreten, wir sollten deshalb auf jeden Fall die DNA-Codes der Schlüsselinhaber so schnell wie möglich ziehen.«

Littmann nickte. »Ich kümmere mich darum.« Er nahm nachdenklich einen Schluck Kaffee. »Die ganze Sache ist für mich kein Zufall. Das hier ist ein Doppelmord, und ich bin sicher, wir müssen bei unserer Suche tief im Leben der Scharfs buddeln, bevor wir von einem Motiv sprechen können.«

In diesem Moment klingelte das Telefon, Littmann nahm ab.

»Es ist Frau Förster. Sie ist unten im Schießstand und möchte mit uns sprechen.«

»Im Schießstand?« Struve hielt es für einen merkwürdigen Zeitpunkt, die Treffsicherheit zu trainieren, aber er wollte sowieso mit ihr reden. Wunderte er sich doch, dass sie nach ihrem Termin mit Selldorf im Art-Hotel nicht sofort Kontakt mit ihm aufgenommen hatte. Er und Littmann nahmen den Aufzug, sie kamen schnell unten an. Struve rümpfte die Nase, im Keller roch es modrig.

Im Schießstand wartete eine ziemlich gut gelaunte Melanie Förster auf die beiden Kollegen. Extravagant wie ein Pistolen-Girl im Zirkus hielt sie eine Armbrust hoch. »Diese Dinger sind gar nicht so altmodisch wie sie aussehen!«, rief sie und nahm einen Pfeil, den sie geschickt in die Waffe einlegte. Schnell drehte sie sich um, spannte das Gerät und drückte ab. Der Schuss landete in der Mitte einer Zielscheibe aus Stroh, die knapp 50 Meter entfernt war und unter der Wucht des Schusses fast umkippte.

»Gratuliere«, lobte Peter Struve anerkennend. »Sie proben nicht zufällig für die nächste Aufführung des Stuttgarter Polizeitheaters, Frau Kollegin?«

»Nein.« Melanie Förster grinste und zauberte zwei Äpfel hervor. »Möchten Sie auch einen?« Schnell warf sie ihm einen der beiden Elstars zu. Dem verdutzten Struve blieb nichts anderes übrig, als ihn zu fangen.

»Na, Sie werden ihn mir doch nicht auf den Kopf legen wollen.« Herzhaft biss er hinein. Auch sie begann, den Apfel zu essen, während Littmann die Armbrust prüfend betrachtete.

»Wie läuft es bei Ihnen?«, fragte Struve seine Kollegin.

»Dieser Selldorf scheint in der Nachlassfrage dick drinzustecken, aber er lässt wenig raus.«

»Meinen Sie, er könnte etwas mit den Morden zu tun haben?«

Melanie Förster legte ihren halb aufgegessenen Apfel ab. »Er war bis 2 Uhr beim Nachtportier. Schwer vorstellbar, dass er danach noch mal auf Tour gegangen ist. Haben Sie den Obduktionsbericht gelesen?«

»Ja, ja. Machbar war es für ihn, aber es wäre zeitlich knapp. Im Bericht ist der Todeszeitpunkt auf 3 Uhr terminiert. Bis das Mittel wirkt, vergeht eine Stunde.« Struve dachte an die Worte seiner Frau, warum Dollinger nur wegen seiner Sammelleidenschaft morden sollte. Für Selldorf ging es um Geld. Es müsste sich schon um eine große Summe handeln, damit sich ein Doppelmord lohnte. Es sei denn, er hatte im Auftrag eines Dritten gehandelt, dem es vielleicht nicht nur um Dichterpapiere ging. In diesem Fall wäre Selldorf ein gedungener Mörder. Es lag nahe, ihn zu verdächtigen, aber wenn er im Auftrag eines anderen gehandelt hatte, fehlte noch dessen dazugehöriges Motiv.

»Ich glaube, dass wir mit dem Nachlass als Tatmotiv auf einem Holzweg sind«, meinte Struve und warf den abgenagten Apfelgriebs in einen Abfalleimer. »Wenn Dollinger und Selldorf nur Papiertiger wären, würden sie die Spielregeln einhalten. Entweder es steckt bei ihnen noch etwas ganz anderes dahinter oder der Mörder ist aus einem anderen Kaliber.«

Melanie Förster hatte sich hingesetzt und lehnte sich mit der Armbrust in der Hand lässig zurück. »Wissen Sie was? Ich sehe es mittlerweile genauso. Wir sollten mit unseren Überlegungen ganz von vorne anfangen.«

Peter Struve setzte sich hin. Er versuchte, sich ein Lächeln abzuringen. Es fiel ihm nicht schwer, den Vorschlag der Kollegin zu akzeptieren. Im Gegenteil. Ihre direkte Art gefiel ihm. Er war gespannt, welche Idee sie mitzuteilen hatte. »Warum sind wir eigentlich hier unten?«, fragte er sie.

»Es gibt ein paar Neuigkeiten. Diese Waffen sind Unikate. Sie werden nur von zwei oder drei Firmen in Deutschland hergestellt. Aufgrund von Beschreibungen im Internet konnten die Ballistiker das Baujahr der Modelle feststellen, die für den Bau der Selbstschussanlage verwendet worden waren: 1995.«

Sie zeigte den beiden Kollegen eine leichte Kratzspur am Griff der Waffe. »Da war mal ein Metallplättchen oder etwas Ähnliches drauf. Unsere Leute konnten an dem verkratzten Holz den Abdruck einer winzigen 95 rekonstruieren. Es muss sich um eine Jahreszahl handeln, wie der Vergleich mit anderen Armbrüsten dieser Art ergeben hat. Außerdem schreibt das Waffengesetz vor, dass sich die Besitzer von Armbrüsten registrieren lassen müssen.« Auch das hatte die Kommissarin überprüft. Sie hielt eine Liste in der Hand. »In unserer Gegend hat nur der Schützenverein Affalterbach einen Bestand solcher Waffen. Das Interessante ist, dass sie alle aus dem Jahr 1995 stammen. Damals hat es offenbar ein Team gegeben, das in einer speziellen Liga an Wettkämpfen teilnahm.

Peter Struve schlug mit der Faust auf den Tisch. »Na, das nenn ich Schwabenfleiß. Frau Förster, das ist endlich etwas Konkretes, da machen wir weiter.« Zwar traute er der Spur noch nicht so ganz, wahrscheinlich hatte der Schützenverein überhaupt nichts mit den Mordwaffen zu tun. Eine Verbindung zum ersten Mord würde sich nur ergeben, wenn jemand aus dem Schützenverein etwas mit dem Deutschen Literaturarchiv zu tun hatte, oder die Waffen an einen Archiv-Mitarbeiter verkauft worden waren. Trotzdem, das war besser als nichts. Führte die Spur zum Täter, würde der sich schwarz ärgern, einen derart deutlichen Hinweis gegeben zu haben. Struve wandte sich nochmals betont freundlich an Melanie Förster: »Sehr gut. Sie haben uns möglicherweise entscheidend weitergebracht.«

Struve hatte im Marbacher Kurier von einem Tag der offenen Tür beim Schützenverein Affalterbach gelesen. »Darf ich Sie zu einer Tasse Kaffee bei den Schützen am Apfelbach einladen?«, fragte er die Kollegin, die eifrig nickte. Und Littmann bat er: »Könnten Sie alle möglichen Informationen über diesen Armbrust-Betrieb aus dem Internet ziehen? Vielleicht gibt es interessante Aspekte.«

Littmann schaute unwillig, freute sich dann aber doch,

wieder in sein Büro zurückkehren zu können, wo er seine Ruhe hatte. »Okay, mach ich, Herr Kollege. Viel Spaß beim Kaffeetrinken.«

Das Mittagessen mit Paula und den Kindern schmeckte Norbert Rieker nicht. Das lag nicht an den durchaus würzigen Linsen mit Spätzle und Saitenwürstle, die es gab. Zu viele Gedanken schossen ihm durch den Kopf. Sein Verstand sagte ihm, er müsse mit Gianna Schluss machen. Ihr und ihrem Handschriftenhändler gehörte das Handwerk gelegt. Aber er hatte selbst Fehler begangen. Er trank gerade zum Nachtisch einen leckeren Grappa, als ihm die Handschriften einfielen, die er Selldorf in den Koffer gesteckt hatte. Das war vor einer Stunde, und er hatte immer noch nicht die Polizei angerufen. Wenn er jetzt Alarm schlug, würde ihn die Polizei innerhalb der nächsten Stunde fassen. Unwahrscheinlich, dass er bis dahin die Handschriften entdeckt hätte. Was wäre, wenn die Polizei Selldorf damit anträfe? Der Verdacht würde wahrscheinlich nicht auf ihn fallen. Was hatte er schon mit dem Literaturarchiv zu tun? Und falls Selldorf erzählen würde, er habe ihn erpresst? Man konnte ihm nichts nachweisen, da war er sich sicher.

Sollte sich doch die Polizei mit der Frage beschäftigen, wie dieser Selldorf an die Handschrift gekommen war. Ein kleiner, anonymer Hinweis würde die Gesetzeshüter schon auf Trab bringen. Er ging zu Fuß zur nächsten Telefonzelle und wählte die Nummer 9000 der Polizei in Marbach.

»Millionendiebstahl im Literaturarchiv«, krächzte er mit vorgehaltenem Taschentuch in die Muschel. »Der

Mann, der die Tell-Handschrift hat, heißt Utz Selldorf, war Gast im Art-Hotel, er ist auf dem Weg zum Frankfurter Flughafen.«

Das musste reichen. Er legte auf, anschließend ging er zum Hotel Schillerhöhe. Zu seiner Überraschung wimmelte es dort von Polizeistreifen.

»Was ist passiert?«, fragte er einen Beamten.

»Das erfahren Sie noch früh genug, gehen Sie bitte weiter«, wies ihn der Polizist an.

»Ich verstehe ja, dass Sie einen Auflauf verhindern wollen, aber ich bin der Bürgermeister und habe ein Recht, es zu erfahren.«

»Natürlich, ach ja, Sie sind Herr Rieker, wenden Sie sich bitte an den Einsatzleiter, er ist da vorne.«

Rieker traf auf Kommissar Struve. Von ihm erfuhr er, dass Erika Scharf in der gestrigen Nacht ermordet worden war – die genaue Tatzeit stand noch nicht fest. Rieker war erschüttert, dass die Tat während seines Aufenthalts in der Bar begangen worden sein könnte. Aber davon wollte er dem Kriminalisten lieber nichts erzählen.

Er beschloss, mit Gianna zu sprechen. Sie war jedoch nicht zu sehen, Rieker suchte sie und fand sie allein in ihrem Büro. Sie wirkte müde und gereizt und trug eine überdimensionierte Sonnenbrille, um sich vor der Helligkeit des Tages zu schützen und ihr übernächtigtes Gesicht zu verstecken.

»Was willst du noch von mir, Norbert?«

»Die Wahrheit, Gianna, es geht mir einzig um die Wahrheit. Was wird in deinem Hotel gespielt?«

»Das siehst du doch. Räuber und Gendarm – jetzt ist mal wieder die Polente dran.«

»Kann es auch Selbstmord gewesen sein? Diese Schriftstellerin galt als schwierig.«

»Was weiß ich!«

»Wer ist Utz Selldorf?«

Gianna Signorini blickte ihn zunächst sprachlos an, schüttelte dann aber den Kopf. »Kenne ich nicht.«

»Kennst du alle Männer nicht mehr, wenn du mit ihnen fertig bist?« Norbert Riekers Mimik verzog sich bösartig.

»Spiel nicht den Beleidigten«, antwortete sie. »Was weißt du von Selldorf?«

»Immerhin so viel, dass du, sagen wir mal, eng mit ihm zusammenarbeitest.« Er nahm sich eine Zigarette aus dem Etui, das vor ihr lag und zündete sie sich an, nicht ohne seinen Blick von ihr zu wenden.

»Wir kennen uns nur flüchtig, er war mal Gast bei mir und hat mit dem Literaturarchiv zu tun«, erklärte sie. »Aber ich bin dir keine Rechenschaft über meine Bekanntschaften schuldig.«

»Natürlich nicht.« Er lehnte sich lächelnd über den Tisch und blies ihr Rauch ins Gesicht. »Wenn ihr beide glaubt, mich fertigmachen zu können, irrt ihr euch gewaltig.«

Er wollte hinausgehen, drehte sich aber, in der Tür stehend, noch einmal um. »Ich an deiner Stelle würde mir überlegen, ob er dich nicht nur benutzt. Gianna, geh in dich! Noch ist es nicht zu spät.«

Gianna Signorini blickte ihm missmutig nach, plötzlich stand sie auf und lief ihm hinterher.

»Warte Norbert, ich muss mit dir reden.«

Rieker drehte sich herum.

»Was?«

»Komm bitte noch mal in mein Büro. Ich muss dir etwas sagen.«

Er erwartete nicht viel. Dennoch ging er mit. Vielleicht gab es Neuigkeiten, die er verwerten konnte.

»Es tut mir leid, dass er dich erpresst hat, er hat mich auch unter Druck gesetzt.« Gianna war den Tränen nahe. Sie kramte ein Taschentuch aus ihrer Krokodilledertasche.

»Womit?«

»Er hat gesagt, wenn ich nicht mitspiele, lässt er seine Freunde von der Mafia kommen.«

»Ha, dass ich nicht lache. Und das hast du ihm abgekauft?«

»Na, du weißt nicht, was in Stuttgart schon alles passiert ist. Einem meiner Vetter, der Pizzabäcker in Botnang ist, haben sie vor acht Jahren ein Ohr abgeschnitten.«

Es schien ihm unwahrscheinlich, dass ein Mann wie Selldorf Kontakte zur Mafia unterhielt. Entweder log er oder die Hoteldame fantasierte. Diesmal würde er sich aber nicht für dumm verkaufen lassen.

»Hör mal, Gianna, ich weiß nicht, was du mir da gerade alles erzählst, aber über eins musst du dir im Klaren sein: Wenn herauskommt, dass Selldorf so geil auf Handschriften ist, dass er dafür die Scharfs umgebracht hat, sieht es auch für dich zappenduster aus.«

12

Wie verabredet, trafen sich Siegfried Derwitzer und Luca Santos an diesem Sonntag erneut. Sie saßen am frühen Nachmittag im Biergarten am Marbacher Neckarufer. Es war heiß, aber die hohen Bäume spendeten ihnen Schatten. Luca war gespannt, was ihnen der Kollege aus dem Deutschen Literaturarchiv über Franz Schäufele erzählen würde. Sie brauchten nicht lange zu warten. Ein älterer, aber immer noch ziemlich drahtig wirkender Mann näherte sich ihrem Tisch. Er mochte 60 Jahre alt sein, er wirkte auf Santos aber durch seine sportliche Figur und sein Outfit mit Jeans und T-Shirt jünger. Siegfried Derwitzer machte die beiden Männer miteinander bekannt. Wie bereits zuvor am Telefon, erklärte Derwitzer dem Mann namens Günter Köchler, dass Schäufele im Verdacht stehe, wichtige Daten aus dem Institut an Unbefugte weitergegeben zu haben und der Journalist Santos diesem Fall nachgehen würde. Dazu bräuchte er aber Hintergrundwissen, vor allem über die Zuverlässigkeit des Mannes.

»Du brauchst keine Angst zu haben, Günter, wir sagen niemandem, dass wir mit dir geredet haben«, versicherte Derwitzer gleich zu Beginn.

Offenbar duzt er jeden, dachte Luca Santos. Er musste unweigerlich schmunzeln, was Köchler wohl als freundliches Lächeln auffasste, denn er blickte mit einer natürlichen Freundlichkeit zurück.

»Nein, Angst habe ich gar nicht, sonst würde ich mich nicht mit euch treffen und auch nichts erzählen«, erwiderte Köchler ein wenig trotzig. Wie sich später herausstellte, hatte er in derselben Abteilung wie Schäufele gearbeitet. Weil er sich um seine pflegebedürftige Mutter kümmern wollte, war er aber vor zwei Jahren in Frühpension gegangen. Ins Literaturarchiv ging er noch manchmal, um mit den ehemaligen Kollegen zu plauschen.

»Was hat der Schäufele denn auf dem Kerbholz?«

»Wir dürfen dir nichts verraten«, bedauerte Derwitzer. »Du könntest sonst auch in Schwierigkeiten geraten.«

»Aha, aha.« Köchlers Neugierde war geweckt. »Tja, müssen ja weltbewegende Dinge sein. Na, zum Glück bin ich schon zwei Jahre draußen. Was wollt ihr denn wissen?«

Jetzt schaltete sich Santos ein. »Wir interessieren uns dafür, wie Franz Schäufele im Kollegenkreis so zurechtkam. Ist er zu Ihrer Zeit beliebt gewesen?«

»Beliebt? Ein Säckel war er, entschuldigen Sie den Ausdruck, aber er war echt ein granatenmäßiges Kollegenschwein.« Köchlers Miene hatte sich verfinstert. Siegfried Derwitzer ging zur Theke, um das Bier zu holen, das zu einem flüssigen Gedankenaustausch beitragen sollte. Luca blickte seinen Gesprächspartner erwartungsvoll an.

Der lehnte sich zurück und begann zu erzählen: »Schäufele kam gleich nach der Wende aus dem Osten, das war 1990, er hieß damals noch Tietze.« Köchler hustete leicht, fing sich aber sofort. »Dann hat er unsere Maja Schäufele geheiratet, eine Kollegin, sehr beliebt, hübsch. Was die an ihm gefunden hat, weiß ich nicht, Schäufele war 20 Jahre älter. Gut, er wirkte ziemlich drahtig, aber wir haben uns alle ganz schön gewundert – nun, die Sache ging schon nach einem Jahr in die Brüche, warum, wissen wir ebenfalls nicht. Die Maja hat in ein anderes Archiv nach Wolfenbüttel gewechselt. Wir haben nie wieder etwas von ihr gehört. Seitdem hat Schäufele eigentlich alle um ihn herum mit seiner launischen Art schikaniert.«

»Wie hat er sich denn konkret verhalten?«, wollte Santos wissen.

»Ach, er hat alles Mögliche angestellt. Ersparen Sie mir die Einzelheiten. Es war einfach unangenehm, mit ihm zu tun zu haben. Das haben alle gesagt. Von ihm ging etwas Zynisches aus, er machte seine Witzchen, man hat vielleicht mal mitgelacht, aber irgendwie hat man gemerkt, dass er nicht zufrieden war. Das hat uns allen zu schaffen gemacht.«

Siegfried Derwitzer brachte das Bier. »Na, Ihr schaut aber ernst drein. Trinkt erst mal einen Schluck. Prost!«

Sie ließen sich das Bier schmecken. Luca war es recht, denn er wollte nicht alle Details des zerrütteten Kollegenverhältnisses kennen. Ihn interessierte viel mehr, etwas über Schäufeles Vergangenheit in der DDR zu erfahren.

»Ich weiß nicht, er hat uns wenig erzählt«, bedauerte Köhler. »Ich glaube, er hatte das ganz einfach abgehakt.«

»Wie erklären Sie sich seine Schweigsamkeit?«, fragte Santos.

»Ach, wir waren ja alle rücksichtsvoll und wollten bloß nicht in die Wessi-Ossi-Kerbe hauen. Deshalb haben wir nicht weitergebohrt, wenn er dann sagte, das sei alles Schnee von gestern.«

Luca Santos bekam in dem Gespräch nichts anderes zu hören. Franz Schäufele, geborener Tietze, hatte es offenbar verstanden, an anderer Stätte mühelos eine neue Identität aufzubauen. Warum er eine Aura der Geschichtslosigkeit um seine Person schuf, blieb unklar. Santos merkte, wie ihm die Zeit davonlief. Er war sich fast sicher, dass Schäufele etwas mit den Morden zu tun hatte. Er fragte sich, was in dem Geräteschuppen in Affalterbach versteckt war. Er wollte dort ein bisschen herumschnüffeln. Der Tag der offenen Tür bot einen gewissen Schutz. Notfalls konnte er sagen, dass jemand ihm den Tipp gegeben hatte, für einen Zeitungsbericht mal hinter die Kulissen zu blicken. Irgendeine Ausrede würde ihm schon einfallen. Santos verabschiedete sich von den beiden Männern, stieg in seinen Wagen und fuhr los.

Zur selben Zeit saß Franz Schäufele allein in seiner Wohnung. Er schaute mit ernster Miene aus dem Fenster. Sein Blick fiel auf ein Schwarz-Weiß-Foto, das er auf dem Fenstersims in der Küche aufgestellt hatte. Er nahm das Bild in die Hand und betrachtete das abgelichtete Kindergesicht lange.

»Mensch, mein Kleiner, Kurt, was hätte aus dir noch alles werden können«, murmelte er, senkte traurig seinen Kopf und schlug mit der Faust wütend auf den Tisch. Hart und ungebremst. Aber das würde seinen Neffen auch nicht wieder lebendig machen. Schäufele schluchzte und sank in sich zusammen. Traurig stellte er das Bild an seinen Platz zurück, nahm ein Taschentuch und schnäuzte hinein.

»Verdammter Mist!«, fluchte er mit fester Stimme. Dann holte er aus einer Schublade einen Revolver und spielte mit ihm. Schäufele legte drei Patronen hinein und drehte an der Trommel, wie beim russischen Roulette. Er drückte jedoch nicht ab, sondern öffnete jedes Mal die Trommel. Immer lugte eine Patrone hervor und fiel aus dem Magazin – drei Mal in Folge. Schließlich legte er den Revolver weg. Er lächelte selbstzufrieden und blickte zu dem Kinderbild.

»Es wird alles gut, Kurt, hab keine Angst, ich mach das schon für dich.«

Schäufele zog ein Buch aus einem Regal. Es war Wilhelm Tell. Ein listiges Lächeln huschte über sein Gesicht. Laut las er Passagen vor, bei denen es um den Tyrannenmord ging.

»Vater, hier ist der Apfel, wusst ichs ja, Du würdest deinen Knaben nicht verletzen.« Schäufele nahm einen Schluck Cognac aus einem Flachmann und blätterte weiter. Er stellte sich wieder ans Fenster und rief:

»So will ich Euch die Wahrheit gründlich sagen: Mit diesem zweiten Pfeil durchschoss ich – Euch. Wenn ich mein liebstes Kind getroffen hätte. Und Eurer – wahrlich hätt' ich nicht gefehlt.«

Wieder nahm Schäufele einen kräftigen Schluck. Seine Augen glänzten, der Schweiß stand ihm auf der Stirn. Wütend schlug er jetzt gegen den Türrahmen. Drei Mal, vier Mal, bis das Holz knackte und er sich mit schmerzverzerrtem Gesicht die gerötete Hand hielt.

Dann schaute er auf die Armbanduhr. Es war Zeit, zum Fest des Schützenvereins in Affalterbach zu fahren. Er hatte die Schicht von 17 bis 24 Uhr am Zapfhahn des

Bierzeltes übernommen. Er fühlte sich nicht allzu wohl, eigentlich wollte er lieber allein sein, aber er musste dort erscheinen, weil er dem Vorsitzenden sein Wort gegeben hatte.

Franz Schäufele fragte sich, ob er den Revolver mitnehmen sollte. Ein ungutes Gefühl beschlich ihn, man könnte hinter ihm her sein. Der junge Reporter gestern hatte sich in der Nähe des Geräteschuppens herumgetrieben. Er fragte sich, ob er ihm nachgestellt hatte oder ob es ein Zufall gewesen war. Schäufele ging seit seiner Ausbildung beim Staatssicherheitsdienst der DDR immer vom schlechtesten Fall aus und er war damit bisher gut gefahren. Sicher, er hatte über Leichen gehen müssen, damals, vor allem an der Grenze. Als er unter Druck stand und schießen musste, was einige Male vorgekommen war. Warum mussten sich auch so viele Flüchtlinge seinen Streckenabschnitt aussuchen? War es die abschüssige Lage, lag es am nahen Wald oder an der Tatsache, dass ein westdeutsches Dorf in Sichtweite lag und die Flüchtlinge Angst hatten, die DDR-Soldaten würden ihnen an einer weniger bevölkerten Stelle über die Grenze nachsetzen? Wahrscheinlich spielten diese Gründe alle eine Rolle. Und er hatte geschossen. Jedesmal. Aber was hatte er damals schon machen können? Er war jung und unerfahren gewesen, linientreu – und außerdem leicht einzuschüchtern. Seine Vorgesetzten gaben sich als ›harte Hunde‹, ihnen gegenüber wollte er nicht den Eindruck erwecken, als ob er den Dienst dort nicht bewältigen konnte. Er war froh gewesen, als er nach den Einsätzen mit Todesschüssen endlich versetzt wurde. Wahrscheinlich hatte die Stasi ihm wegen seiner Treffsicherheit den Sprung in den Offizierskader des Geheimdienstes ermöglicht. Wie es in ihm aussah, interessierte niemanden. Am Ende auch ihn selbst nicht mehr. Er flüchtete sich in Zynismus und heulte mit den Wölfen, viele Jahre lang. Entschlossen blickte Schäufele jetzt wieder auf die Fotografie von Kurt. Sein Neffe war acht Jahre alt gewesen, als er an der innerdeutschen Grenze erschossen wurde. Er konnte sich noch gut an die Nacht vor 35 Jahren erinnern. Es war neblig damals bei Marienborn. Kaum was zu sehen. Irgendwann schlug der Hund an. Manchmal verirrten sich Rehe in den Grenzanlagen. Wenn die Tiere auf die Minen traten, blieb wenig von ihnen übrig. Furchtbare Anblicke. Schäufele hatte auch Menschen gesehen, die auf diese Weise ums Leben gekommen waren. Bilder, die ihn verfolgten. Abgetrennte Arme, blutüberströmte Körper, gellende Schreie. Manchmal wachte er nachts schweißgebadet auf und schrie selbst. Ja, und dann sah er damals in dieser Novembernacht im Nebel diese drei Gestalten. Vom Turm erfasste ein Scheinwerferstrahl die Gruppe. Er hatte gerufen: ›Halt, oder ich schieße!‹ Wären sie doch stehen geblieben. Aber sie rannten weiter. Weiter in ihr Verderben. Dann der Warnschuss. Und schließlich …

Schäufele stand in der Küche. Er nahm noch einen Schluck Cognac und blickte in das Buch. Es war ihm in all den Jahren zum Wegbegleiter geworden. Denn hier wurde abgerechnet. Hier bewährte sich der Glaube an den langen Atem der Gerechtigkeit. Fast immer stieß Schäufele in Schillers Werken auf einen Satz, in dem er sich wiederfand. »*Von Tell soll keiner ungetröstet scheiden, was ich vermag, das will ich tun*«, las er laut und verspürte Entschlossenheit. Mit einigem Unbehagen las er dagegen weiter: »*Hier könnt Ihr unentdeckt nicht bleiben, könnt entdeckt auf Schutz nicht rechnen – wo gedenkt Ihr hin? Wo hofft Ihr Ruh zu finden?*« Schäufele kannte die Antwort auf diese Fragen, denn er hatte sie dem Hauptschuldigen schon gegeben. Aber er spürte jetzt, es könnte für ihn eng werden. Er nahm seinen Revolver und steckte ihn mit dem Schalldämpfer ein. Es war jetzt 15 Uhr, und er konnte sich noch ein wenig auf dem Fest umsehen, bevor sein Dienst dort begann. Er musste auf der Hut sein. Lebend sollten sie ihn nicht bekommen.

Nur eine Kerze brannte in dem abgedunkelten Zimmer. Gianna trug lediglich ein Badetuch, das sie sich um ihre schlanken Hüften gewickelt hatte. Nur ein kleiner Knoten hielt das provisorische Konstrukt vor ihren drallen Brüsten zusammen. Rieker lüftete mit einem sanften Ruck das Geheimnis. Nackt standen die beiden vor dem großen Wandspiegel, hinter dem ein schmaler Durchgang den Weg zur Spielwiese mit dem großzügig bemessenen Leopardenfell aus Polyester ermöglichte.

»Komm, mein starker Löwe!«, maunzte Gianna, die sich wenig später genüsslich auf dem Tierfellimitat rekelte.

Rieker ließ sich nicht weiter bitten. Er umfasste ihre Brüste und rieb seinen Dreitagebart an ihren Schenkeln, die sie aufreizend auf und ab bewegte. Lüstern gab er sich dem Liebesspiel hin, ohne tiefere Gefühle, ohne Moral und gänzlich ohne Versprechungen. Du liebst sie nicht, dachte er, vielleicht fühlte es sich gerade deshalb so frei an. Ihm wäre sogar egal gewesen, wenn jetzt erneut eine Kamera liefe. Wer weiß, ob seine Karriere, seine Ehe und überhaupt seine bürgerliche Existenz nicht sowieso schon im Eimer waren. Endlose Leere beseelte ihn – er fühlte sich, als ob er in die Tiefe eines ewigen lichtlosen Brunnenschachts fiele. Vielleicht hätte Gianna ihn mit erfüllendem Sex wenigstens an diesem Abend auffangen können, aber ihr Liebesspiel blieb genauso unbeseelt wie sein Lebensgefühl. Und Gianna? Sie wusste nicht, auf welche Karte sie setzen sollte. Einmal mehr mit Rieker im Bett kostete sie wenig Überwindung. Sie sah das Ende ihrer Liebelei kommen, aber vielleicht wollte sie es sich noch nicht eingestehen. Ihr Beischlaf wirkte auf sie beziehungslos, kein zärtliches Miteinander, ihr Sex ähnelte einem Kampf. Sie bissen sich, zerkratzten sich die Haut, bluteten. Eine Extase ohne Tiefe, ein Fühlen ohne Gefühl. Vielleicht ließ sie sich noch auf ihn ein, weil ihr die beiden Morde zugesetzt hatten. Möglich, dass sie sich einfach müde fühlte und Schutz suchte. Riekers selbstgerechte Art widerte sie an, das wusste sie. Trotzdem war sie mit ihm ins Bett gegangen. Sie musste verrückt sein. Sie kam sich abgedreht vor, wie damals, als sie sich jahrelang im Stuttgarter Bohnenviertel den Kapitalstock für ihre Hotelbeteiligung erliebt hatte. Einmal mehr die Beine breit machen für eine Absicherung gegen die Unbilden des Schicksals – für Gianna kein großes Opfer. Rieker würde schon von ihr ablassen, wenn er sich wieder sicherer fühlte.

Der Bürgermeister pumpte wie ein Ochse, in seinem Eros einem liegestützenmotorisierten Rasenmäher gleich, und schon bald hatte die peinliche Nummer ihren plötzlichen Zenit überschritten. Ausgelaugt lag der Liebhaber im Bett, während sie sich schon wieder anzog. Rieker sinnierte bereits über mögliche Redewendungen, mit denen er Zorn die Aussöhnung mit Steinhorst nachher in der Redaktion des Kuriers rhetorisch verbrämen könnte. ›Nur gemeinsam sind wir stark‹, favorisierte er. Oder: ›Vergeben fällt denen leicht, für die Großzügigkeit auch sonst kein Fremdwort ist.‹ Na ja, vielleicht etwas dick aufgetragen, überlegte der Bürgermeister, zumal er kleine Brötchen backen musste. Er würde das Reden vor allem Steinhorst überlassen, der sich bestimmt weniger peinlich in Szene setzen könnte. Er selbst würde sich entschuldigen und darauf anspielen, dass er vorher einen über den Durst getrunken habe und außerdem dringend urlaubsreif sei.

Zur selben Zeit blickte Utz Selldorf auf seine Tanknadel. Er brauchte für seinen Weg nach Frankfurt unbedingt Sprit. Erleichtert sah er das Schild, das ihn zur Raststätte Hockenheim leitete. Selldorf konnte nachvollziehen, dass er aus Sicht der Polizei durchaus zum Kreis der Verdächtigen zählte. Hoffentlich konnte sich der Portier des Art-Hotels noch daran erinnern, dass er bis in die tiefe Nacht hinein mit ihm Schach gespielt hatte. Es käme auf den genauen Todeszeitpunkt von Erika Scharf an. Nachdem er getankt hatte, parkte er vor der Raststätte. Er musste heute noch Kontakt mit diesem Rieker aufnehmen. Selldorf rechnete fest damit, dass ihm der Bürgermeister die Handschrift zu Wilhelm Tell beschaffen würde. Schillers Dramen wurden auf dem freien Markt hoch gehandelt. Und im 250. Geburtsjahr des Dichters waren die Preise erneut gestiegen, wie die kürzlich abgewickelte Versteigerung eines in Südamerika aufgetauchten Fragments von Kabale und Liebe bei Sothebys gezeigt hatte. Auf dem Weg vom Herrenklo streifte sein Blick die Damentoilette. Ihm fiel Gianna ein, diese dumme Kuh, die wohl darauf hoffte, durch die Erpressung an genügend Knete für ihre Kulturbühne zu kommen. Das Geld würde aber nur für ihn reichen, war sich Selldorf sicher. Er löste an der Bar seinen Toilettenbon ein und bestellte sich einen Espresso. Natürlich würde es nicht einfach werden, diese Hotelglucke mit einem Trinkgeld abzuspeisen. Er würde ihr erklären, dass er von seinem Hehler weniger als vereinbart bekommen hätte und es klüger sei, Rieker nicht bis zum letzten Tropfen zu melken, damit er nicht bei der Polizei petzte.

Zwei Männer in grünen Strampelanzügen standen plötzlich hinter ihm.

»Sind Sie Utz Selldorf?«, fragte einer der Polizisten.

»Ja, was gibts denn?«

»Wir müssen Sie bitten, uns zu Ihrem Wagen zu führen. Sie stehen in Verdacht, einen schweren Diebstahl begangen zu haben.«

Sie durchsuchten ihn nach Waffen und brachten ihn nach draußen. Dort hatten bereits weitere Polizisten mit ihren Fahrzeugen seinen Mercedes zugeparkt.

»Geben Sie mir bitte Ihren Autoschlüssel«, wies ihn der Polizist an.

Selldorf rückte mit jovialer Geste den Schlüssel heraus. »Aber nichts kaputt machen, ja?«

»Klar doch, Ehrensache«, versprach der andere Polizist mit schelmischem Blick.

Er öffnete den Koffer, in dem Rieker die Tell-Handschrift deponiert hatte. Wenig später musste Selldorf verblüfft mitansehen, wie das in Plastik verpackte Schriftstück aus seinem Koffer genommen wurde.

»Ich muss Sie bitten, uns nach Stuttgart ins Landeskriminalamt zu begleiten«, wies ihn der Polizist an.

»Was soll das heißen?«, fluchte der Beschuldigte. »Ich habe nichts gestohlen, ich möchte sofort meinen Anwalt sprechen.«

»Dürfen Sie – aber alles zu seiner Zeit«, antwortete der Polizist und legte ihm Handschellen an. »Nehmen Sie jetzt erst einmal in unserem Transporter Platz.«

13

Peter Struve und Melanie Förster saßen in ihrem Dienstwagen und fuhren auf Affalterbach zu. Struve war froh, dass seine junge Kollegin nicht mehr so herumzickte. Sie lachte sogar öfter mal über den einen oder anderen Witz. Dass er auf jüngere Frauen durchaus unterhaltsam wirken konnte, wusste er, doch hätte er es bei Melanie Förster nach dem misslungenen Start nicht mehr für möglich gehalten. Er selbst nahm solche Momente des vertieften Kennenlernens mit der Gelassenheit auf, die er als 20- oder 30-Jähriger noch nicht hatte. Er wusste, er hatte die besten Jahre hinter sich, doch zum alten Eisen zählen wollte er sich noch lange nicht. Die Vorzüge der sich ankündigenden letzten Berufsdekade lagen aber auf der Hand: Ein niedriger Testosteronspiegel half ihm, ein unaufdringlicher Gesprächspartner zu bleiben – und Kriminalfälle mit der nötigen Präzision zu Ende zu führen.

»Frau Förster, ich muss Ihnen ein Kompliment machen«, sagte Struve schmunzelnd. »Sie fahren einen flotten Reifen.«

Das war freilich untertrieben. Der Polizeiwagen, ein Audi, rauschte mit 100 Sachen über die kleine Kreisstraße, vorbei am malerischen Weiler Siegelhausen, am Apfelbach entlang. Das lange, dunkelblonde Haar von Melanie Förster wehte zum Fenster hinaus, sie quittierte die leichtfertige Bemerkung des älteren Kollegen mit einem wissenden Lächeln. »Auch Frauen können Auto fahren und einparken.«

»Oh ja. Suchen Sie uns eine nette, kleine Lücke aus, dann schließe ich die Augen – und werde ...«, Struve schloss nun die Augen und hob die Hand wie ein Dirigent, »... einfach der Sinfonie des unbescholtenen Bleches lauschen.«

Melanie Förster schaute ihn irritiert an, schüttelte ihren Kopf und sagte: »Viel Zeit für musikalische Streicheleinheiten haben wir nicht mehr. Da vorne ist das Schützenheim.«

»Na, prima!«, rief Struve, der die Augen wieder öffnete und sich auf eine Tasse Kaffee freute. »Auf solchen Festen gibt es ja meistens auch ein schönes Stück Erdbeerkuchen.«

»Worauf Sie wetten können, Herr Kollege.« Wieder schüttelte die junge Kommissarin amüsiert den Kopf. Sie gingen gemeinsam zum Buffet, es waren bei herrlichem Sonnenschein viele Besucher da, auf den Bänken gab es kaum einen freien Platz. Struve schaute auf den Erdbeerkuchen, er schwenkte aber im letzten Moment um und wählte ein großes Stück Zwetschgenkuchen. Lächelnd begrub eine, wie Marie sagen würde, ›gut bestückte‹ Helferin des Landfrauenvereins seinen Kuchen unter einem Berg von Schlagsahne. Es ist ja Sonntag, tröstete sich Struve im Stillen, während Melanie Förster mit dem Strohhalm aus der Apfelschorle nippte und dabei unauffällig ihren Blick schweifen ließ. Ach, sie kann so entzückend sein, dachte der Kommissar. Im selben

Moment kam erneut die Landfrau und schenkte ihrem ihrerseits zum Lieblingsgast erkorenen Struve mit einem breiten Lächeln Kaffee nach. »Den brauchen Sie nicht zu bezahlen«, sagte die Mittsechzigerin mit ausholender Gestik, während Melanie Förster schmunzelnd die Augenbrauen hob und ihm zuzwinkerte. Struve war das dann doch ein bisschen zu viel der Herzlichkeit, deshalb ging er zum beruflichen Teil über: »Sagen Sie mal, Gnädigste, wer ist den eigentlich der Boss im Schützenverein?«

Die Landfrau zeigte auf einen Mann mit schütterem Haar und akkurat sitzendem dunkelgrünen Sakko. Er hielt sich mit einigen ebenfalls vornehm gekleideten Männern am Eingang der Schützenhalle auf. »Herr Conradi ist der Vereinsvorsitzende«, informierte die Frau. »Darfs noch ein Stückle Kuchen sein?«

»Nein, danke«, antwortete Struve und bemühte sich, ein Lächeln aufzusetzen, »Meine Frau sagt, ich soll mehr Naturreis und weniger Süßes essen.«

Die Helferin lachte herzlich. »Na, dass Ihnen außer dem Reis auch ein Stückle Kuchen guttut, habe ich gleich gesehen, soll ich Ihnen noch etwas einpacken?«

Der Kommissar schüttelte den Kopf und stand fast fluchtartig auf. »Nein, vielen Dank, ist wirklich nicht nötig.« Gemeinsam mit Melanie Förster ging er auf Conradi, den Vorsitzenden des Schützenvereins, zu, der sie sofort aufgeschlossen begrüßte: »Hallo, was kann ich für Sie tun?«

»Struve, Kripo Stuttgart, das ist meine Kollegin, Frau Förster. Wir müssten Sie mal einen Moment sprechen, Herr Conradi.«

»Oh, ich hoffe, ich habe nichts verbrochen«, antwortete der und lachte, bevor er sich mit den beiden Polizisten in einen kleinen karg eingerichteten Raum zurückzog. Das Zimmer diente offenbar dem Hausmeister als Aufenthaltsort, wie unschwer an einigen herumstehenden Mineralwasserflaschen, einer Garderobe mit blauen Latzhosen sowie Einsatzplänen für die Putzfrauen zu erkennen war.

»Wir möchten mit Ihnen über das Armbrust-Team sprechen«, sagte Struve.

»Das Armbrust-Team?«, fragte Conradi überrascht zurück. »Aber das gibt es doch seit fünf Jahren schon nicht mehr.«

»Ach ja? Erzählen Sie uns mehr darüber«, antwortete Struve. »Wir ermitteln in einem Mordfall, Näheres dürfen wir ihnen dazu noch nicht sagen.«

»Wie, ein Mord? In Affalterbach?« Conradi blickte ihn neugierig an.

»Nein, nicht in Affalterbach, in Marbach.« Struve fasste sich kurz. »Berichten Sie uns bitte jetzt von dem Armbrust-Team.«

»Ist der Mord mit einer Armbrust verübt worden?«

»Ja.« Struve wurde langsam ärgerlich. Er war gewohnt, die Fragen zu stellen.

Conradi bemerkte, dass beim Kommissar der Geduldsfaden riss.

»Na, die Geschichte ist schnell erzählt: Wir hatten 1995 eine Mannschaft mit vier Schützen, wir haben lange überlegt, ob wir die vier überhaupt für den Rundenbetrieb anmelden sollten. Wenn auch nur einer von den Schützen fehlt, hat man gleich ein Riesenproblem, weil man nicht unvollständig antreten darf.«

»Verstehe«, warf Struve ein. Er war erleichtert darüber, endlich eine brauchbare Antwort erhalten zu haben.

»Die Mannschaft gabs auch nur einige Jahre. Dirk Ostholt, das war ein Mitarbeiter beim großen Autoveredler in Affalterbach, der ist dann wieder rüber nach Berlin, wo er herkam. Nach seinem Weggang war dann Schluss.«

Melanie Förster schaltete sich ein: »Sind heute noch Schützen aus dem Team im Verein?«

»Aktiv niemand mehr«, sagte Conradi. »Aber als passive Mitglieder sind zwei noch dabei, die helfen heute auch beim Fest.« Der Vereinsvorsitzende blickte suchend zu den Ausgabeständen.

»Um wen handelt es sich?«, fragte Melanie Förster.

Jemand tippte Conradi auf die Schulter und flüsterte ihm etwas ins Ohr. »Ja, natürlich.« Er blickte hektisch auf seine Armbanduhr. »Sie müssen mich entschuldigen. Ich muss schnell zur Präsentation unserer neuen Bundesliga-Mannschaft. In einer halben Stunde wäre ich wieder für Sie da? Reicht Ihnen das?«

In einer halben Stunde kann sehr viel passieren, dachte Peter Struve, der kurz zu Melanie Förster blickte, die den Kopf schüttelte. Der Kommissar wollte Conradi zurückhalten, aber ihr Gesprächspartner hatte sich schon entfernt. »Mist!«, ärgerte sich Struve, als er den Vereinsboss hinter der Hallentür verschwinden sah. Auch Melanie Förster wirkte unzufrieden. »Warum haben wir ihn gehen lassen? Er hätte uns wenigstens noch die Namen nennen müssen.«

»Zu viel Schlagsahne«, sagte Struve angesäuert, »verklebt das Gehirn.« Er nahm sein Handy und gab den

Namen Dirk Ostholt an Littmann durch. Vielleicht führte das zu neuen Erkenntnisses.

»Ohne die anderen drei Namen kommen wir nicht weiter«, bemerkte Melanie Förster.

»Vielleicht gibt es ja noch eine Art Gerätewart, der uns etwas über die Armbrüste erzählen kann, schauen wir mal«, schlug Struve vor und zeigte auf den Schuppen, der am anderen Ende des Platzes hinter einer Baumgruppe stand. »Was ist das dahinten? Sieht aus wie ein Materialhäusle.«

Sie gingen zu dem Schuppen, der auch Luca Santos interessiert hatte. Sie schauten durch das Fenster und sahen einige hohe Stahlschränke, die ihre Aufmerksamkeit weckten. »Könnte sich lohnen, da mal reinzuschauen«, bemerkte Melanie Förster.

»Sie sind aber auch überhaupt nicht neugierig«, antwortete Peter Struve und holte grinsend seinen Schlüsselbund mit den Dietrichen aus seiner Jackentasche. »Einer wird wohl passen«, murmelte er und bedeutete seiner Kollegin mit einer Kopfbewegung, dass sie an der Ecke des Schuppens Schmiere stehen sollte.

Als er den dritten Dietrich ins Schloss gesteckt hatte, merkte der Kommissar, dass sich ihm jemand genähert hatte. Er drehte sich um und sah Franz Schäufele. »Der Eingang ist eigentlich auf der anderen Seite«, brummte Schäufele mit unbewegter Miene. »Kann ich Ihnen vielleicht behilflich sein?«

»Ach, Herr Schäufele, so ein Zufall«, sagte Struve überrascht. »Was machen Sie denn hier? Wir dachten, Sie würden nur auf die Keller unter der Schillerhöhe aufpassen.«

»Ich bin Sportschütze, Herr Kommissar«, antwortete Schäufele, der sein Gegenüber erst jetzt erkannte. »Entschuldigen Sie, aber ich bin für die Geräte zuständig und muss an solchen Tagen alles im Blick haben.«

»Ja, ja, nur zu – lassen Sie sich durch uns nicht stören. Sie wollten bestimmt gerade selbst hinein, oder?«

»Nein, eigentlich nicht.«

»Dann muss ich Sie bitten, uns die Tür zu öffnen«, sagte der Kommissar mit bestimmtem Unterton.

»Braucht man für so etwas nicht einen Durchsuchungsbefehl? Ich frag nur aus juristischem Interesse.«

»Nicht, wenn Gefahr im Verzug ist.« Struve setzte sein Sonntagslächeln auf.

»Vielleicht kann Ihnen unser Vorsitzender auch weiterhelfen.«

»Der hat jetzt keine Zeit. Würden Sie uns bitte reinlassen?«

»Gerne, aber ich muss erst noch den Schlüssel holen, er ist in einem Schrank im Vereinsheim – ich bin gleich wieder bei Ihnen.«

Struve ahnte, dass Schäufele etwas mit dem Fall zu tun hat.

»Frau Förster wird sie begleiten.«

Schäufele nickte. »Aber gerne doch.«

Inzwischen traf Luca Santos auf dem Parkplatz des Schützenvereins ein. Er stieg aus, seine Blicke schweiften über den Vorplatz. Hier irgendwo könnte Schäufele stecken, dachte er. Ob der seine Schnüffeleien ernst nahm? Er blickte zum Geräteschuppen, dort hielt sich offenbar niemand auf. Jedenfalls fühlte er sich inmitten der vielen

Besucher sicher. Plötzlich spürte er einen harten, kalten Gegenstand im Rücken.

»Keine Dummheiten, da ist ein Schalldämpfer drauf.« Die Stimme klang gepresst. Es war die von Franz Schäufele, wie Santos sofort erkannte.

»Was soll das? Hey?«, rief der Journalist, wurde aber von Schäufele nach vorne gestoßen.

»Los zu dem Wagen da vorne, aber dalli.«

»Es hat keinen Zweck. Es wissen schon zu viele in Marbach, dass Sie Dreck am Stecken haben. Wenn Sie jetzt weitermachen, verschlimmern Sie nur Ihre Lage.«

»Halts Maul, Junge!« Schäufele verstärkte den Druck der Pistole.

Sie hatten fast das Auto von Schäufele erreicht, da hupte jemand freundlich vom anderen Ende des Parkplatzes. Eine 2CV-Ente fuhr heran, Santos erkannte Julia auf dem Beifahrersitz. Sie wirkte etwas reserviert und schaute ihn erschreckt an, während der Fahrer – es war Ralf, dieser Rockmusiker – ihn freudig winkend ansteuerte und offenbar begrüßen wollte.

»Verdammt!«, zischte Schäufele hinter ihm.

Luca bewegte sich nicht. »Tun Sie nichts, was Sie später bereuen würden«, flüsterte er, aber der Mann lachte nur hämisch und zog seinen Revolver hinter dem Rücken von Luca hervor.

»So, jetzt raus da!«, herrschte er Ralf mit vorgehaltener Waffe an.

Der Musiker stieg mit entsetztem Gesicht aus.

»Und du jetzt da rüber ans Steuer«, befahl Schäufele Julia. Sie rückte auf den Fahrersitz, und Schäufele setzte sich neben sie.

»Jetzt hört ihr beiden Armleuchter mal gut her!«, rief Schäufele Ralf und Luca zu. »Diese junge Lady wird mit mir kommen – und ihr beiden haltet dicht, sonst knallts.« Er drückte den Revolver an Julias Körper: »Und du fährst sofort los – aber keine Dummheiten, na los, fahr schon!«

Fassungslos mussten die beiden mit ansehen, wie ihre Freundin hinter einer Wolke aus Schotter und Staub verschwand.

»Wer war dieser Typ?«, fragte Ralf. »Und was soll das, ich blicks gerade nicht.«

Luca kochte vor Wut. »Frag nicht so blöd, Mann, wir müssen die Polizei rufen. Schäufele ist wahrscheinlich ein Mörder, wir müssen die beiden bald finden, sonst steht es schlecht um Julia.«

Ralf kramte sein Handy hervor und wählte die 110. Er übergab das Telefon an Luca, der aufgeregt die Geschichte vom Mord an Erika Scharf und Schäufeles Flucht erzählte. Keine zwei Minuten später standen Peter Struve und Melanie Förster auf dem Parkplatz. Wie sich herausstellte, hatte Schäufele auch die Polizistin mit der Waffe bedroht und in einen Putzraum gesperrt, bevor er floh und dabei auf Luca Santos traf. Der Journalist berichtete nun in groben Zügen, was er von der Entführung und über Schäufele wusste.

»Warum haben Sie uns nicht früher informiert?«, fragte der Kommissar den jungen Journalisten unwirsch. »Das hätte Ihrer Freundin einige Unannehmlichkeiten erspart.«

»Hinterher ist man immer schlauer«, stotterte Santos merklich eingeschüchtert und blickte wütend auf Ralf. »Aber anstatt uns Vorwürfe zu machen, sollten wir Julia helfen.«

»Die Kollegen sind informiert. Wir müssen jetzt erst mal abwarten, er wird ja nicht so einfach weg können, wenn er sich irgendwo eingräbt. Und wenn er mit dem Auto flieht, haben wir eine Chance, ihn zu kriegen. Sein Kennzeichen haben wir ja.«

»Aber er hat Julia!«, rief Luca mit zittriger Stimme. »Wir müssen sie, sobald es geht, da rausholen.«

»Ruhig, junger Mann«, wandte Struve ein. »Schäufele hat überhaupt keinen Grund, Ihrer Freundin etwas anzutun. Sie ist ihm von Nutzen.«

»Haben Sie denn schon Straßensperrungen veranlasst?«, fragte Santos fordernd.

»Ja. Die Kollegen bauen ein Netz auf, aber es ist Sonntagabend, da ist auf den Straßen viel los – ich würde nicht so viele Hoffnungen auf einen schnellen Fahndungserfolg setzen. Wichtig ist, dass wir mit dem Entführer einen Kontakt aufbauen und ihn halten.«

»Der, den sie Entführer nennen, schreckt vor einem neuen Mord bestimmt nicht zurück. Tun Sie was!«

»Hey, jetzt komm doch mal runter.« Ralf versuchte, beruhigend auf Luca einzuwirken. »Im Moment können wir wenig machen.« Er bot ihm eine Zigarette an.

»Ach, geh du weg mit den blöden Glimmstängeln. Wenn Julia nicht mit dir rumgegondelt wäre, hätte sie jetzt nicht diese Schwierigkeiten!«, brüllte Santos und stieß ihn zurück.

»Halt, stopp, so gehts nicht!«, rief Melanie Förster und stellte sich zwischen die beiden. »Es wäre für unsere Arbeit nützlicher, wenn Sie ruhiger werden, Herr Santos«, sagte die Kommissarin. »Sie können uns durchaus behilflich sein. Überlegen Sie mit uns, wohin Schäufele jetzt fahren könnte. Er kann nicht nach Hause, er wird vermutlich wegen der Fahndung nicht auf der Straße bleiben wollen. Gibt es einen Ort in der Nähe, der ihm als Unterschlupf dienen könnte?«

»Ja, das klingt vernünftig«, sagte Struve. »Wir müssen das prüfen lassen.« Er nahm sein Handy, und rief bei Dagmar Weller, der Recherche-Spezialistin im Stuttgarter Polizeipräsidium, an. »Dagmar, ich bräuchte Ihre Hilfe: Könnten Sie alles über einen gewissen Franz Schäufele herausfinden: Archiv-Mitarbeiter, steht im dringenden Tatverdacht, die beiden Morde begangen zu haben. Wir brauchen vor allem Informationen über einen möglichen Aufenthaltsort, na ja, Sie wissen schon: Verwandte, Freunde, Frauengeschichten. Probieren Sie es bei der Sekretärin von diesem Dollinger, dem Archiv-Chef. Wie – der Name? Ilse Bäuerle. Ja, sie wohnt in Marbach, steht im Telefonbuch. Ja, es eilt, rufen Sie mich gleich an, vor allem wegen der Unterschlupfmöglichkeiten. Er hat eine junge Frau in seiner Gewalt.«

Franz Schäufele ahnte, dass die Polizei bald Straßensperren errichten würde.

»Na los, das geht noch schneller, fahr schon!«

Julia drückte das Gaspedal des 2CV durch. Kurze Zeit später zwang er sie zu bremsen. Sie hielten auf einem Parkplatz. »Steig aus und geh zu dem Mercedes da rüber – aber bloß keine Faxen, sonst bist du dran.«

Julia war den Tränen nahe. Sie stieg aus, wenig später stand Schäufele neben ihr und zwang sie, in den Kofferraum seines Wagens zu steigen.

»Beweg dich nicht, sonst gibts Ärger.«

Er fuhr auf einer Nebenstrecke über Kirchberg und Kleinaspach seinem Ziel entgegen, das er sich für eine mögliche Flucht auserkoren hatte. Aber wenn er zum Flugplatz Völkleshofen wollte, um von dort weiterzukommen, musste er die Kleine irgendwo loswerden. Ihm fiel sein Gartenhaus in der Wochenendsiedlung in Altersberg ein, das er vor einem halben Jahr gekauft hatte. Nachbarn gabs keine, jedenfalls hatte er noch nie welche gesehen. Er blickte auf seine Armbanduhr, es war gleich 17 Uhr, da mochten mögliche Wochenendgäste schon wieder weg sein. Wie waren die Bullen nur so schnell auf den Schuppen in Affalterbach gekommen? Vielleicht hatten sie noch nichts Konkretes, aber irgendwie war er nervös geworden. Und dann war da ja noch dieser Journalist. Warum zum Teufel schnüffelte dieser Junge beim Schützenverein herum? Egal, er musste schleunigst weg. Wenn er erst einmal mit dem Flieger und den gefälschten Papieren den Schwarzwald erreicht hatte, könnte er es über die grüne Grenze in die Schweiz schaffen. Von Zürich würde er nach Südamerika weiterfliegen. Alles war vorbereitet. Er musste jetzt nur die Nerven behalten.

Sie erreichten den Segelflugplatz Völkleshofen. Zum Glück hatte er niemandem erzählt, dass er hier Flugstunden nahm. In einer Garage öffnete Schäufele den Kofferraum und blickte in das angstverzerrte Gesicht von Julia. »Hör gut zu, Mädel: Wenn du ruhig bist, passiert dir nichts. Machst du Lärm, muss ich für Ruhe sorgen.« Er zog seine Waffe hervor und hielt sie ihr drohend vors Gesicht, dann klappte er den Kofferraum wieder zu.

Auf dem Flugplatz war jetzt nicht mehr viel los. Nur noch wenige Autos standen auf dem Parkplatz vor dem

Fliegerheim. Schäufele ging zum Hangar, in dem die Motorflugzeuge standen. Er besaß zwar seinen Flugschein noch nicht sehr lange, trotzdem hatten sie ihm einen Schlüssel für die Cessna gegeben, damit er Flugpraxis sammeln konnte. Einmal war er schon nach Singen und zurück geflogen. Er überlegte kurz, was er mit dem jungen Ding im Kofferraum machen sollte. Sie durfte die Bullen nicht so schnell auf seine Fährte hetzen, deshalb konnte er sie nicht laufen lassen. Sie jedoch weiter mitzunehmen, war unnötiger Ballast. Im Kofferraum lassen durfte er sie aber auch nicht, denn es kamen immer noch Besucher und Segelflieger, die aufmerksam werden konnten. Sie im Wochenendhaus in Altersberg einzusperren, würde ihn mindestens eine halbe Stunde kosten.

»Mist!«, fluchte er. Einen klaren Gedanken zu fassen, bereitete ihm Mühe. Er wollte nur noch weg, und zwar schleunigst.

Er entlud seine Waffe und lief zur Garage.

Plötzlich öffnete sich die Tür des Vereinsheimes: »Hallo, Herr Schäufele, das ist aber nett, dass Sie mal wieder vorbeischauen. Wollen Sie eine Tasse Kaffee mit uns trinken?« Es war Anton Gürtler, der Vorsitzende des Segelflugvereins. Er hatte schon oft mit ihm geplaudert und wollte ihn dafür gewinnen, mit der Cessna regelmäßig Segelflieger in die Luft zu ziehen. Schäufele mochte seine aufdringliche Art überhaupt nicht.

»Geht jetzt gerade nicht!«, rief er. »Ich bin in Eile, ein andermal. Die Maschine ist doch momentan frei, oder?«

»Ja, geht schon klar. Tragen Sie sich in die Liste ein. Melden Sie sich per Funk, dann gibts die Startfreigabe. Wohin solls denn gehen?«

»Ach, nur einmal Schwäbische Alb und zurück«, log Schäufele, der sich nun ernsthaft überlegte, ob er nicht doch noch kurz nach Altersberg fahren sollte, irgendwie wollte er keine Unschuldigen mit in seine Sache ziehen.

»Gehts auch noch in einer halben Stunde?«, rief er Gürtler zu. Der nickte. »Ich hab den Funk an, sagen Sie nur kurz Bescheid, meine Frau und ich sind noch eine Weile hier.«

Schäufele stieg in seinen Wagen und fuhr in Richtung Löwensteiner Berge.

Als er an dem Wochenendhaus ankam, war weit und breit niemand zu sehen. Er zerrte Julia aus dem Kofferraum und trieb sie in das Haus.

»So, mein Täubchen, du wirst hier eine Weile bleiben müssen«, sagte er, warf die junge Frau aufs Bett. Er nahm eine Wäscheleine und begann sie zu fesseln.

»Wie lange?«, fragte Julia mit tränenerstickter Stimme.

»Keine Ahnung, bis sie dich finden, kann schon ne Weile dauern«, antwortete Schäufele, »vielleicht finden sie dich auch überhaupt nicht.« Er lachte dreckig über seinen seltsamen Witz. »Bitte schön, damit du nicht auf die Idee kommst, die schöne Ruhe zu stören.« Schäufele zog ein Stofftaschentuch aus einer Schublade, stopfte es ihr in den Mund und knebelte sie zusätzlich mit einem Klebeband.

»Rühr dich bloß nicht vom Fleck, ich bin da draußen und blas dich um.« Dann verließ er den Raum und schloss alle Türen hinter sich ab. In der Garage stand ein kleiner Suzuki-Jeep mit gefälschten Nummernschildern. Den Wagen hatte er für den Fall einer Flucht dort abgestellt. Unerkannt raste er wieder zum Flugplatz zurück.

Peter Struve und Melanie Förster fuhren mit Luca Santos ins Polizeirevier nach Marbach. Struve wollte wissen, was er noch alles herausgefunden hatte. Ralf wurde nach Hause gebracht. Im Polizeirevier wartete schon der Leiter Karl Merkle. Struve besprach mit ihm kurz die Fahndung, die in der ersten halben Stunde keinen Erfolg gebracht hatte.

»Welches Motiv könnte dieser Schäufele gehabt haben?«, fragte Merkle, den Struve während seiner Ausbildung an der Polizeihochschule Villingen-Schwenningen kennengelernt hatte. Sie teilten sich damals ein Zimmer und büffelten gemeinsam fürs Examen, das sie beide mit einer glatten Eins bestanden.

»Wir tappen noch ziemlich im Dunkeln«, stöhnte Struve. »Aber immerhin haben wir mit Schäufele einen Tatverdächtigen. Durch unseren Besuch ist er offensichtlich nervös geworden.«

»Wir warten noch auf Informationen aus Stuttgart«, ergänzte Melanie Förster, »aber es scheint so, als ob Schäufele dick drinsitzt, sonst hätte er nicht die Geisel genommen.«

»Schon klar«, murmelte Merkle. »Aber warum sollte ein Bediensteter des Literaturarchivs einen Doppelmord auf dem Gewissen haben – das leuchtet mir noch nicht ein.«

Luca Santos wippte ungeduldig mit den Füßen. »Na, Mann, ist doch klar: Der Typ ist aus dem Osten gekommen – irgendeinen Zusammenhang wirds da schon geben, wenn die Scharf und ihr Mann von dort sind.«

Melanie Förster nickte zustimmend: »Sag ich doch. Wenn die Kollegen aus Berlin uns endlich die nötigen

Infos geben würden, hätten wir das Ding schon in trockenen Tüchern.«

»Na, ganz so einfach ist es nun auch wieder nicht«, bremste Peter Struve. »Vielleicht ist Schäufele auch nur der Handlanger von einem, der sich mit einem Mord die Hände nicht schmutzig machen wollte.«

»Darüber wissen wir zu wenig, Peter«, bemerkte Karl Merkle, der sich nachdenklich seinen grauen Vollbart kraulte. »Außerdem, wer sollte dieser Mister X im Hintergrund sein? Schäufele macht nicht den Eindruck, als würde er auf Bestellung morden.«

»Kann schon sein«, antwortete Struve. »Ich bin mir trotzdem nicht sicher, ob Schäufele das Ding mit den Scharfs allein durchgezogen hat. Dieser Dollinger hat zumindest für den Mord an Erika Scharf kein Alibi. Ich wette, zwischen ihm und Schäufele gibt es eine Querverbindung, von der wir noch nichts wissen.«

»Ist es nicht seltsam, dass Schäufele schon fast 20 Jahre in Marbach lebt und die Morde erst so spät verübt hat?«, fragte Melanie Förster in die Runde. »Wenn er ein persönliches Motiv gegenüber den Scharfs gehabt hätte, dann hätte er sie schon viel früher umlegen können – irgendwo, aber nicht hier, wo er lebt und schnell enttarnt werden kann.«

»Hab mal gehört, dass manche Mörder die Aufmerksamkeit regelrecht brauchen«, äußerte Luca Santos. »Soll was mit der Öffentlichkeit zu tun haben, die diese Täter bei der Suche nach Gerechtigkeit als Plattform für ihre Botschaft nutzen. Der Mord wird demnach wie eine Art Schauprozess inszeniert.«

»Na prima«, sagte Melanie Förster. »Womit wir wieder bei Wilhelm Tell und dem Apfel im Keller des Literaturarchivs wären.«

Plötzlich klingelte das Handy von Peter Struve. »Ah, Frau Weller, schön von Ihnen zu hören. Was gibts Neues?«

Die Gesichtszüge des Kommissars entspannten sich während des Telefonats merklich.

»Dieser Schäufele steht im Grundbuch der Gemeinde Aspach: Er hat in einem Ortsteil namens Altersberg ein Gartenhäusle.«

»Tja, dann nix wie hin!«, rief Karl Merkle, der per Funk sämtliche Streifenwagen dorthin beorderte. »Wir wissen nicht, ob er da oben steckt oder schon längst über alle Berge ist. Beeilt euch, aber denkt daran: Der Täter ist bewaffnet und hat eine Geisel.«

Inzwischen hatte Franz Schäufele erneut den Flugplatz in Völkleshofen erreicht und sich ans Steuer der Cessna gesetzt. Er drehte den Zündschlüssel um, aber nur das rote Licht flackerte auf, es zeigte die leere Tankfüllung an.

»So ne Scheiße!«

Er musste tanken. Aber den Sprit bekam er aus einer Zapfanlage, die am anderen Ende des Flugplatzes stand. Er schnappte sich einen 20 Liter Kanister und fuhr mit seinem Wagen dorthin.

Ach, ist sie schon wieder leer?, fragte sich Anton Gürtler, der aus dem Fenster des Vereinsheims blickte und kichernd den wutschnaubenden Schäufele beobachtete.

Tja, mein Freund, hast halt auch mal Pech – aber so ist das eben: Wer selbst nie nachtankt, den erwischt es irgendwann auch einmal.

Die ersten Streifenwagen trafen in Altersberg ein, wenig später kam Struve hinzu. Melanie Förster sollte in Marbach bleiben, um die Fahndung zu koordinieren. Die Gartenlaube von Schäufele wurde umstellt. Als sich nach mehreren Warnungen nichts regte, stürmte ein Sonderkommando das kleine Haus. Julia lag immer noch gefesselt auf dem Bett. Die Polizisten befreiten sie aus ihrer hilflosen Lage.

»Gott sei Dank, dir ist nichts passiert«, seufzte Luca wenig später, als er sie draußen zärtlich in den Arm nahm.

»So ein Drecksack!«, fluchte Julia. »Aber ich hab den Flugplatz gesehen, das muss der in Völkleshofen sein, wo du mit mir schon mal für die Zeitung beim Fliegerfest warst.«

»Ah, das nenn ich doch mal einen Hinweis«, entgegnete Struve schmunzelnd. Sofort beorderte er einige Streifenwagen dorthin.

Aus dem Start von Franz Schäufele wurde auch nach dem Tanken nichts. Der Motor sprang einfach nicht an. Entnervt setzte er sich wieder ans Steuer seines Mercedes.

»Dann muss Dollinger es jetzt eben richten«, sagte er und fuhr über Schleichwege durch das Bottwartal in Richtung Marbach, um den Institutsleiter aufzusuchen. Viel hätte nicht gefehlt, und er wäre den Streifenwagen begegnet. Aber in den Weinbergen um den Oberstenfelder Lichtenberg kannte er sich aus. Hastig steuerte er seinen Wagen durch die engen Weinbergstraßen des Großbottwarer Harzberges, ohne einen Blick für die Reize der schwäbischen Toskana in der roten Abendsonne zu haben. Endlich erreichte er sein Ziel.

In Marbach reagierte Sven Dollinger sichtlich verärgert, als er Schäufele vor sich stehen sah. »Ich habe dir doch gesagt, dass du keinen Kontakt mit mir aufnehmen sollst.«

»Ist mir so was von egal, jetzt lass mich schon rein.« Schäufele schob Dollinger beiseite und drängte sich in dessen Wohnung.

»Die Bullen sind hinter mir her«, sagte er, als er im Wohnzimmer stand.

Dollingers Blick verfinsterte sich. »Wie sind sie dir auf die Schliche gekommen?«

»Weiß ich nicht, aber vielleicht hast du ja deine Hände im Spiel?«

»Warum sollte ich? Dann wäre ich ja schön blöd.«

Schäufele grinste. »Allerdings, denn dann wärst du deinen schönen Job in null Komma nichts los. Ich sehe schon die Schlagzeile: ›Literaturdirektor als Mordkomplize verhaftet‹.«

»Red keinen Unsinn!«, bellte Dollinger seinen ungebetenen Gast an. »Mit deinem persönlichen Rachefeldzug hab ich nichts zu tun. Wenn ich gewusst hätte, dass du den Scharf umbringst, hätte ich dich nach der Wende niemals im Literaturarchiv eingestellt.«

»Hast du aber, mein Liebster – und sind wir doch ehrlich: Welche Wahl hattest du denn?« Er nahm sich einen von Dollingers Zigarillos und zündete ihn an.

»Ich hatte eine«, sagte der Direktor. »Wenn ich damals nur zu meiner Vergangenheit gestanden hätte.« Er senkte seinen Blick.

»Tja, da schämst du dich wieder, du alter, grauer Mann – ist eben nicht leicht zu ertragen, wenn man ständig einen auf kritische Literatur macht, aber selbst jahrelang im Westen für die Stasi gearbeitet hat.«

»Na, du kennst dich ja bestens aus. Wo sind eigentlich die Unterlagen, die du mir versprochen hast, wenn du mit der Sache fertig bist?« Dollinger setzte sich an seinen Schreibtisch.

»Für wie blöd hältst du mich eigentlich? Die bleiben schön bei mir«, grinste Schäufele. »Ich werde doch nicht den Ast absägen, auf dem ich sitze.«

»Und was willst du dann von mir, wo die Polizei schon hinter dir her ist? Geld genug hast du ja schon bekommen.«

»Ja, die Kohle ist wirklich nicht das Problem.« Schäufele zog seine Waffe aus der Tasche und richtete sie auf sein Gegenüber.

»Was hast du vor? Mach keine Dummheiten!«

»Schnauze! Du hast lange genug den Chef gespielt. Jetzt sage ich, wos langgeht.« Schäufele holte aus und landete mit der rechten Geraden einen Volltreffer. Dollinger fiel nach hinten gegen das Bücherregal und hielt sich mit der rechten Hand die blutende Unterlippe. Schäufele kramte aus der Jackentasche die Fotografie von Kurt. »Ich habe 30 Jahre lang geschwiegen. Dabei hätte ich dich am liebsten gleich abgeknallt. Aber dann bist du ja in den Westen gegangen, und hast einen auf Karriere und Meisterspion gemacht.«

»Keine so schlechte Idee, sonst hättest du hier nach der Wende keinen Unterschlupf gefunden.«

»Stimmt, du hast mich eingeschleust, was blieb dir auch anderes übrig, sonst hätte ich dich auffliegen lassen. Aber ich war zu feige, es dir heimzuzahlen. Ich hätte dich gleich kaltmachen sollen. Was du damals an der Grenze mit mir gemacht hast, war menschenverachtend.«

»Haha, dass ich nicht lache! Du hast doch selbst immer gesagt, du knallst die verdammten Republikflüchtlinge ab; einen wie den anderen, ohne die Person anzusehen.«

»Vielleicht, ja – weil ich jung, weil ich dumm und naiv war und an das geglaubt habe, was ihr NVA-Idioten und Parteibonzen uns Jungen eingebimst habt.«

»Du weißt genau, dass ich im Knast gelandet wäre, wenn ich die Familie deiner Schwester damals, in der Nacht, durchgelassen hätte.«

»Davon rede ich nicht, Dollinger, du hättest sie ja festnehmen können. Aber nein, du hast schießen lassen, egal ob auf Mann, Frau oder Kind. Du und der Scharf, ihr habt uns keine Wahl gelassen.«

»Was konnte ich dafür, dass ausgerechnet deine Schwester und dein Schwager damals am Todesstreifen auftauchten? Wir haben so oft darüber gesprochen. Es ist auch für mich unfassbar, glaub mir.«

»Ja, ich habe es dir abgekauft. Irgendwie hab ich die Beruhigungspille geschluckt, die du mir gegeben hast. Aber in mir hat es weitergearbeitet. Und immer wieder taucht Kurts Bild vor mir auf. Der kleine, liebe Junge.« Schäufele entsicherte den Revolver.

»Willst du mich jetzt umbringen? Dann kommst du nicht weiter. Auch mir hat die Sache mit Kurt wahnsinnig leidgetan. Wir waren doch Teil eines Apparates. Du verschlimmerst nur deine Lage, wenn du mich auch noch auf dem Gewissen hast.«

»Red kein Blech. Ich hab den Scharf umgebracht, die alte Sau. Aber das wars mir wert. Hab lang genug warten müssen, bis er hier herkam. Wenn sie mich schnappen, sitze ich die Zeit ab, ist mir scheißegal!«

»So billig kommst du nicht davon, wenn du mehr Leute umbringst. Die Scharf hast du doch auch auf dem Gewissen!«

»Erika Scharf ist tot? Erzähl mir keine Geschichten!«

Dollinger tupfte sich mit seinem Taschentuch das Gesicht ab. »Natürlich. Und wer sonst sollte sie umgebracht haben, wenn nicht du?«

»Das wüsste ich aber. Würde mich nicht wundern, wenn du sie umgelegt hast. Aber das weißt du besser als ich. Vielleicht hatte sie von deinen Spielchen an der Grenze damals erfahren.« Schäufele lachte höhnisch auf. »Aber wahrscheinlich tat der Scharf gut daran, ihr davon nichts zu erzählen. Würde mich nicht wundern, wenn du auf Nummer sicher gehen wolltest, für den Fall, dass sie von deiner Stasi-Vergangenheit gewusst hat.«

»Du spinnst, ich begehe doch keinen Mord, für eine Sache, die völlig unklar ist. Außerdem gibt es Hunderte, wenn nicht Tausende ehemalige Stasi-Mitarbeiter, die nach der Wende wieder irgendeinen Job machen.«

»Ja, vielleicht als Fensterputzer oder bei der Müllabfuhr – oder wieder als Ossi-Politiker bei den Linken«, konterte Schäufele. »Aber du bist hier im Westen ne ganz dicke Nummer. Erst in Berlin in der Vertretung, dann in deinem Literaturtempel. Mir machst du nichts vor, Dollinger. Wahrscheinlich wolltest du mir den Mord an ihr auch noch in die Schuhe schieben und hast sie in der Nacht auf Sonntag umgelegt, du Saukerl!«

»Unsinn!«, zischte Dollinger.

»Unsinn, Unsinn!«, äffte ihn Schäufele nach. »Ich habe

lange genug auf den Moment warten müssen, mit dir abzurechnen. Los, zieh deine Jacke an und komm mit!«
»Was hast du vor?«
»Ich möchte, dass du mich über die Grenze bringst.«
»Und dann?«
»Dann lass ich dich vielleicht laufen, mal sehen, was du so drauf hast, wenn die Bullen unseren Wagen anhalten.«
»Wie stellst du dir das vor? Die suchen dich, bestimmt kontrollieren die überall.«
»Das lass mal meine Sorge sein.«
Sie hetzten zur Garage, holten den neuen Mercedes des Direktors heraus und stellten Schäufeles Jeep hinein, damit niemand ihn sehen konnte.
»Na, jetzt kannst du den Chauffeur spielen«, rief Schäufele Dollinger in geduckter Lage vom Rücksitz aus hämisch zu und wies ihn an, auf die Autobahn 81 zu fahren.
Als sie den Bergkeltertunnel bei Murr passiert hatten, zeigte Dollinger auf die Tanknadel. »Wir sollten Sprit nachfüllen.«
»Okay, aber keine Mätzchen, sonst gibts Zunder.« Schäufele drückte ihm die Pistole in den Nacken. Dollinger bog ab und fuhr auf den Hof einer großen Tankstelle.
Sie tankten und gingen zum Bezahlen in den Shop.
Eine Zivilstreife hatte sich seitlich der Tankstelle postiert. »Schau mal, Klaus«, sagte die junge Polizeiobermeisterin Verena Michelfelder. Sie zeigte auf die beiden Männer, die fast wie siamesische Zwillinge auf den Shop zu trotteten. »Sieht irgendwie komisch aus.«
»Stimmt, der eine könnte eine Waffe in der Jacke haben. Der treibt den vorne vor sich her. Ich mache Meldung

und geb mal die Nummer in Auftrag.« Er wies die Zentrale in Marbach an, den Fahrzeughalter herauszufinden.

Nach einer Minute wussten sie, dass es der Direktor des Deutschen Literaturarchivs war. »Sag mal, da läuft doch die Fahndung nach dem Typ von der Schillerhöhe!«, rief Verena Michelfelder. »Das ist er doch.«

»Könnte hinhauen, vielleicht ist es einer von den beiden«, sagte ihr Kollege. Sie informierten die Zentrale und forderten Verstärkung an.

Dollinger hatte bezahlt. Er nahm am Steuer Platz. Nachdem Schäuffele sich neben ihn gesetzt hatte, fuhr er in Richtung Autobahn.

»Na los, fahr schon«, sagte er im gepresstem Ton. In der linken Hand hielt er einen Becher Kaffee, in der anderen die Waffe.

Die Ampel sprang auf Gelb. Dollinger fuhr schnell an. Er wusste, dass sein Entführer nicht angeschnallt war. Vor der Ampel bremste er voll, Schäufeles Oberkörper kippte nach vorne, der heiße Kaffee floss auf seine Hand.

»Ahhhh.«

Dollinger schlug mit seinem rechten Arm auf die andere Hand, in der Schäufele die Waffe hielt. Der Revolver schlug dumpf auf dem Boden auf. Ein weiterer Handkantenschlag, diesmal an den Hals. Dollinger war wieder Herr der Lage. Kräftig schlug er noch einige Male zu, er musste seine Wut jetzt rauslassen. Auch wollte er auf Nummer sicher gehen, dass die Betäubung Schäufeles anhielt. Zufrieden beobachtete er, wie sein Mitfahrer bewusstlos zusammensackte. Schon lange hatte er daran gedacht, Schäufele irgendwann loszuwerden. Jetzt bot sich ihm eine gute Gelegenheit.

Dollinger bemerkte nicht, dass er verfolgt wurde. Er überlegte, was er mit Schäufele anstellen sollte. Es musste wie ein Unfall aussehen. Ihm fiel der Neckar in Hessigheim ein. Eine ruhige Gegend. Dort war er schon oft bei den Felsengärten spazieren gegangen. An dem Flussufer im Tal führte eine kleine Straße vorbei. Er musste eine günstige Gelegenheit abwarten, dann würde er den Wagen samt Schäufele im Fluss versenken. Er konnte seinen Gefangenen natürlich auch bei der Polizei abliefern. Freilich würde Schäufele auspacken, und seine Karriere wäre beendet. Aber war nicht alles schon verjährt? Auf jeden Fall würde er seinen Stuhl auf der Schillerhöhe räumen müssen. Er war zwar Pragmatiker und gewohnt, auf die Füße zu fallen, aber irgendwie hatte er den Betrieb auf dem Literatenhügel auch lieb gewonnen. Was sollte er nach seinem Rausschmiss tun? Er war Anfang 60, da würde er nichts Vergleichbares mehr finden. Die Gedanken sprangen wild umher, trieben ihm die Schweißperlen auf die Stirn. Neben ihm lag der Mann regungslos auf dem Beifahrersitz.

Dollinger fuhr über Pleidelsheim in Richtung Mundelsheim.

Die beiden Polizisten Verena Michelfelder und Klaus Weber folgten ihm unauffällig.

»Sag mal, der Schäufele ist nach hinten weggekippt«, stutzte die Michelfelder.

»Ja, sieht so aus, als ob die eine kleine Meinungsverschiedenheit gehabt haben«, antwortete Weber.

»Die Vollbremsung war jedenfalls nicht von Pappe. Und die Handkantenschläge würde ich mir auch nicht unbedingt einfangen wollen.«

»Wir müssen dranbleiben, ich sag im Revier Bescheid.«
Die beiden Polizisten meldeten ihre Beobachtungen dem Marbacher Revier. Dort hatten sich Struve, Förster, Santos und Merkle vor der Funkzentrale eingefunden.

»Dollinger hat Schäufele überwältigt. Und die fahren in Richtung Mundelsheim? Seltsam«, staunte Merkle.

»Es scheint so, als ob Dollinger ihn abservieren will«, vermutete Peter Struve. »Die Sache gefällt mir ganz und gar nicht.«

»Sie meinen, die beiden stecken unter einer Decke, und Dollinger muss ihn zum Schweigen bringen?«, fragte Melanie Förster.

»Vielleicht liefert uns Dollinger den Schäufele ja auch hier ab und ist morgen der gefeierte Held – dann wäre die Geschichte doch rund für Sie, Herr Santos?«, sagte Merkle zum Journalisten.

»Rund wird sie erst, wenn Schäufele hinter Schloss und Riegel sitzt«, antwortete Santos, der aber in der Tat schon an der Überschrift bastelte.

»Schicken Sie noch mehr Wagen los«, ordnete Struve an. »Wir dürfen auf keinen Fall Dollinger verlieren. Aber es müssen Zivilstreifen sein, Dollinger darf sich nicht beobachtet fühlen.«

Eine Viertelstunde später fuhr Sven Dollinger in der Nähe von Hessigheim an den Neckar. Es war dunkel geworden, und er öffnete die Beifahrertür. Leblos fiel ihm der Körper entgegen. Er fing ihn auf, fasste ein Handgelenk, um den Puls zu fühlen. Dollinger fühlte jedoch nichts, da drückte er Schäufeles Augenlider nach oben und leuchtete mit einer Taschenlampe die ausdruckslosen Pupillen an.

»Verdammt noch mal, der ist ja tot!«

Dollinger überlegte. Ein Gefühl von Erleichterung breitete sich in ihm aus. Schäufele konnte nicht mehr reden, ihn nicht mehr bloßstellen und ihn auch nicht seiner Position berauben. Und waren die Handkantenschläge nicht Notwehr? Schließlich war Schäufele auf der Flucht gewesen, hatte ihn mit der Waffe bedroht. Das konnte nur Freispruch bedeuten. Gewiss, man würde ihn fragen, warum der Flüchtige ausgerechnet ihn aufgesucht hatte. Aber es konnte ihm niemand nachweisen, dass er mit Schäufele kollaboriert hatte. Und die Morde, die hatte dieser Bastard allein auf dem Gewissen. Natürlich würde die Polizei einiges über Schäufele herausfinden, aber das würde er in Ruhe auf sich zukommen lassen. Dollinger griff zum Handy und wählte die Nummer des Marbacher Polizeireviers.

»Polizei? Ich brauche Ihre Hilfe. In meinem Auto liegt ein Toter.«

Wenig später näherte sich ein Polizeiwagen: Sven Dollinger stand im Scheinwerferlicht.

14

Ein guter Kaffee schmeckte anders. Utz Selldorf nahm an diesem Montagmorgen den Pappbecher und schüttete ihn im Waschbecken der Zelle aus. Er hatte in der Nacht kaum ein Auge zubekommen, sie erschien ihm endlos. Immer wieder überlegte er, warum er hier einsaß und welchen Fehler er begangen haben konnte. Jemand hatte ihm die Tell-Handschrift untergeschoben und ihm die Polizei auf den Hals gehetzt. Jemand musste ihm eine Falle gestellt haben. Es konnte nur Gianna gewesen sein. Sie ließ ihn – das leuchtete ihm allmählich ein – ins offene Messer laufen. Steckte wahrscheinlich mit dem Bürgermeister unter einer Decke. Das hatte er nun von seiner Risikobereitschaft. Aber er würde es ihnen heimzahlen. Ungeduldig schob er das Frühstückstablett zur Seite.

Eine Stimme riss ihn aus seinen Gedanken.

»Herr Selldorf, bitte kommen Sie mit zur Vernehmung.«

Ein Vollzugsbeamter holte ihn ab. Wenig später saß er Peter Struve und Melanie Förster gegenüber. Struve eröffnete das Gespräch: »Wir haben eine gute Nachricht für Sie, Herr Selldorf.«

»Ach ja, Sie sprechen sicherlich von der Generalamnestie für alle unschuldig Inhaftierten, die heute Morgen im Radio verkündet wurde.«

Struve verstand die Ironie natürlich. »Im Radio kam nichts, aber sie liegen mit Ihrer Vermutung auch nicht gerade falsch – was Sie persönlich betrifft.«

»Na, dann schießen Sie mal los, Herr Kommissar.«

»Also, mein Bester, die gute Nachricht zuerst: Die vermeintliche Handschrift in Ihrem Koffer ist nur ein unbedeutender Nachdruck. Sie stammt zwar aus dem Deutschen Literaturarchiv Marbach, aber angesichts des geringen Wertes können wir von einer strafrechtlichen Verfolgung absehen.«

»Aha, warum nicht gleich so?«, fragte Selldorf.

»Nun, wir mussten das Dokument prüfen lassen, es hätte ja durchaus das Original sein können, wie der Anrufer behauptet hat.«

»Na, ich denke, da hat sich jemand einen üblen Scherz mit mir erlaubt.« Selldorf lehnte sich entspannt zurück

»Durchaus möglich«, pflichtete ihm Struve bei. »Haben Sie Feinde in Marbach?«

»Nein, ich kenne kaum jemanden in der Stadt.«

»Wer könnte Ihnen denn das Schriftstück in den Koffer gesteckt haben?«

»Keine Ahnung.«

Melanie Förster meldete sich zu Wort: »Wir haben auf Ihrem Handy mehrere Gespräche mit dem Parkhotel auf der Schillerhöhe festgestellt.«

»Ach so, ja, ich habe es ein paar Mal probiert, ich wollte Frau Scharf sprechen, Sie wissen ja, die Sache mit ihrem Nachlass, ich habe Ihnen ja bereits gestern alles dazu erzählt.«

»Ja, das haben Sie«, bestätigte Melanie Förster, die im Zimmer auf und ab ging. »Was wir aber nicht verstehen:

Sie haben mit Erika Scharf zwei Mal telefoniert, aber im Hotel fünf Mal angerufen und zum Teil längere Telefonate geführt. Wie erklären Sie uns das?«

Selldorf kapierte, dass es um den Mord ging. »Ich habe mehrmals mit Frau Signorini telefoniert. Wir sind schon länger befreundet und lassen immer mal wieder voneinander hören.«

»Na, wenn Sie befreundet sind, dann müsste Frau Signorini Ihnen für Ihren Aufenthalt in Marbach doch ein Zimmer angeboten haben«, hielt ihm Struve vor.

»Ich habe mich relativ spät dafür entschieden, zur Lesung von Frau Scharf anzureisen. Es gab nur noch ein Zimmer im Art-Hotel.«

»Wie gut befreundet sind Sie denn mit Frau Signorini?«, fragte Struve.

»Wir kennen uns, wie gesagt, durch einige kurze Aufenthalte.«

»Was haben Sie am Telefon genau mit ihr besprochen?«

»Nur, wie es so geht, was es Neues gibt. Ganz Allgemeines nur.«

»Und was hat sie Ihnen geantwortet: Sicherlich auch nur ganz Allgemeines?«

»Ja, so wars. Alles kaum der Rede wert. Private Dinge.«

Struve und Förster blickten sich kurz an. Beide hatten keine Fragen mehr.

»Sie können jetzt gehen, Herr Selldorf«, sagte Struve. »Wir möchten Sie aber bitten, sich für weitere Befragungen bereitzuhalten. Es kann sein, dass wir Sie noch brauchen.«

»Geht klar, aber seien Sie demnächst vorsichtiger, bevor

Sie Unschuldige in die Zelle stecken«, beschwerte sich Selldorf. Ärgerlich warf er die Tür zu, als er den Raum verließ.

»Was halten Sie von ihm?«, fragte Peter Struve seine junge Kollegin.

»Schon merkwürdig, dass er ausgerechnet ein Tell-Fragment geklaut haben soll.«

»Vielleicht versucht ihn da jemand, in den Mordfall reinzuziehen?«

»Es könnte sich um einen Trittbrettfahrer handeln, der Wind von der Sache bekommen hat.«

»Ja, klar, so ein Mord spricht sich in einer Kleinstadt schnell herum.«

»Trotzdem«, hielt Melanie Förster dagegen, »den Selldorf kennt in Marbach kaum jemand, dem wollte vielleicht jemand aus der Literaturszene einen üblen Streich spielen.«

»Das wiederum kann nur jemand sein, der Zutritt zum Archiv hat, oder aber zumindest ein Nutzer der Handschriften-Bibliothek ist«, vermutete Struve.

Melanie Förster kratzte sich am Kopf. »Alles ziemlich spekulativ – immerhin haben wir den Mord an Dietmar Scharf eigentlich schon geklärt. Dieser Schäufele wars, so zumindest sieht es aus, wenn wir die Ereignisse gestern Revue passieren lassen. Aber seine Motive kennen wir noch nicht. Trauen Sie Selldorf zu, dass er das Ding mit Schäufele gedreht hat?«

Peter Struve nickte. »Hab ich mich auch schon gefragt. Aber ich komme immer wieder an den Punkt, an dem ich mich frage: Ein Doppelmord wegen einigen läppischen Euro? Nee!«

Melanie Förster sah es genauso. »Bleiben wir ganz bei Schäufele, wir wissen, er hat eine DDR-Biografie, er kam hierhin, und er ermordet mutmaßlich ein oder zwei Persönlichkeiten, die in der DDR unter eher bescheidenen Umständen gelebt haben. Menschen, die erst nach der Wende Kapital aus Erika Scharfs kritischer Schreiberei über die DDR gezogen haben – Schäufele hat dagegen Verwandte an der Grenze verloren. Reicht das für einen Doppelmord?«

»Auf den ersten Blick nein. Aber alles hängt davon ab, wie krank Schäufele wirklich war. Ich vermute jedoch, wir müssen noch viel mehr über ihn herauskriegen – mich interessiert vor allem, was er mit Dollinger zu tun hatte. Wollen Sie sich um diese Hintergründe kümmern, Frau Förster? Ich schlage vor, wir entscheiden dann gemeinsam, ob Sie dafür nach Berlin fahren müssen.« Er schmunzelte.

Melanie Förster streckte ihm die Zunge raus und ging zur Tür. »Bin bei Daggi Weller, vielleicht weiß sie schon etwas.«

Peter Struve beschloss, die endgültigen Berichte der Gerichtsmedizin abzuwarten. Er vereinbarte mit Melanie Förster ein Telefonat am Abend über die Erkenntnisse zur Person Schäufeles. Nach dem Mittagessen in der Kantine fuhr er wieder nach Steinheim, um eine entspannte Atmosphäre zu genießen. Marie hatte ihm für den Abend sein Lieblingsessen, Kartoffelpuffer mit Apfelmus, versprochen. Die Zeit bis dahin verbrachte der Polizist mit einem Spaziergang durch Kleinbottwar rund um den Forsthof. Das Waldgebiet lag am Rande der Landesstraße 1115, wo viel Fernverkehr nördlich von Stuttgart unterwegs war. Aber natürlich suchte Struve die Stille, die er in den Weinbergen von Graf Adelmann fand. Von den Hängen in der Nähe von Burg Schaubeck genoss er die prächtige Aussicht, bevor er in die Abgeschiedenheit des Waldes eintauchte und zum Auto zurückwanderte. Er war wieder zu sich selbst gekommen und freute sich auf den Abend. Zu Hause würde er die Jazzmusik von Charlie Parker anhören, den er nach all den Jahren immer noch verehrte. Vielleicht würden sie ja bis dahin den Fall gelöst haben.

Auch Melanie Förster verbrachte den Nachmittag im Wald, sie spazierte durch den Forst in der Nähe von Winzerhausen und sammelte Brombeeren. Sie war gespannt, was die Nachforschungen ihrer Kollegin Dagmar Weller erbringen würde. Franz Schäufele war, so hatte eine Blitzanfrage beim Bundeskriminalamt ergeben, in den vergangenen 20 Jahren nicht aufgefallen. Aber es gab überraschende Ergebnisse, was seine Zeit in der DDR betraf. Die Akten würden allerdings erst heute Abend eintreffen, sie würde sie an sich nehmen und bis morgen durcharbeiten. Die Berliner Kollegen hatten angedeutet, sie verfolgten zurzeit eine heiße Spur. Um ihre Freizeit sinnvoll zu gestalten, wollte die junge Kommissarin einen Brombeerkuchen für die Winzerhäuser Land-WG backen. Das Abendessen sollte besonders lecker schmecken, zumal ihre Freundin Katja an diesem Tag ihren Geburtstag feierte.

In der Redaktion schwitzte Luca Santos, obwohl der Ventilator die Luft an diesem Tag zumindest annehmbar machte. Er kam sonst gut voran, fühlte sich aber diesmal nach all den Erlebnissen sonderbar blockiert. Er fand einfach keinen Anfang und überlegte ständig, ob er alle Details des Falles preisgeben sollte. ›Schreiben Sie so viel sie wollen, es muss aber stimmen‹, hatte ihm der Redaktionsleiter Gustav Zorn eingeimpft. Da saß er nun, Lisa Blume brachte den dritten Kaffee, und er kam und kam nicht vorwärts. Schließlich ging er in die Marbacher Innenstadt, besuchte den Juwelier und kaufte für Julia einen Silberring. Er spürte, dass es ihm nun besser ging und er wollte ihn ihr heute Abend, wenn der Tag gelaufen war, bei einer Pizza und einem Glas Wein in der Trattoria Toscana beim Rathaus feierlich überreichen. Wieder in der Redaktion angekommen, merkte er, wie sich seine Schreibblockade löste und seine Gedanken flossen. Bald stand der Aufmacher, für den ihm Zorn mit einer Dreiviertelseite ungewöhnlich viel Platz eingeräumt hatte. Draußen schien die Sonne und so konnte er noch einen kleinen Spaziergang über den Galgen, einen besonders schönen Aussichtspunkt zwischen Marbach und Steinheim, unternehmen.

Den Montag hatte sich Gianna Signorini frei genommen. Sie tourte durch einige Stuttgarter Trend-Boutiquen und kleidete sich neu ein. In ihrem roten Sportwagen hörte sie auf dem Rückweg ›Eine neue Liebe ist wie ein neues Leben‹ von Jürgen Marcus. Sie hatte gestern Abend den ehemaligen Star-Fußballer Tommy Tuchlederer vom VfB Stuttgart kennengelernt, der jetzt als Talentspäher für seinen alten Klub arbeitete. Beim FC Marbach waren seine Netze allerdings leer geblieben. Umso erfolgreicher sollte sich für ihn dagegen der Abend bei Gianna an der Bar gestalten. Einzig der schmale Laserstrahl eines Infrarotgerätes im Schlafzimmer der Wirtin irritierte ihn. Trotzdem fackelte er nicht lange. Er ließ keine Gelegenheit aus, um zum Schuss zu kommen – die erotische Nymphomanin garantierte den Torerfolg.

Zufrieden las an diesem Morgen der Bürgermeister Norbert Rieker den Marbacher Kurier. Hatte er noch am Abend zuvor befürchtet, Zorn könnte ihn mit einem sensationslüsternen Bericht demontieren, las er nun, er habe sich durch seinen versöhnlichen Handschlag mit Steinhorst als extrem konfliktfähig gezeigt. ›Bei einem solchen Stadtoberhaupt braucht Marbach nicht bange zu werden‹, wagte Zorn zu kommentieren, was selbst Rieker die Schamesröte ins Gesicht trieb – aber, so bemerkte er im Beisein seiner Sekretärin: »Immer noch besser, als bodenlos verrissen zu werden.« Er wunderte sich allerdings, dass sich in der Ausgabe des Kuriers nur ein kleiner Dreispalter über den Doppelmord auf der Schillerhöhe fand. Ein ausführlicher Bericht war offenbar dem Redaktionsschluss zum Opfer gefallen. Dabei hätte er gerne gewusst, wie die Jagd nach dem Hauptverdächtigen ausgegangen war. Rieker telefonierte gleich mit dem Revierleiter Merkle und erfuhr auf diesem Weg das Nötigste.

15

Zufrieden betrachtete Luca Santos seinen Artikel, der an diesem Dienstagmorgen im Schaukasten des Verlagsgebäudes aushing. Er hatte sich ins Zeug gelegt, damit ein großer Bericht über den Doppelmord von Marbach erscheinen konnte. Jetzt fühlte er sich müde und schlapp, wollte sich das aber nicht eingestehen. Ein anstrengender Arbeitstag mit mehreren Terminen lag vor ihm, in der Redaktion galt er inzwischen als feste Größe.

»Dolles Ding!«, lobte ihn Gustav Zorn in der morgendlichen Konferenz. »Machen Sie weiter so, mein lieber Santos, dann stehen Ihnen in diesem Haus alle Türen offen.«

Dass die Türen für Überstunden immer offen standen, hatte bereits seine Freundin Julia festgestellt. Aber auch wenn er sich über die Doppeldeutigkeit des Zorn'schen Lobes im Klaren war, so bauten ihn die Worte des Chefs dennoch auf.

»Na ja, vielleicht lässt sich noch ein Nachdreher zu dem Fall schreiben«, verhieß Luca in der Konferenz. »Ich würde noch mal ganz gerne mit den beiden Kommissaren reden, weil wir das mögliche Tatmotiv dieses Schäufele noch nicht endgültig geklärt haben.«

»Stimmt, das ist, gemessen an der Gesamthandlung, etwas knapp dargestellt«, gab ihm Zorn recht. »Dieser Schäufele scheint ja einen Mordshass auf die beiden Scharfs gehabt zu haben. Wie hat es der Staatsanwalt gestern ausgedrückt? Schäufele, eine missbrauchte Seele startet den Overkill.«

Etwa zur selben Zeit saßen Peter Struve und Melanie Förster im Café Schiller beim Geburtshaus des Dichters in der Niklastorstraße zusammen.

»Ganz nett ist es bei Schillers«, meinte Melanie Förster lächelnd. »Ich nehme an, wir sind nicht hier, um uns die schöne Marbacher Altstadt anzuschauen, oder?«

»Ich hoffe, Sie haben sich gut erholen können, nach der ganzen Aufregung.« Peter Struve lehnte sich zurück.

»Na ja, der Schäufele ist uns praktisch in die Arme gelaufen.«

»Wahrscheinlich hatte er Angst, dass wir seine kleine Waffensammlung finden.«

»Eine Angst, die zugegebenermaßen nicht unberechtigt war«, bestätigte Struve und nahm einen Schluck Lemberger von der Marbacher Neckarhälde. Ein kleiner Rotweinbart bildete sich an seiner Oberlippe.

»Schäufele muss ein regelrechter Waffennarr sein, aber beim Blick auf seine Vita wird mir so manches klar.«

»Mir auch«, stimmt Struve zu. »Was glauben Sie, was sie dem bei der Nationalen Volksarmee alles eingeimpft haben.«

»Jedenfalls so viel, dass er an der Grenze funktionierte.«

»Und weil er funktionierte, hatte er keine Probleme mit dem Schießbefehl.«

»Sagen wir mal, fast keine Probleme«, erwiderte Melanie Förster.

»Na, wer hätte die nicht, wenn er merkt, dass er auf sein eigenes Patenkind gefeuert hat. Zu dumm, dass er nichts von den Fluchtplänen seiner Schwester wusste.«

»Wahrscheinlich hätte er es sich mit dem Schießen dann anders überlegt.«

»Natürlich hätte er nicht geschossen«, meinte Struve. »Aber so nahm das Verhängnis seinen Lauf. Und wer immer funktioniert hat, kommt aus dem Mechanismus schwerlich raus – vor allem dann nicht, wenn ein dominanter NVA-Hauptmann wie Dietmar Scharf hinter ihm steht und Druck macht.«

»Es muss eine furchtbare Situation gewesen sein, in dieser Nacht zum 6. November 1973«, blickte Melanie Förster zurück. Auch sie hatte gestern den Bericht der Berliner Kollegen gelesen, der im Laufe des Tages in ihrem Büro eingegangen war. Schäufeles zweite Schwester Barbara war befragt worden und hatte von der Tragödie erzählt.

»Davon hat sich Schäufele nie ganz erholt, der kleine Traueraltar mit dem Bild des Jungen in seinem Schlafzimmer spricht Bände«, sinnierte Struve. »Was mir aber noch nicht so ganz klar ist: Warum hat er sich mit der Rache so viel Zeit gelassen?«

Die Tür des Cafés öffnete sich, und Luca Santos trat ein.

»Na, so ein Zufall«, witzelte er und begrüßte die beiden Kriminalisten. Natürlich hatte er sich mit ihnen verabredet. Und sofort kamen sie darauf zu sprechen, warum Schäufele die Morde begangen haben musste. Tatsächlich kam nur er infrage, die Armbrustbatterie im Keller montiert zu haben. Etwas schwieriger war die Frage, warum Schäufele auch den Mord an Erika Scharf auf dem Gewissen haben sollte.«Eigentlich hatte er kein überzeugendes Motiv, es sei denn, ihre Schreibe gefiel ihm nicht«, scherzte Luca Santos.

»Darüber haben wir auch schon nachgedacht, Herr Journalist«, erklärte der Kommissar.

»Aha, und?«

»Wir dürfen es Ihnen aus ermittlungstaktischen Gründen nicht verraten, glauben Sie mir.«

»Das heißt, wir haben heute nur die halbe Wahrheit im Blatt.«

»Na ja, sagen wir mal so«, meinte Struve, »Sie haben schon mehr herausgefunden, als wenn Sie ohne uns weitergewurschtelt hätten – dann würde es heute wahrscheinlich keinen Artikel geben.«

»Na schön, Herr Kommissar, das ist das Totschlagargument; aber vielleicht sollten wir so weitermachen, wie wir begonnen haben: Wir teilen unsere Informationen ehrlich. Sie haben mein Ehrenwort, dass ich vertraulich damit umgehe. Ich mache dafür meine Story vor allen anderen.«

Die beiden Polizisten schauten sich an, offenbar überlegten sie, ob sie Santos einweihen sollten. »Geben Sie uns noch etwas Zeit, wenn wir entscheidend weitergekommen sind, sagen wir Ihnen sofort Bescheid.«

Peter Struves Versprechen wirkte auf Santos wie ein Hinhaltemanöver. »Wann wird das sein?«

»Möglicherweise noch heute.«

Ein Handy meldete sich. »Ja? Ach ja? Gut, gut, verstehe. Wir fahren sofort hin.« Peter Struve winkte den Kellner herbei, bezahlte und zog die Jacke über. »Sie müssen uns entschuldigen. Frau Förster und ich haben einen dringenden Termin.«

Sie verließen eilig das Café und gingen zum Wagen, den sie unterhalb des Cottaplatzes am Fuße der Stadtmauer geparkt hatten.

Auf dem Weg zum Parkplatz musste Melanie Förster lachen: »Also, in Sachen Pressearbeit macht Ihnen jedenfalls niemand was vor. Gut geblockt, Herr Kollege.«

Struve wusste, dass sie es ironisch gemeint hatte, aber er hatte keine Wahl. »Also bei einem derart regen Pressevertreter muss man eher defensiv operieren, dafür haben Sie doch bestimmt Verständnis.«

»Ihre überkorrekte Art treibt mich noch mal zum Wahnsinn. Wo fahren wir jetzt eigentlich hin?«

»Liebste Kollegin, wir haben den Fall noch nicht abgeschlossen. Wir müssen vor allem unserem Freund Dollinger einen Besuch abstatten. Er hat sich ja am Sonntagabend so heroisch geschlagen, dass wir ihm noch persönlich gratulieren müssen.«

Wenig später klingelten sie in der Haffnerstraße, Dollinger öffnete ihnen, er hatte die Lesebrille aufgesetzt und schien in eine Lektüre vertieft zu sein.

»Entschuldigen Sie, wir müssen Ihnen noch zwei, drei Fragen zu den beiden Mordfällen stellen«, sagte Struve.

»Aber gerne.«

Dollinger wirkte müde. Wahrscheinlich hatte ihm die Aufregung zugesetzt. Aber darauf konnte Struve jetzt keine Rücksicht nehmen. »Haben Sie sich gut erholt? Gestern, bei der Vernehmung, ging es ja doch ziemlich schnell, wahrscheinlich haben Sie sich ein bisschen ausgeruht und können unsere Fragen jetzt noch besser beantworten.«

»Danke für Ihr Interesse«, antwortete der Direktor

lächelnd, dem die Anspielung auf einen etwaigen Müßiggang jedoch gehörig missfiel. Schließlich war er mit der Geschäftsführung des Archivs voll ausgelastet. »Aber kommen wir doch zur Sache. Womit kann ich Ihnen jetzt noch behilflich sein?«

»Ach, wissen Sie, Herr Dollinger, ich habe mich ein bisschen in den Tell eingelesen, und ich habe doch sehr gestaunt, wie befreiend es auf den Leser wirkt, wenn dieser Tyrann Geßler von Tell endlich zur Strecke gebracht wird.«

Der Direktor blickte seinen Gast mit einer Mischung aus Zustimmung und Unverständnis an. Melanie Förster nippte unruhig an dem Glas mit Mineralwasser, das ihr der Hausherr inzwischen eingeschenkt hatte. Dollinger hob den Kopf: »Ja schön, aber Sie sind sicherlich nicht gekommen, um mir das zu sagen.«

»Ha, richtig, haha.« Peter Struve lachte über seine eigene Unbeholfenheit. »Nein, natürlich, spielt Wilhelm Tell nur eine ganz untergeordnete Rolle in diesem Mordfall. Aber schön, ich wollte mit Ihnen über Franz Schäufele reden: Er hat nämlich ein Testament hinterlegt, das uns von seinem Notar heute Morgen zugänglich gemacht worden ist. Offenbar hatte der Notar nämlich den Zeitungsartikel unseres jungen Freundes aus Marbach – wie heißt er noch, ach ja, Santos –, den hat er also gelesen und gleich reagiert. Tja, und jetzt sind wir hier.«

Sven Dollingers Gesichtszüge versteinerten sich. »Ach schön, dann kann ja alles seinen geregelten Gang nehmen.«

»Geregelt vor allem deshalb, weil Herr Schäufele uns auch von seiner Vergangenheit viel mitgeteilt hat«, informierte Peter Struve mit gespielter Neutralität. Er legte eine Pause ein, um Dollinger die Chance zu geben, einzuhaken. Aber der Befragte schwieg. Es wirkte so, als ob er zunächst anhören wollte, was Struve wusste.

»Und – berichten Sie bitte, Herr Kommissar!«

Struve stand auf und holte einen Bildband aus einem der prall gefüllten Regale hervor. »Die deutsch-deutsche Grenze in 1.000 Bildern«, las Struve vor und klappte das Buch auf. »Sie scheinen auch ein großes Interesse an diesem Thema zu haben.«

»Was man von einem seriösen Literaturwissenschaftler in einem vormals geteilten Land auch erwarten sollte«, antwortete Dollinger fast beleidigt.

»Wussten Sie, dass Franz Schäufele in der DDR Dienst an dieser Grenze geschoben hatte?«

»Nein«, log Dollinger, »solch ein vertrauliches Verhältnis hatten wir nicht. Er war für das Material im Keller zuständig, ich aber muss oben sehen, dass das Institut seinen guten Namen auch weiterhin verdient.«

»Was meinen Sie, warum hat er so lange gewartet, bis er sich an Dietmar Scharf gerächt hat? Er hätte ja schon längst früher mal nach Berlin fahren und Scharf dort abpassen können?«

»Dafür habe ich nun wirklich keine Erklärung.«

»Dann will ich Sie Ihnen geben. Er hat sich mit Ihrer Hilfe eine neue Identität aufgebaut. Und er hat sich hier wohlgefühlt. Sauwohl. Denn er hat Sie, Herr Dollinger, nicht nur als Arbeitgeber geschätzt, sondern als Melkkuh, er hat Sie erpresst – und Sie haben es mit sich machen lassen!« Struve stand jetzt dicht vor seinem Gegenüber und blickte ihm direkt ins Gesicht.

»Sie können viel behaupten, Herr Kommissar, ich weiß von alldem nichts.«

»Dann will ich Ihnen auf die Sprünge helfen.« Diese Papiere haben wir in Schäufeles Wohnung gefunden. Er hat Buch geführt, Ihr Name taucht auf, monatliche Beträge in vierstelliger Höhe sind da geflossen.«

»Gut, ich habe ihm öfter geholfen, er hatte seine finanziellen Schwierigkeiten.«

»Na, schön, Sie helfen gerne, merke ich.« Struve wurde lauter. »Dann erklären Sie mir endlich, wo Sie in der Nacht waren, als Erika Scharf ermordet worden ist. Denn diesen Mord hängen Sie nicht Schäufele an, ihm fehlt das Motiv. Oder haben Sie ihm den Auftrag gegeben?«

»Sie vergreifen sich im Ton, Herr Kommissar«, merkte Sven Dollinger an. »Ich glaube, es wird Zeit, dass ich meinen Anwalt anrufe.«

»Bitte, rufen Sie ihn an und sagen Sie ihm, dass er Sie im Gefängnis besuchen kann, ich habe nämlich einen Haftbefehl in der Tasche.«

»Sie werden mich bald wieder laufen lassen müssen, warum sollte ich Erika Scharf umgebracht haben?«

»Egal, ob Sie es selbst waren oder Schäufele – sie hängen da mit drin. Es ist doch kein Zufall, dass Schäufele am Sonntag bei seiner Flucht auf Sie zurückgegriffen hat. Und wozu sollten Sie sonst mit ihm nach Hessigheim gefahren sein? Wahrscheinlich waren Sie heilfroh, dass Ihr Handkantenschlag an der Tankstelle gereicht hatte, um ihn zur Strecke zu bringen.« Struve hatte sich in Rage geredet: »Geben Sies zu: Sie wollten den Nachlass von der Scharf, sie haben die günstige Gelegenheit erkannt. Und jetzt wollen Sie es Schäufele in die Schuhe schieben.«

»Absurd, was Sie da behaupten. Das hat vor keinem Gericht Bestand.«

Wenig später stieg Sven Dollinger in den Wagen von Peter Struve und Melanie Förster. Der Direktor warf einen trotzigen Blick auf die Statue von Friedrich Schiller. Er spürte das harte Kopfsteinpflaster unter den Reifen. Dieser Struve ist der reinste Wadenbeißer, dachte er. Hoffentlich würde ihn sein Anwalt Riebmann bald aus der Untersuchungshaft rausboxen. In drei Tagen kam schließlich der Kulturstaatsminister zur Stippvisite auf die Schillerhöhe. Da durfte er auf keinen Fall fehlen. Wenn er wieder freikäme, wäre das für diesen Sturkopf Struve eine Blamage ersten Ranges.

Die Zeit arbeitete gegen Peter Struve. Er wusste, die Beweislage war dünn, und der Oberstaatsanwalt stand ebenfalls unter Druck. Einflussreiche Politiker setzten sich für Dollinger ein. Die Erfahrung lehrte: Die Justiz knickte manchmal ein, wenn prominente Verdächtige gegen Kaution auf freien Fuß gesetzt werden sollten. Struve hatte nicht viel in der Hand, das musste er zugeben. Vielleicht wäre es ja auch von Vorteil, wenn Dollinger freikäme. Dann könnte er Fehler machen und man ihm besser auf die Schliche kommen.

»Verdammt, ich weiß, er hats getan«, schimpfte Struve, als er am nächsten Morgen ins Büro von Melanie Förster trat, »aber mir fehlt noch ein Mosaikstein.« Er nahm sich einen Kaffee. »Irgendeinen Grund wird er schon gehabt haben, die Scharf umzubringen – die Frage ist nur, welchen.«

»Der Nachlass wäre das Motiv«, äußerte Melanie Förster. »Aber Dollinger ist kein pathologischer Sammelnarr.« Sie reichte ihm die Milch aus dem kleinen Kühlschrank neben ihrem Schreibtisch.

»Richtig, er sammelt gerne, aber das ist Teil seiner bürgerlichen Existenz. Richten wir den Blick auf den ehemaligen Stasi-Spitzel: Wie peinlich für ihn, wenn das rauskäme.« Struve rührte den Kaffee um. »Autsch, ist der heiß heute«, rief er, als er die Tasse ungeschickt anfasste und Flüssigkeit überschwappte.

Melanie Förster reichte ihm ein Papiertaschentuch. »Na, dass er ein Spion war, haben wir ja heute schon im überregionalen Teil des Marbacher Kurier nachlesen dürfen. Mal ehrlich: Haben Sie dem Santos den Tipp gegeben?«

Struve grinste achselzuckend zurück, während er sich die Hände abwischte. »Warum sollte man sich die Zeitungen nicht zunutze machen? Die Marbacher sollen schließlich erfahren, aus welchem Holz der Mann geschnitzt ist, der ihre wichtigste Einrichtung leitet.«

»Ich fürchte für Dollinger, dass sich jetzt nicht nur die Marbacher und wir für seine Erpressbarkeit interessieren.«

»Eigentlich kann der Mann einpacken. Ein langjähriger Stasi-Spitzel ist in einer solchen Position nicht haltbar.«

»Klar, sehe ich auch so«, sagte die Förster. »Bin gespannt, was wir noch alles in der Vergangenheit dieses Mannes finden.«

Die Tür öffnete sich. Es war Karl Littmann. »Na, Kollegen, schon die Zeitung gelesen? Da stehen ja dolle Dinge drin.« Er knallte den Marbacher Kurier auf den Tisch. »Hab vorhin mit dem Big Boss telefoniert. Er ist höchst unamused über diesen Alleingang. Wer zum Teufel hat hier wichtige Dienstgeheimnisse ausgeplaudert?«

»Keine Ahnung«, sagte Struve. Auch Melanie Förster zuckte nur mit den Achseln.

»Eigentlich kann es nur jemand von Ihnen gewesen sein«, sagte Littman. Er blickte seine Kollegen mit herabhängenden Mundwinkeln an. »Sie sollen beide zum Chef, aber sofort!«

Struve runzelte die Stirn. Auch das noch. Normalerweise ließ ihn der Polizeipräsident selten antanzen, ein Rapport um diese Uhrzeit versprach ungemütlich zu werden.

Wenig später saßen sie in Hans Kottsiepers Büro.

»Na, sagen Sie mal, Struve, Sie hat wohl der Teufel geritten. Erst lassen Sie diesen Journalisten an den Ermittlungen aktiv teilnehmen, dann füttern Sie ihn noch mit höchst vertraulichen Informationen. Sie sind doch nun schon lange genug im Geschäft, um die Spielregeln zu kennen.«

»Die da lauten: ›Decke einen Promi, solange es nur geht‹ oder: ›Wirklich wichtige Fakten immer schön unter der Kuscheldecke verstecken‹.« Struve lehnte sich zurück, während Melanie Förster betreten schwieg.

»Nein, darum gehts nicht, Struve. Das wissen Sie doch. Ich habe den Eindruck, Sie tragen mit diesem Dollinger eine Art persönliche Fehde aus. Weil Sie ihm nicht den Mord an der Scharf nachweisen können, demontieren Sie ihn.«

Struve fehlten die Worte. Kottsieper war weit davon entfernt, ihm den Rücken zu stärken. »Dollinger war ein Stasi-Spitzel, er hatte Angst aufzufliegen, deshalb musste Erika Scharf sterben«, antwortete er schließlich.

»Das glauben Sie, mein lieber Struve. Aber genauso gut kann dieser alte Stasi-Spion die Scharf in Ruhe gelassen haben, weil er so vernünftig war, es zuzugeben. Mein Gott, es hat so viele ehemalige Stasi-Mitarbeiter gegeben, die aufgeflogen sind. Die sind auch nicht gleich Amok gelaufen.« Kottsieper stand auf und blickte stirnrunzelnd aus dem Fenster. »Wo sind die Beweise, Herr Kollege? Ich brauche mehr als nur ein paar Vermutungen.«

Der Kommissar schwieg. Er merkte, wie ihm die Situation entglitt.

»Na, Sie sagen ja gar nichts. Was ist los, Struve? Und Sie, Frau Förster, wie gehts Ihnen mit dem Herrn Struve? Nettes Gefühl, mit einem Elefanten im Porzellanladen unterwegs zu sein, oder?«

»Ich finde, er hat bisher keinen Fehler gemacht«, bemerkte Melanie Förster.

»Oho, das Sandmännchen ist zugeschaltet – wachen Sie auf, mein Kindchen! Der Fall ist am Kippen, wie stehen wir denn jetzt da, wenn dieser Dollinger aus der U-Haft rauskommt?«

»Dumm wie Senf stehen wir da«, antwortete Struve.

»Ach, nee!«, rief Kottsieper. »Das hätte sich der nette, freundliche Kollege vom mittleren Flur auch früher überlegen können.«

»Der Oberstaatsanwalt fand unsere Überlegungen nicht so abwegig.«

»Der Oberstaatsanwalt, der Oberstaatsanwalt. Sie wissen doch genau, dass Müller sich auf so gut wie jeden Knochen stürzt, den wir ihm hinwerfen.« Kottsieper nahm das Telefon. »Hallo, Frau Irscher, ich übernehme den Fall von jetzt an selbst. Struve und Förster sind draußen. Ja, meinetwegen, Littmann kann mit übernehmen. Was? Ja, in Gottes Namen, dann soll er Dollinger halt freilassen. Nein, verdammt noch mal, es geht nichts an die Presse.«

Wenig später fanden sich Struve und seine Kollegin auf dem Flur wieder.

»So schnell kanns gehen«, stöhnte der Kommissar.

»Schöner Mist«, fluchte Melanie Förster. »Was können wir jetzt tun?«

»Wenns nach Kottsieper geht, Feierabend machen.«

Sie blickten sich an. Melanie Förster bemerkte bei ihrem Gegenüber einen schelmischen Gesichtsausdruck.

»Gehts denn nach Kottsieper?«

»Nö. Einen Versuch starten wir noch«, schlug Struve vor.

»Und der wäre?«

»Santos hat mir vorhin etwas auf die Mailbox gesprochen. Da hätte sich jemand auf seinen Artikel über Dollinger gemeldet. Das hörte sich spannend an.«

Wenig später trafen sie sich mit Santos in der Redaktion.

»Ich habe einen Informanten, der behauptet, er kenne Sven Dollinger noch aus der NVA-Zeit.«

»Aha«, sagte Struve. »Und der hat sich jetzt gemeldet?«

»Ja, er hat beide Artikel gelesen, und er behauptet, er habe mit Dietmar Scharf und diesem Schäufele, der damals wohl noch einen anderen Namen trug, Wache an der Grenze bei Marienborn geschoben.«

»Interessant, ein Zeitzeuge also. Aber bringt uns das wirklich weiter?«

»Aber ja«, antwortete Luca Santos. »Sie werden lachen, raten Sie mal, wer damals bei der Grenztruppe als Abschnittsleiter mit von der Partie war?«

»Dollinger?«

»Volltreffer! Aber nicht unter seinem jetzigen Namen, sondern als ein gewisser Manfred Torgelow. Unser Informant hat ihn aufgrund der Fotografien in unserem Bericht mit den anderen beiden erwähnten Ex-NVA-Soldaten identifiziert.«

»Dann saßen Scharf, Schäufele und Dollinger damals an der Grenze also in einem Boot«, hielt Melanie Förster fest.

»Und in was für einem«, ergänzte Luca Santos: »Die Offiziere Scharf und Dollinger haben sich gehasst wie Katze und Hund. Schäufele mit vier oder fünf anderen mittendrin – da gings ganz schön ab, meinte unser Informant.«

»Was hat er Ihnen noch erzählt?«, wollte Melanie Förster wissen. »Wie standen Schäufele und Scharf zueinander?«

»Dazu gibt es nur die eine Geschichte, die wohl aber entscheidend ist: Scharf muss Schäufele gezwungen haben, auf Flüchtige zu schießen, die sich später als seine Verwandten herausstellten – das war 1973.«

»Das wissen wir ja schon«, sagte Struve ungeduldig. »Schäufele hat Scharf deshalb umgebracht. Damit wären wir bei Dollinger: Was hat er in dieser Nacht am Todesstreifen eigentlich gemacht?«

»Ich habe dem Informanten genau diese Frage gestellt.« Luca Santos drückte auf den Knopf seines Aufnahmegerätes. Eine krächzende Stimme mit sächsischem Tonfall war zu hören. »Der Torgelow, der hat draufgehalten, der wollte den Mann nicht gehen lassen, der hat draufgehalten. Niemand hats gesehen, aber ich stand im toten Winkel, der hat den Mann einfach erschossen, kaltblütig.«

Peter Struve und Melanie Förster stockte der Atem. Sie hörten von einem Mord, der mehr als 30 Jahre zurücklag. Eine Tat, die offenbar nicht im Rahmen der Pflichterfüllung am Todesstreifen lag, aber den einzigen Überlebenden der Flüchtlingsfamilie für immer zum Schweigen gebracht hatte.

»Haben Sie Torgelow angezeigt?«, fragte Luca Santos in der Aufzeichnung den Anrufer.

»Bin ich denn verrückt, der hätte mich umgebracht«, antwortete der Unbekannte. »Oder die hätten mich eingebuchtet – das ging doch damals ganz schnell, dann war man in Bautzen.« Das Gespräch endete abrupt.

»Okay«, sagte Struve, »die Aufzeichnung ist Gold wert. Haben Sie den Namen des Anrufers?«

»Das nicht, aber die Nummer, mit der er angerufen hat«, sagte Santos.

»Gut, wahrscheinlich können wir den Anrufer noch ermitteln, wenn er nicht gerade eine Telefonzelle benutzt hat. Geben Sie mir bitte das Gerät als Beweismittel, Herr Santos!«

»Ja, natürlich.«

Struve versuchte, die Lage zusammenzufassen:

»Also gut, wir wissen – Schäufele hat sich niemals von den Todesschüssen an der Grenze erholt, nach der Wende ist er rüber und hat Dollinger erpresst. Wir müssen uns die Frage stellen, warum Dietmar Scharf seinen Intimfeind Dollinger nicht verpfiffen hat.«

»Ich vermute, dass eine Krähe der anderen kein Auge aushacken wollte«, sagte Luca Santos.

»Das könnte stimmen. Beide haben sich ja ganz gut

von diesem NVA-Milieu wegentwickelt«, stimmte Peter Struve zu. »Tja, und beide machen in Literatur. Da hat man eine Art stummen Waffenstillstand geschlossen.«

»Vielleicht hat Scharf auch daran gedacht, sich irgendwann mit Dollinger zu vertragen«, meinte Melanie Förster. »Es konnte seiner Frau nur nützlich sein, einen alten Bekannten im Literaturarchiv sitzen zu haben.«

»Was Dollinger aber trotzdem nicht daran gehindert haben könnte, beiden Scharfs zu misstrauen«, hielt Luca Santos dagegen. »Vielleicht wusste Erika Scharf zu viel, und er hat sie deshalb abserviert. Dollinger musste nach dem Mord an ihrem Mann damit rechnen, dass die Scharf der Polizei alles erzählt.«

»Ja, aber natürlich. So muss es gewesen sein«, sagte Struve. »Dollinger wollte beim Restaurantbesuch herausfinden, wie viel sie wusste. Er hat es in bester Stasi-Manier aus ihr herausgekitzelt, die alten Geschichten vielleicht runtergespielt. Nach dem Gespräch hat er daraus seine eigenen Schlüsse gezogen und kaltblütig gehandelt.«

»Dollinger sah, wie betrunken die Scharf war. Solch eine Chance bekam er nicht wieder, und so hat er ihre Lage ausgenutzt«, erklärte Melanie Förster.

»Das Antidopamin-Flavol bekommt man in jeder Apotheke, man kann es problemlos in Wasser auflösen. Er hat die Spritze irgendwann nach dem Restaurantbesuch im Hotel gesetzt, vielleicht hat er später noch mal geklopft oder sich sonst wie Eintritt verschafft, jedenfalls muss er um 2 Uhr in ihrem Zimmer gewesen sein«, führte Struve weiter aus.

»Der Rest ist bekannt«, wandte Luca Santos ein. »Dollinger ist doch noch in U-Haft, oder?«

»Verdammt, nein!« Peter Struve griff zum Handy. Es war zu spät, Sven Dollinger war bereits seit einer halben Stunde wieder auf freiem Fuß.

Tatsächlich bezahlte Dollinger im selben Augenblick das Taxi, das ihn zur Marbacher Schillerhöhe gebracht hatte. Er schloss die Haustür auf und atmete tief durch. Endlich wieder frei. Der Gefängnisfraß konnte ihm gestohlen bleiben. Nie wieder würde er hinter verschlossenen Türen sitzen. Eher gab er sich die Kugel. Er liebte das Leben und so zündete er sich gleich einen seiner Zigarillos an. Aus seiner Hausbar nahm er sich den besten Brandy, den er hatte. Er stand in seinem Wohnzimmer und betrachtete die Reiseliteratur, die er sich im Laufe der Zeit angeeignet hatte. Dollinger blies eine große Rauchwolke in den Raum und zog den Bildband über Chile aus dem Regal. Er dachte an Erich Honecker und dessen letzten Jahre und fand, er hatte nach der ganzen Aufregung eine kleine Urlaubsreise verdient. Aber er musste den richtigen Zeitpunkt wählen, denn die Polizei würde ihn sicherlich beobachten. Jetzt sofort zu fliehen, käme einem Geständnis gleich. Er würde die Sache einige Tage lang aussitzen, um dann umso überraschender von der Bildfläche zu verschwinden. Dollinger nahm einen tiefen Schluck des Branntweins. Seine Augen drückten Entschlossenheit aus. Natürlich brauchte er gefälschte Papiere, wenn er am Flughafen eincheckte, aber er hatte ja vorgesorgt.

Der Direktor holte sich die Schlüssel für das Archivgebäude. Die Gelegenheit konnte günstiger nicht sein. Alle Mitarbeiter des Literaturarchivs nahmen an diesem Tag an einem Betriebsausflug nach Esslingen teil. So stieg er unbeobachtet in den Keller der Handschriftenabteilung hinab. Dollinger passierte den schmalen Gang, der Dietmar Scharf zur tödlichen Falle geworden war. Ein eigenartiges Gefühl beschlich ihn, aber wer außer Schäufele würde ihm hier auflauern? Na, von ihm hatte er ja nichts mehr zu befürchten. Trotzdem perlte ihm der Angstschweiß von der Stirn, als er den Gang durchschritt. Dollinger betrat den Teil des Kellers, der nur den Führungskräften des Archivs zugänglich war. Dort lagen nicht nur einmalige Familienerbstücke der Schillers, auch die besonders wertvolle Totenmaske des Dichters wurde in einem Tresor aufbewahrt. Dollinger überlegte kurz, ob er sie mitnehmen solle, verwarf aber den Gedanken. Er wollte nicht riskieren, dass jemand das Fehlen der Maske schneller bemerkte, als es ihm recht war. Aber seine gefälschten Ausweispapiere, die er sich vor einigen Jahren anfertigen ließ, wollte er für seine Flucht auf jeden Fall parat haben. Dazu musste er den kleinen Tresor öffnen, den er in einer Nacht- und Nebelaktion gleich neben dem großen Safe damals hatte einsetzen lassen.

Der Polizeipräsident Hans Kottsieper saß mit Littmann in seinem Büro, als das Telefon klingelte.

»Ja, was gibts?«

Am anderen Ende der Leitung war der Notar, der den letzten Willen Franz Schäufeles verwaltete. »Der Verstorbene hat verfügt, dass ein letzter Umschlag erst drei Tage nach seinem Ableben geöffnet werde«, erklärte der Jurist mit aufgeregter Stimme.

»Aha, und warum sind Sie so aufgebracht, mein

Guter?«, wollte Kottsieper wissen. Er erbleichte, als er weiter zuhörte. Konsterniert legte er auf.

»Um Gottes willen, Littmann, wir müssen sofort handeln.«

Der Kommissar schaute seinen Chef irritiert an. Kottsieper nahm den Hörer wieder und wählte schnell die Nummer der Einsatzzentrale:»»Informieren Sie die Kollegen in Marbach, die Feuerwehr und den Sprengmeister: Wir haben es mit einer Bombe im Keller des Deutschen Literaturarchivs zu tun.«

Zur selben Zeit fuhren Peter Struve und Melanie Förster vor dem Haus des Institutsdirektors in der Haffnerstraße vor.

»Niemand da«, konstatierte Melanie Förster, nachdem sie geklingelt hatten.

»Vielleicht ist er im Archiv unterwegs, schauen wir mal«, schlug ihr Kollege vor.

Als sie vor das Gebäude traten, merkten sie, dass es geschlossen war. Sie sahen ein Schild, das auf den Betriebsausflug hinwies.

»Na, heute ist unser Glückstag«, klagte Struve.

»Ob der da drin ist, wage ich zu bezweifeln.«

Peter Struve blickte zur oberen Etage und sah Licht an einem der Schreibtische. »Aber es sind nicht alle Vögel ausgeflogen. Probieren wirs mal.« Er warf Steinchen gegen das Fenster, das daraufhin geöffnet wurde.

»Ach Herr Kommissar, Sie sind es!« Die Sekretärin Ilse Bäuerle beugte sich herunter. Sie war nicht mit nach Esslingen gefahren, weil sie dringende Arbeiten zu erledigen hatte.

»Haben Sie zufällig Herrn Dollinger gesehen?«

»Ja, habe ich, der ist vorhin unten rein. Aber er scheint im Haus unterwegs zu sein, er ist gar nicht hochgekommen.«

»Könnten Sie uns bitte aufschließen? Wir müssten mal mit ihm reden.«

»Ja, natürlich. Warten Sie.«

Wenig später ließ die Sekretärin die beiden Kriminalbeamten ins Haus.

»Was meinen Sie, wo er stecken könnte?«, fragte Struve.

»Schwer zu sagen, ich glaube, er könnte unten im Magazin sein. Er holt sich von dort manchmal Bücher – auf dem kleinen Dienstweg, wissen Sie?« Ilse Bäuerle lächelte verschmitzt.

Die Sekretärin führte sie in den Lesesaal.

»Herr Dollinger, sind Sie hier?«, rief Melanie Förster. Sie bekam keine Antwort. »Wo gehts da runter?«

»Da ist die Handschriftenabteilung, von da gibt es auch einen Durchgang zum Schillermuseum.«

»Werden in der Handschriftenabteilung nicht auch wertvolle Stücke aufbewahrt?«, wollte Peter Struve wissen.

»Oh ja«, sagte die Sekretärin. »Es gibt sogar einen Tresor, da schlummern richtige Kostbarkeiten.«

Struve und Förster blickten sich an.

»Ich schau mal nach, Sie bleiben mit Frau Bäuerle am Eingang«, bestimmte der Kommissar. »Wenn er kommt, nehmen Sie ihn vorläufig fest. Sie wissen ja: Mord verjährt nicht, wir haben konkrete Hinweise.«

Melanie Förster schien damit nicht einverstanden zu sein. »Wollen Sie wirklich allein da runter?«

»Keine Sorge, ich pass schon auf mich auf. Jemand muss hier bleiben und den Ausgang bewachen, damit er nicht entwischt.«

Struve zog seine Dienstwaffe und stieg die Treppe hinunter.

Sven Dollinger stand vor dem kleinen Tresor und kramte verzweifelt in seinen Taschen.

»Verdammt, wo ist der verfluchte Zettel?«, schrie er. Ohne die richtige Zahlenkombination konnte er den Safe nicht öffnen. Jahrelang hatte er das Dokument gehütet wie seinen eigenen Augapfel. Jetzt, im entscheidenden Moment, hatte er es nicht parat. Verschwitzt setzte er sich hin. Er dachte angestrengt nach.

»Mensch, klar«, murmelte er plötzlich. »Im Wintermantel.«

Er stand auf und wollte wieder hinaufgehen. Da hörte er Geräusche im Gang.

»Herr Dollinger, sind Sie hier irgendwo?«

Der Direktor erkannte Struves Stimme. Er duckte sich und blickte hektisch umher. Wenn er die schwere Stahltür zu dem Raum abschließen würde, säße er in der Falle, aber vielleicht würde es ihm gelingen, den Polizisten dort hineinzulocken.

»Ich bin in der Asservatenkammer«, rief Dollinger, trat aus dem Raum und versteckte sich hinter einem Bücherregal.

Struve entsicherte die Pistole und betrat den Raum. Plötzlich schlug die Tür hinter ihm zu. Ein Schlüssel wurde herumgedreht. Der Kommissar rüttelte an der schweren Stahltür, aber bekam sie nicht auf.

»Lassen Sie die Spielchen, Dollinger«, brüllte Struve. »Wir müssen miteinander reden.«

»Warum sollten wir noch reden, Struve. Es ist doch alles schon gesagt.«

»Nein, es ist noch nicht alles raus, Dollinger. Sie müssen aufgeben und sich stellen. Wir wissen jetzt, was damals an der Grenze geschah.«

»Nichts wissen Sie, Sie haben ja keine Ahnung!«, bellte Dollinger.

»Doch, wir haben einen Zeugen!«, rief Struve. »Können Sie sich nicht an ihn erinnern? Der Kleine und die Mutter schon tot, und Sie ein paar hundert Meter weiter allein mit dem Schwager von Franz Schäufele.«

Dollinger stand mit dem Rücken zur Stahltür. Sein Atem ging schwer. Er blickte angestrengt in das Dunkel der Kellerräume.

Inzwischen hatten Feuerwehr und Polizei das Literaturarchiv erreicht. Ilse Bäuerle hörte die Sirenen und ging den Einsatzkräften entgegen. Sie kam mit dem Revierleiter Karl Merkle und dem Feuerwehrkommandanten Lars Diefenbach zurück in den Lesesaal.

»Sie müssen hier schleunigst raus, Frau Förster, wir haben einen Bombenalarm. Es soll sich um einen Sprengsatz mit erheblicher Wirkung handeln!«, rief Merkle aufgeregt.

»Was?«, antwortete die Kommissarin mit entsetztem Gesicht. »Struve ist mit Dollinger da unten.«

»Warum sind die beiden dort?«, fragte Merkle.

»Struve sucht ihn und will ihn verhaften.«

»Wir müssen jetzt erst mal das Gebäude evakuieren.

Kommen Sie bitte mit. Wir sollten warten, bis die Kollegen von der Kripo aus Stuttgart da sind.«

»Unmöglich, wir sind doch die Kripo«, antwortete Melanie Förster. »Sie entschuldigen, ich muss da jetzt runter.«

Melanie Förster zog ihre Dienstwaffe und stieg schnell die Treppe zur Handschriftenabteilung hinunter. Karl Merkle blieb kopfschüttelnd stehen. »Frauen«, murmelte er und ging nach draußen, um sich mit der Feuerwehr und dem Sprengmeister zu besprechen.

Mit Blaulicht fuhren Hans Kottsieper und Karl Littmann in Richtung Marbach.

»Wir wissen nicht, wo der Sprengsatz deponiert ist«, rief der Polizeipräsident über Funk, während er am Ludwigsburger Barockschloss vorbeisauste. »Aber er soll im Keller untergebracht sein.«

Am anderen Ende der Funkverbindung war der Sprengmeister Gerd Klemm zugeschaltet. Er stand offenbar schon vor dem Literaturarchiv »Wissen Sie etwas über den Zünder? Ist ein bestimmter Zeitpunkt vorgesehen, wann die Bombe hochgehen soll?«

»Ich muss Sie enttäuschen, uns ist nichts bekannt – außer, dass die Bombe entschärft werden muss. Mehr ist uns nicht mitgeteilt worden.«

»Okay, wir sollten den Keller so schnell wie möglich absuchen«, schlug Klemm vor.

»Ja, tun Sie das.«

»Herr Polizeipräsident, es gibt da aber wohl ein Problem.«

»Was gibts denn noch?« Kottsieper blieb vor der

Neckarweihinger Brücke in Ludwigsburg hinter einem Lastwagen hängen und ärgerte sich, dass es nicht schneller voranging. Aus dem Funk drang ein Kratzgeräusch. Dann war auf einmal die Stimme von Karl Merkle zu hören.

»Hallo, Herr Kottsieper, hier spricht Merkle. Wir können noch nicht in den Keller. Dort halten sich drei Personen auf: Struve, Förster und dieser Dollinger. Sie haben Schusswaffen, und da unten ist es zappenduster, weil der Strom abgeschaltet wurde.«

Der Polizeipräsident schwitzte. Er kam mit seinem Wagen immer noch nicht an dem Laster vorbei. »Ach, verdammt, auch das noch!«, rief er. »Warten Sie zu und rufen Sie ein Sondereinsatzkommando, Merkle, notfalls stürmen wir das Gebäude. Ende!«

Endlich überholte Kottsieper den Lastwagen. »Hol mich doch der Teufel, dieser Sturkopf Struve. Völlig gegen meine Anordnung! Na, das wird ein Nachspiel haben, mein Gutster.« Kottsieper drückte das Gaspedal bis zum Anschlag durch und schaltete das Martinshorn ein.

Im Keller tastete sich Melanie Förster Schritt für Schritt durch das Dunkel der Räume. Sie vermied laute Geräusche. Als sie jedoch zwischen zwei Regalen entlangging, riss sie einen der überstehenden grünen Kästen mit. Laut schlug der Behälter auf dem Boden auf.

Sven Dollinger hörte das Geräusch. Er wollte sich sowieso nicht länger mit Struve aufhalten. Er musste irgendwie entkommen. Aber es schien noch jemand im Keller zu sein. Vielleicht war es die Assistentin dieses Bullen. Na, mit der werde ich schon fertig, sagte sich Dollinger und nahm sich ein schweres Lexikon aus dem Regal. Seine Augen hatten sich schon ganz gut an das Dunkel gewöhnt. Angestrengt hörte er auf die leisen Schritte, die vom anderen Ende des Kellers herüberdrangen.

»Was ist los Dollinger, wo stecken Sie? Geben Sie auf, das Spiel ist aus!« Es war Peter Struve, der gegen die Stahltür hämmerte. Melanie Förster hörte die Stimme des Kollegen, aber sie konnte nicht verstehen, was er sagte. Sie folgte dem dumpfen Klang seiner Rufe.

Als sie nicht mehr allzu weit entfernt war, spürte sie plötzlich, wie sich ihr ein Schatten schnell näherte. Sie drehte sich um, sah aber nur noch, wie ein riesiger Buchrücken von oben auf sie niedersauste. Dann verlor sie das Bewusstsein.

»Pech gehabt«, kommentierte Sven Dollinger trocken und zog den Körper auf die Seite. Er entdeckte einen der Metallschränke, in denen die Privatbibliothek Friedrich Schillers aufbewahrt wurde. Er riss die wertvollen Bücher rücksichtslos von ihrem Platz und legte die bewusstlose Melanie Förster in den Metallschrank, den er abschloss. Den Schlüssel warf er in eine dunkle Ecke.

»Höchste Zeit zu verschwinden«, sagte er sich und rannte in Richtung Ausgang.

Als er kurz vor dem Aufgang zum Bibliothekssaal war, hörte er eine Megafon-Durchsage.

»Achtung, Achtung, hier spricht die Polizei. Bitte verlassen Sie sofort das Gebäude, es besteht Lebensgefahr!«

»Mist!«, entfuhr es Dollinger. Die Polizei wollte also die Bibliothek seinetwegen stürmen. Er überlegte kurz, dann lief er wieder in den unterirdischen Bereich zurück. Er passierte jetzt einen anderen Gang. Auf einem Schild stand ›Zum Schiller-Nationalmuseum‹. Vielleicht könnte er hinüberlaufen, von dort zu Fuß zum Bahnhof fliehen und dort ein Taxi nehmen.

Hastig rannte er durch den Verbindungsgang. Als er eine Tür öffnen wollte, merkte er, wie sie blockierte. »Nanu, was ist das denn?« Er rüttelte an der Klinke, aber die Tür blieb verschlossen. Er suchte in seinen Taschen den Generalschlüssel, konnte ihn aber nicht finden. Schnell rannte er zurück und stieß auf eine weitere Tür. Auf dem Namensschild stand ›Franz Schäufele, Bibliothekar‹. Sie war geöffnet. Dollinger erinnerte sich daran, dass Schäufeles Büro einen eigenen Zugang zum Schiller-Nationalmuseum besaß, von dem nur er als Direktor etwas wusste. Schäufele hatte die Historische Sammlung über den Dichter verwaltet und war damit in das Privileg dieses strategisch günstig gelegenen Eckbüros gekommen. Dollinger überlegte nicht lange. Er hastete durch das Büro und umfasste die Klinke der Tür zum Zwischengang.

In diesem Moment erschütterte eine heftige Explosion den Keller des Literaturarchivs.

»Um Gottes willen!«, rief Hans Kottsieper, der gerade dabei war, einige seiner Männer auf den Sturm des Kellers vorzubereiten.

»Los, schaut nach, was passiert ist!«, brüllte er ihnen zu.

In den Kellern der Handschriftenabteilung bot sich den Beamten ein Bild des Grauens. Die Wände waren schwarz, der scharfe Geruch von explodiertem Sprengmaterial lag in der Luft, überall umgestürzte Regale, Papierfetzen segelten umher.

»Wo war die Explosion?«, fragte Hans Kottsieper den Feuerwehrkommandanten Lars Diefenbach, der mit dem Sprengmeister Gerd Klemm vorsichtig die unterirdischen Räume erkundete.

»Auf jeden Fall weiter hinten«, mutmaßte Diefenbach.

Sie gingen in die Richtung, aus der ihnen Rauch entgegenquoll, und kamen zum Büro von Schäufele. Sie sahen Peter Struve, der durch die Wucht der Explosion aus seinem Verlies befreit worden war und sich nun über das beugte, was von Sven Dollinger übrig geblieben war.

»Dollinger. Ihm ist nicht mehr zu helfen«, sagte Struve und legte ihm seine Jacke über Gesicht und Oberkörper.

»Wo ist Frau Förster?«, fragte Hans Kottsieper, der von Ilse Bäuerle über ihren mutigen Vorstoß in den Keller informiert worden war.

»Ich kann es Ihnen nicht sagen.«

Betretenes Schweigen machte sich breit.

Plötzlich hörten sie Klopfgeräusche. Es kam aus dem großen Magazin. In der Hoffnung, es könnte Melanie Förster sein, liefen sie alle zu dem Metallschrank, aus dem die Laute drangen. Sie öffneten die Tür und sahen eine sichtlich mitgenommene Kommissarin, die hustend ein altes Buch in der Hand hielt.

»Das ist Wilhelm Tell in der Erstfassung des Jahres 1804.«

16

Welch schöner Maientag, dachte Struve, als er neun Monate nach der Explosion im Literaturarchiv über die Schillerhöhe schritt und das Meer der Gänseblümchen auf der üppig sprießenden Wiese der Parkanlage bewunderte. Er atmete die frische Luft tief ein und blinzelte in die Sonne. Hunderte geladene Gäste fanden sich an diesem Sonntagnachmittag auf dem Museumsvorplatz ein. Der Keller und die Handschriftenabteilung des Deutschen Literaturarchivs sollten feierlich wiedereröffnet werden. Struve mochte solche gesellschaftlichen Ereignisse nicht, diesmal aber trieb ihn eine Mischung aus Neugierde und anhaltender Überlebensfreude an den Ort. Er selbst hatte die Explosion im Keller ohne Blessuren überstanden. Melanie Förster musste jedoch mit einem gebrochenen Arm und einer Platzwunde am Kopf ziemlich lange eine Gipsmanschette und einen Verband tragen. ›Mit Grips und Verstand wäre das nicht passiert‹, hatte sie an ihrem ersten Arbeitstag im Stuttgarter Polizeipräsidium zwei Wochen nach der Explosion gescherzt. Struve, der sich bei der Aktion im Keller nicht gerade mit Ruhm bekleckert hatte, entwickelte das Wortspiel weiter, als er in der Telefonkonferenz von seinem Bietigheimer Büro aus ihre Stimme hörte. Sein Spruch: ›Den Grips im Versand – und schon ists passiert‹, wurde während der langen, dunklen Wintermonate zum Dauerbrenner und hellte an trüben Tagen in den Büros der Polizeidirektionen Stuttgart und Ludwigsburg so manches Mal die Stimmung auf.

Vor dem Schiller-Nationalmuseum traf Struve die Kollegin Förster. »Nanu, Sie haben sich ja so schick gemacht«, staunte Struve in der Absicht, ihr ein Kompliment zu machen. Bei über 30 Grad hatte sich die Kommissarin entschlossen, zur Abwechslung einmal ein sommerliches weißes Kleid, das ihre Figur äußerst vorteilhaft betonte, anzuziehen. Die Blicke der Männer, die vor dem Museum warteten, blieben jedenfalls an ihren Hüften hängen und wanderten, je nach persönlicher Vorliebe, entweder in die oberen oder unteren Regionen ihres schlanken Körpers. Die sparsam eingesetzten Textilien versperrten den Blick auf das Wesentliche kaum, und Melanie Förster gefiel das ebenso wie der luftige große Hut, den sie dazu trug.

»Na, möchten Sie mich nicht in den Saal führen, Herr Kollege?«

»Nichts lieber als das«, brachte Struve hervor, und er dachte für einen Moment daran, dass nicht viel gefehlt hatte, und sie wären frühzeitig zu Gänseblümchendünger geworden. Es gelang ihnen, im Festsaal Plätze im mittleren Bereich zu ergattern. Von dort aus hatten sie einen guten Blick auf die Prominentenriege in den ersten Reihen. Ganz vorne stand der Marbacher Bürgermeister Norbert Rieker, dessen Wiederwahl in wenigen Wochen dank der hervorragenden finanziellen Situation der Stadt als gesichert galt. Nur die orangefarbene Liste hatte einen Gegenkandidaten aufgestellt, der aber als chancenlos galt.

In nächster Nähe zu Rieker stand der Bundestagsabgeordnete Walter Steinhorst. Neben dessen gewaltiger Körpermasse wirkte der Marbacher Verwaltungschef wie ein Spargeltarzan.

»Der hat aber gut gefrühstückt«, flüsterte Struve seiner Kollegin zu.

»Der lebt ja auch von unseren Diäten«, kommentierte Melanie Förster trocken.

Vorne stand auch der neue Chef der Schillerhöhe, Werner Freund. Der lang aufgeschossene Germanist hatte dank einflussreicher Fürsprecher aus dem konservativen Lager der Schillergesellschaft den Posten bekommen. Man wollte offenbar ein Zeichen setzen, damit erst gar nicht der Gedanke an einen linksprogressiven ›Verwandten‹ des kriminellen Sven Dollinger aufkommen konnte. Freund war erst drei Monate im Amt, er hatte aber schon dafür gesorgt, dass die Schiller-Statue vom vorderen Teil des Areals in den hinteren, in die Nähe der Stadthalle, versetzt worden war. ›Kein historischer Personenkult, mehr Öffnung in die literarische Breite, mehr Publikum‹, lautete die überraschende Begründung des neuen Institutsleiters – sehr zum Ärger der Kreise, die sich im Vorfeld für Freund ausgesprochen hatten. Dass auch der Marbacher Gemeinderat diese Entscheidung mittrug, löste in der Schillerstadt ein geteiltes Echo aus. Die Leserbriefspalten des Marbacher Kurier füllten sich mit wütenden Protesten ebenso wie mit wohlwollenden Kommentaren, in denen von einem symbolischen Befreiungsschlag, einer längst überfälligen Kurskorrektur und einem erfrischenden Ankommen im 21. Jahrhundert die Rede war.

Unauffällig tippte Melanie Förster ihren Kollegen an. Sie hatte in der ersten Reihe eine Frau mit einem Kinderwagen entdeckt. Gianna Signorini hielt ein kleines Baby im Arm, das nach Kräften schrie und damit die Blicke auf sich zog. Struve las in den Gesichtern der unfreiwilligen Zuschauer verständnisvolle Rührung wie auch Verärgerung über die Ruhestörung. Dies blieb auch dem Bürgermeister nicht verborgen. Norbert Rieker entspannte die Situation, indem er zu der Frau ging, ihr das Baby aus der Hand nahm und es durch den Saal zum Ausgang trug.

»Also, wenn ich den wählen sollte – meine Stimme hätte der«, murmelte Melanie Förster, die dem Stadtoberhaupt anerkennend nachblickte.

Peter Struve runzelte hingegen die Stirn. »Is doch alles Verarsche.«

»Na, was soll denn das jetzt wieder heißen?«, fragte ihn die Kollegin.

Struve kraulte sich am Kinn. »Schon ungewöhnlich, diese Hotelinhaberin vor versammelter Mannschaft so zu hofieren. Wo steckt eigentlich der Vater?«

Aus den Augenwinkeln sahen die Polizisten, wie Paula Rieker das Kind lächelnd entgegennahm. Gianna Signorini war herbeigeeilt und streichelte behutsam den Kopf des kleinen Erdenbürgers, von dem man in der Stadt munkelte, dass er auf das Konto des Bürgermeisters ging. Diesen Gerüchten gab Rieker durch ein solches Verhalten neue Nahrung. Dass das Stadtoberhaupt jetzt zu dem Kind stand, imponierte Struve jedoch. Natürlich war dieser öffentliche Auftritt nichts anderes als der Versuch, aus dem biologischen Missgeschick im Wahlkampf Kapital zu schlagen. Ein geschickter Schachzug, fand der Kommissar, der ein solches Verhalten allemal besser fand, als die sichtbaren Folgen ehelicher Untreue unter den Teppich zu kehren und das Kind durch Ignoranz zu bestrafen. Allerdings bemitleidete Struve auch ein wenig Paula Rieker, die in der Öffentlichkeit als gehörnte Ehefrau dastand. Das war sicherlich nur mit einem gesunden Selbstvertrauen zu ertragen. Oder mit einer Selbstaufgabe zugunsten der Töchter.

»Man versteht sich offenbar bestens«, kommentierte Struve trocken das Geschehen. Sein Blick wanderte zu Werner Besold. Der Kriminaltechniker stand im einfachen Zweireiher ziemlich orientierungslos im Foyer und wartete auf jemanden. Struve ahnte, dass sein Kollege Anschluss bei ihm suchte, und winkte ihm zu. Besolds Gesichtszüge entspannten sich mit einem Male. Wenig später nahm er neben dem Kommissar Platz.

»Schlimme Sache gewesen damals, nicht wahr Besold?« Struve empfing ihn mit einem kräftigen Handschlag.

»Hätte nicht gedacht, dass sie die Schillerhölle da unten wieder so gut hinkriegen.« Besold bezog sich auf einen Artikel im Marbacher Kurier, in dem die Wiederaufbauleistung des Architekten und der Handwerker in den höchsten Tönen gelobt wurde. Der Tag der offenen Tür, der mit diesem Festakt begann, sollte davon zeugen.

»Schillerhölle – kann man wohl sagen«, flüsterte der Kommissar. »Das mit der Bombe hätte auch in die Hose gehen können, Besold.«

»Echt? Na ja, steckte ja auch ne ziemliche Ladung dahinter.«

Struve nickte. »Noch mehr zu denken gibt mir die Zündtechnik, die dieser Schäufele verwendet hat.«

»Jouh, Chef. Sie meinen die Sensoren, die auf den DNA-Code von diesem Dollinger programmiert waren.«

»Genau.« Struve beugte sich noch weiter zu ihm hin. »Zum Glück haben wir es nicht an die Presse gegeben – aber wenn die Computer- und Waffentechnologie des Militärs und der Geheimdienste weiter solche Fortschritte macht, wird es immer leichter zu morden.«

»Ist mir schleierhaft, wie der Schäufele an das Zeug kommen konnte«, gab Besold zu verstehen.

»Ach, wenn Sie mal bei der Stasi gewesen sind, kennen Sie die Methoden, sich so etwas zu beschaffen – auch wenns das damals noch nicht gab.«

»Immerhin war der Täter so sozial, die Bombe nur auf Dollinger zu trimmen«, bemerkte der Kriminaltechniker.

»Na, da bin ich aber anderer Meinung, Besold. Überlegen Sie mal, wen es noch alles hätte treffen können. Irgendwelche harmlosen Bibliothekare oder Archivnutzer, die in der Nähe von Dollinger ahnungslos dort unten herumlaufen.«

»Jouh, is ja schon gut, Chef. Sie werden gleich immer so ernst, wenns um Tote geht.« Der Kommissar respektierte, dass sein Kriminaltechniker dieses Thema nicht weiter vertiefen wollte und schwieg.

Struves Lieblingsfeind Karl Littmann und der Polizeipräsident Hans Kottsieper betraten den Raum.

»Achtung, alle mal kurz in Deckung gehen!«, rief Struve den Kollegen zu.

Tatsächlich liefen die beiden an ihnen vorbei. Vorne allerdings fanden sie keinen Platz mehr. Kottsieper trat leicht verunsichert den Rückzug an. Schade, dass Littmann sie nun erkannt hatte. Dämlich grinsend winkte er ihnen zu, bevor er von Kottsieper an den äußeren Rand der vierten Reihe geschoben wurde. Hinter dieser Säule würden sie von dem Geschehen vorne wenig mitbekommen. Struve grinste schadenfroh.

»Douze points pour Littmann«, freute er sich, als er sah, dass eine riesige Lautsprecherbox neben dem Platz des Kollegen aufgestellt worden war.

»Hä?«, entfuhr es Melanie Förster, die seinen Satz nicht ganz nachvollziehen konnte.

»Schaut mal, da ist dieser fahrende Handschriftenhändler Selldorf!«, rief Besold. Er kannte den Literaturagenten, weil er das bei ihm gefundene Dokument auf Spuren untersuchen musste. »Dass der sich noch hierhin traut.«

»Geschäfte, lieber Besold, Geschäfte«, antwortete ihm Struve. »Will gar nicht wissen, was hier alles an Kundschaft rumspringt.«

Utz Selldorf stand noch im Foyer, unterhielt sich mit Siegfried Derwitzer, dem Marbacher Selfmade-Autor, der Luca Santos geholfen hatte. Struve fiel auf, dass sich Selldorf ständig umblickte und sich nicht richtig auf Derwitzer konzentrierte. Irgendwie passten die beiden schon rein äußerlich nicht zusammen. Selldorf trug ein teures weißes Sakko, das seine solariengepflegte Gesichtsbräune unterstreichen sollte. Derwitzer hatte seine verschlissene Cordjacke an, mit der er zu jedem öffentlichen Termin ging. Selldorfs umherschweifenden Blicke fanden schließlich ein Ziel: Bürgermeister Norbert Rieker. Das Stadtoberhaupt ging sofort auf ihn zu und begrüßte ihn per Handschlag: »Na, mein lieber Herr Selldorf, ich freue mich, dass Sie hier sind. Es ist doch schön, dass sich die

Nebel gelichtet haben und wir wieder eine traute Familie um den großen Friedrich Schiller bilden können, meinen Sie nicht auch?«

Selldorf lächelte gequält. »Macht fünf Euro fürs Phrasenschwein, Rieker.«

Das Gesicht des Bürgermeisters verfinsterte sich. Mit einer solchen Abfuhr hatte er nicht gerechnet, er wollte Selldorf die Hand reichen und bekam stattdessen eine verbale Ohrfeige.

Aber was machte jetzt sein Gegenüber? Selldorf stellte sein Sektglas ab, schlug ihm kumpelhaft auf die Schulter und rief: »Na, Schwamm drüber, altes Haus – ich sehe ja, dass du gut drauf bist und alles im Griff hast.«

Die zur Schau gestellte Kumpanei überraschte auch Struve. Er schüttelte den Kopf, suchte nach einer Schnittmenge zwischen dem weltweit operierenden Literaturagenten und dem lokal verwurzelten Verwaltungschef, fand sie aber nicht. Er beugte sich im Flüsterton zu Melanie Förster. »Dass die beiden so gut miteinander können, hätte ich jetzt aber auch nicht gedacht.«

Was Struve nicht wusste: Selldorf und Rieker hatten sich tatsächlich zwischenzeitlich verständigt und Frieden geschlossen. Für Selldorf war es nicht mehr interessant, den Bürgermeister wegen seines Verhältnisses zu Gianna Signorini zu erpressen. Rieker hatte die Flucht nach vorne ergriffen und sich mit seiner Frau ausgesprochen. Als die Schwangerschaft der Hotelbesitzerin bekannt wurde, kriselte es zwar im Hause Rieker noch einmal gehörig, aber letztlich siegten die Vernunft und das Vertrauen der Eheleute. Auch Rieker verzichtete auf eine Strafanzeige, zumal er nicht wollte, dass sein Diebstahl des Tell-Manuskripts im Literaturarchiv noch einmal unter die Lupe genommen wurde.

Der Kulturamtsleiter Fabian Rösler unterbrach die Begegnung von Rieker und Selldorf. Er tippte den Bürgermeister vorsichtig von der Seite an und zeigte auf den bereits gut gefüllten Saal. Rieker nickte und trat nach vorne, um seine Begrüßungsrede zu halten.

»Verehrte Gäste«, hob er an, als plötzlich eine Seitentür geöffnet wurde.

Alle Blicke richteten sich plötzlich auf die laut knarrende Tür. Struve traute seinen Augen nicht: Es war seine Frau Marie.

Sie hatte sich mordsmäßig aufgedonnert und ein schickes Abendkleid angezogen. Cool ging sie an der ersten Reihe vorbei. Nur ihre Lack glänzenden Stiefel waren völlig verdreckt.

»Huch!«, rief sie, »da bin ich wohl etwas zu spät, entschuldigen Sie.« Sie blickte auf ihren Mann und ging unter den Blicken der Gäste quer durch den Saal zu ihm hin.

»Blöde Pfütze, gleich neben dem einzigen freien Parkplatz«, flüsterte sie ärgerlich zu ihm herüber, nachdem Besold den Platz neben ihm geräumt und sich an den Rand der Reihe gesetzt hatte.

Struve küsste sie sanft auf beide Wangen. »Hab mich gewundert, wo du bleibst, Schatz. Schau mal, der Bürgermeister ist schon ganz aus dem Konzept.«

Das war freilich übertrieben. Norbert Rieker hatte den unerwarteten Auftritt mit einem »Schön, dass wir noch so einen reizenden Besuch bekommen haben« überbrückt. Ein Saaldiener stellte sich jetzt vorsichtshalber an den Nebeneingang, und so fuhr das Stadtoberhaupt fort, über die Freiheit, Schiller und die Freiheit des Forschens und Dichtens zu philosophieren. »Glücklicherweise ist der Explosion vor neun Monaten nur ein geringer Teil des Bestandes an Schriften, Originalen und Nachlässen berühmter Schriftsteller zum Opfer gefallen«, erklärte Rieker. Und gottlob habe Berlin den Wiederaufbau der unterirdischen Magazine finanziert. So könnten die Germanisten aus der ganzen Welt wieder ihren Forschungsprojekten in den Lesesälen und den Tiefen des Kellers nachgehen.

»Ich möchte Sie, verehrte Gäste, einladen, heute einmal in unseren Archivräumen ganz entspannt auf den Spuren unseres verehrten Dichtergenies Friedrich Schiller zu wandeln.«

Als Nächstes betrat Werner Freund, der neue Direktor der Schillerhöhe, das Rednerpult. Er bedankte sich für die Wiederaufbauhilfe. Das Magazin habe zwar einige wertvolle Stücke wie etwa das Originalmanuskript von Franz Kafkas Der Prozess unwiederbringlich verloren, doch wolle man nach vorne blicken. Freund ließ auch die Verdienste seines Vorgängers Sven Dollinger nicht unerwähnt, bedauerte aber, dass der verstorbene Direktor so wenig Anstrengungen unternommen hatte, den Wert der sozialismuskritischen Gegenwartsliteratur durch publikumsintensive Veranstaltungen stärker im Bewusstsein zu verankern. Peter Struve dachte an Erika Scharf, die von Dollinger ermordet worden war, weil sie zu viel wusste. Er hätte sie retten können, aber sie verpasste die Chance, sich ihm rechtzeitig anzuvertrauen. So nahm sie ihr Geheimnis mit ins Grab, wo auch ihr Mann Dietmar, Dollinger und Schäufele mit ihrer unbewältigten Vergangenheit gelandet waren. Struve dachte in diesem Moment an die Fotografie von Santos, auf der zu sehen war, wie Franz Schäufele seinem Opfer Dietmar Scharf an jenem Abend einen Gegenstand überreicht hatte. Wie sich herausgestellt hatte, war es der Schlüssel zu einem Nebeneingang des Literaturarchivs gewesen, der direkt in den Keller der Handschriftenabteilung führte. Schäufele musste Scharf betont freundlich begegnet sein und ihm von seiner Arbeit als Bibliothekar und angeblicher Hüter des Kafka-Nachlasses erzählt haben. Ihm nächtens unbedingt noch das berühmte Manuskript zeigen zu wollen, war ein starker Köder. Scharf hatte bestimmt auch deshalb keinen Verdacht geschöpft, weil Schäufele sich seit Jahrzehnten nicht gemeldet und er damit die Vergangenheit für bewältigt gehalten hatte. Der Kommissar blickte wieder nach vorne und hörte dem neuen Direktor zu. Er verstand, dass Freund die Arbeit von Sven Dollinger an dieser Stelle würdigen musste. Für Struves persönliche Bilanz des Falles hatte jedoch die Erinnerung an Erika Scharf und die Toten an der innerdeutschen Grenze Vorrang. Leider verlor Freund außer durch die Nebenbemerkung ›ungeachtet der tragischen Vorfälle im vergangenen Sommer‹ darüber kein Wort, wahrscheinlich aus Gründen der Pietät.

Stattdessen kündigte der neue Direktor an, eine Brücke schlagen zu wollen zwischen literarischer Tradition und den zeitgenössischen Versuchen, sie unter den heutigen Bedingungen rezeptiv weiterzuentwickeln. »Ich empfehle Ihnen, heute Abend zur Lesung unseres Lokalmatadors Siegfried Derwitzer zu kommen«, sagte Freund mit einem aufmunternden Lächeln in Richtung

Derwitzer. »Er hat einen Lokalkrimi geschrieben, in dem er die Zerstörung unserer Archivräume verarbeitet hat.«

Applaus brandete auf, Derwitzer hob die Hand, um abzuwinken. »Mir wäre lieber, ihr kämt dann auch alle und kauft das Buch!«, rief er der Versammlung zu und erntete dafür Gelächter.

Mit dieser Einlage war dann auch schon die Brücke zum Tag des offenen Literaturkellers geschlagen. Der neue Direktor des Literaturarchivs gab sich im Gespräch mit dem Reporter Luca Santos als großer Krimifan zu erkennen. »Ich möchte den Bestand bewusst für diese Gattung öffnen«, betonte Freund und berief sich dabei auf die wachsende Zahl von Autoren, die den Krimi als Spiegel ihrer kritischen Wahrnehmung der Gesellschaft nutzten. »Und eins muss ich Ihnen auch noch gestehen: Ich mag den schwäbischen Wein ebenso wie den Menschenschlag hier.« Freund, der aus dem Raum Ulm stammte, war von der Findungskommission der Deutschen Schillergesellschaft als Schwabe bewusst ausgewählt worden. Man wollte offenbar dadurch auch verhindern, dass sich erneut ein gänzlich unwürttembergischer Blindgänger in die Führungsetage des Instituts einschleichen konnte. Dass Freund das Detektivische schätzte, konnte man auch am neuen audiovisuellen Museumsführer erkennen. Ein Krimiautor gestaltete den geführten Rundgang als Kriminalfall – der Museumsgast wird praktisch zum Ermittler.

Ilse Bäuerle, die Sekretärin, zeigte sich jedenfalls restlos begeistert. »Unser Literaturmuseum der Moderne ist ja schon spitze«, schwärmte sie, »aber mit dem neuen Krimirundgang kann ich endlich auch meine Freundinnen aus dem Hohenlohischen mal zum Besuch des LiMo einladen – das sind alles richtige Krimimiezen.«

Peter Struve, der zufällig mit Marie in der Nähe stand und die Lobeshymne mitanhörte, wurde vom Polizeipräsidenten Hans Kottsieper unauffällig beiseite genommen. »Hören Sie Struve, was ich Ihnen sagen wollte: Sie haben sich bisher ganz vorbildlich verhalten. Ich habe nirgendwo ein Wort davon gelesen, dass ich Sie damals vom Dienst suspendiert habe – ich möchte auch, dass das so bleibt. Haben wir uns da richtig verstanden?«

Struve antwortete ihm nicht. Er grinste und ließ Kottsieper stehen. »Sie entschuldigen mich, ich muss Herrn Santos noch hallo sagen.«

»Aber …« Kottsieper schluckte.

Struve ging zu Santos und gab ihm die Hand. »Na, schöner Tag heute, finden Sie nicht auch, Herr Santos?«

»Kann man wohl sagen, Sie hats also auch wieder hierher gezogen?«

Der Kommissar nickte. »Man weiß nie, ob noch mehr Leichen im Keller herumliegen.«

Santos lachte. »Ja, wenn Sie mal wieder eine haben – meine Telefonnummer kennen Sie ja bereits.«

Gustav Zorn, der Redaktionsleiter des Marbacher Kurier, trat hinzu.

»Ach, grüß Gott, Herr Struve, wie gehts Ihnen? Haben Sie den Schock hier gut verdaut? So eine Explosion aus nächster Nähe soll ja aufs Gehör gehen.«

Struve schüttelte den Kopf, und schlug sich mit der flachen Hand aufs Ohr, als ob dort eine Fliege säße. »Wie bitte?«

Zorn und Santos lachten. Der Redaktionsleiter bot dem Kommissar eine Havanna an.

»Danke, ich bin Nichtraucher. Aber vielleicht nimmt meine Frau eine?«

Marie Struve trat hinzu. »Eine Havanna? Na, die habe ich noch nie probiert. Zeigen Sie mal.«

Zorn zückte sein Feuerzeug, Marie Struve schmauchte, begann aber zu husten.

»Gewöhnungsbedürftig«, krächzte sie. »Aber wir könnten uns Havanna trotzdem mal aus der Nähe anschauen«, sagte sie mit einem Augenzwinkern zu ihrem Mann.

»Nee, Schätzle«, antwortete Peter Struve. »Du weißt doch, dass uns Interkontinentalflüge den Klima-Arsch aufreißen.« Marie lächelte. Sie hatte ihn im September doch noch für die Reise zu der Wirkungsstätte von Frida Kahlo gewinnen können, und sie hatten traumhafte drei Wochen in Mexiko verlebt.

»Stimmt, Herr Kommissar. Auf jemanden fliegen kann man auch ohne Flugzeug«, scherzte Luca Santos und zwinkerte Marie Struve zu. »Ich schlage vor, wir gehen nachher alle noch in die Kneipe Havanna und trinken darauf einen Württemberger – oder eine schöne transkontinentale Orangensaftschorle.«

ENDE

DANK

Danke an alle, die zum Gelingen des Buches beigetragen haben, insbesondere Karin Götz und Reinhard Rieger.

*Weitere Titel finden Sie auf den
folgenden Seiten und im Internet:*

WWW.GMEINER-VERLAG.DE

Kriminalkommissar Struve ermittelt:

1. Fall: Schillerhöhe
ISBN 978-3-89977-802-1

2. Fall: Räuberblut
ISBN 978-3-8392-1081-9

3. Fall: Glockenstille
ISBN 978-3-8392-1611-8

4. Fall: Liebestrug
ISBN 978-3-8392-2729-9

WWW.GMEINER-VERLAG.DE
Wir machen's spannend

Carlos Ávila de Borba
Commissario Conti und der Tote im See
Kriminalroman
315 Seiten, 13,5 x 21 cm,
Premium-Klappenbroschur
ISBN 978-3-8392-0241-8
€ 17,00 [D] / € 17,50 [A]

Während einer morgendlichen Bootsfahrt zur Isola del Garda entdeckt eine Familie einen unter der Wasseroberfläche treibenden Körper. Offenbar handelt es sich bei dem Toten um einen Ranger aus Tignale, der im Naturpark Gardasena arbeitete. Zur gleichen Zeit wird am Brenner ein Transporter kontrolliert, der illegal eine riesige Trüffelmenge nach München liefern soll. Luca Conti, der gerade seinen letzten Lehrgang zum Kommissaranwärter absolviert, glaubt an eine Verbindung zwischen den Fällen und beginnt auf eigene Faust zu ermitteln …

GMEINER SPANNUNG

WWW.GMEINER-VERLAG.DE
Wir machen's spannend

Karin Joachim
Eine Nacht im Juli
Kriminalroman
280 Seiten, 12,5 x 20,5 cm,
ISBN 978-3-8392-0257-9
€ 14,00 [D] / € 14,40 [A]

Nach der verheerenden Flutkatastrophe im Ahrtal zieht Tatortfotografin Jana Vogt vorübergehend in ein Ferienhaus in der Eifel. Auf einem Spaziergang mit Hund Usti kommt sie an einem verlassenen Anwesen vorbei, das einmal Ort eines Verbrechens war. Jana liest sich in die Akte ein und bekommt es schon bald mit einem aktuellen Todesfall zu tun. Die Lage ist verwirrend, aber die Fälle stehen offensichtlich miteinander in Verbindung. Plötzlich überschlagen sich die Ereignisse, denn schon wieder gibt es einen Toten. Jana muss dafür wenige Wochen nach der Katastrophe im zerstörten Ahrtal ermitteln.

GMEINER SPANNUNG

WWW.GMEINER-VERLAG.DE
Wir machen's spannend

DIE NEUEN Lieblingsplätze

  ISBN 978-3-8392-0154-1 — AM INN
 ISBN 978-3-8392-2730-5 — AUGSBURG UND BAYERISCH-SCHWABEN
 ISBN 978-3-8392-0155-8 — FÜNFSEENLAND
 ISBN 978-3-8392-0158-9 — HARZ

ISBN 978-3-8392-0160-2 — NORDSEEKÜSTE NIEDERSACHSEN mit Hund

ISBN 978-3-8392-0159-6 — LÜNEBURGER HEIDE

ISBN 978-3-8392-0161-9 — NIEDERRHEIN

ISBN 978-3-8392-0163-3 — OSTSEE MECKLENBURG-VORPOMMERN

ISBN 978-3-8392-0164-0 — OSTSEE SCHLESWIG-HOLSTEIN

ISBN 978-3-8392-2626-1 — SACHSEN

ISBN 978-3-8392-0156-5 — BODENSEE für Senioren

ISBN 978-3-8392-0157-2 — NORDSEE SCHLESWIG-HOLSTEIN für Senioren

ISBN 978-3-8392-0166-4 — SÜDLICHE WEINSTRASSE mit PFÄLZERWALD

ISBN 978-3-8392-0166-4 — SÜDTIROL

ISBN 978-3-8392-2838-8 — USEDOM

ISBN 978-3-8392-0168-8 — WIESBADEN RHEIN-TAUNUS RHEINGAU

GMEINER KULTUR

WWW.GMEINER-VERLAG.DE
Mensch, Kultur, Region